SYLVIE OHAYON

Sylvie Ohayon a grandi à la cité des 4000 à La Courneuve. Après des études de lettres, elle est devenue créative dans la publicité. Son premier roman *Papa was not a Rolling Stone* (Robert Laffont, 2011) a été distingué par le prix 2011 de la Closerie des Lilas. Il est en cours d'adaptation au cinéma. Elle a également publié, chez le même éditeur, *Les Bourgeoises*, en 2012.
Son nouvel opus, *Bonne à (re)marier*, paraît en janvier 2014.

LES BOURGEOISES

DU MÊME AUTEUR
CHEZ POCKET

PAPA WAS NOT A ROLLING STONE
LES BOURGEOISES

SYLVIE OHAYON

LES BOURGEOISES

ROBERT LAFFONT

MIXTE
Papier issu de
sources responsables
FSC® C003309
FSC
www.fsc.org

Pocket, une marque d'Univers Poche, est un éditeur qui s'engage pour la préservation de son environnement et qui utilise du papier fabriqué à partir de bois provenant de forêts gérées de manière responsable.

ISBN : 978-2-266-24243-1

Pour Nicole Lattès et Brigitte Lannaud-Levy.
Avec toute ma gratitude.

« Où es-tu ? »

Genèse, *chapitre III*. Ancien Testament.

Ma mère dit qu'à ma naissance j'ai tourné la tête dans tous les sens pour voir où j'étais.

Elle dit : « D'ailleurs, tu n'as pas crié, tu as regardé. Fallait déjà que tu contrôles ton monde. Fallait que tu jauges, que tu juges. Voir si les autres seraient à ta hauteur. J'ai tout de suite compris que rien ne serait jamais assez bien pour toi. Je ne sais pas d'où ça te vient, mais putain, même bébé, tu ne te prenais pas pour de la merde… » Ben oui, maman, au début on préfère croire que ça va aller. Donc, non, désolée, je n'ai pas commencé ma carrière d'être humain en pensant que tout était foutu d'avance. J'ai toujours attendu un mieux, du coup, je suis rarement satisfaite.

Ma mère dit qu'on naît tous dans la merde et le sang et les larmes et les cris, qu'il ne sert à rien de loucher sur les timbales dorées des autres. Elle a su avant moi que je quitterais le monde où la fortune m'avait fait advenir.

Alors vous dire comment c'est arrivé, vraiment, je ne sais plus. J'étais une fille de la périphérie pas à l'aise entre ses murs délabrés. Le malaise des banlieues je l'avais cramponné à l'estomac, une bulle d'air qui me bloquait la respiration, m'empêchait de m'épanouir, comme une ombre ralentit la croissance d'un brin d'herbe.

Je me souviens que j'y pensais, je fantasmais sur les films, les magazines. J'étais Charles Aznavour au début de ses possibles, je me voyais déjà en haut de l'avenue Marceau, trottant sur des talons fins, même pas mal aux pieds.

Ça n'est pas venu tout de suite.

Pas Gregor Samsa pour deux sous, le gars de chez Kafka. Je me suis réveillée un matin, je n'avais pas changé d'allure, pas vraiment changé de caractère non plus. Je ne me suis pas muée en un gros scarabée mordoré couvert de fanfreluches. On ne peut pas vraiment parler de métamorphose.

Ce matin-là, j'ai pu articuler les mots dans ma tête. Un jour que j'avais presque oublié de le vouloir, je suis devenue, j'ai du mal à le dire, c'est impudique, comme un choix qu'on n'a pas fait, ça ferait mal à ma grand-mère de lire ça… je suis devenue une bourgeoise, voilà.

Venir au – beau – monde

Tous les samedis matin je fais un tour de manège, place Vendôme. Boucheron, puis Van Cleef, Mauboussin, Chaumet. Dior Joaillerie n'existe pas encore, je finis par Cartier. Toujours le même ordre, la même ronde, je regarde les femmes entrer dans les boutiques, même pas peur, je me dis : « Elles n'ont pas de traces au fond de leurs culottes, pas possible, elles sont trop bien coiffées. » J'imagine leur quotidien. La porcelaine dans leurs cuisines et sur leurs dents. Sourires radieux de circonstance quelle que soit la circonstance.

Je quitte ma banlieue pauvre quelques heures par semaine. Contexte séditieux, ambiance délétère, parfum de merde accroché même aux fleurs qui respirent encore, exhalent leurs derniers moments de poésie, se frayent un chemin entre les détritus.

Je rêve pour survivre, je m'invente une vie idéale, le soleil qui brille pour moi, pour une fois. Dans ma ville, même quand il fait beau, le ciel reste gris tellement les murs sont hauts.

Je m'enfuis vers Paris, les beaux quartiers, les trottoirs sont à tout le monde après tout. Autant fouler les mètres carrés les plus chers de France. La place

Vendôme, la place des Vosges, place Furstenberg. Je ferme les yeux, Paris est à moi. Je rêve sur les appartements. De la rue, on voit les salons, je referme les yeux, ces salons seront les miens. Mes escapades sont un rituel, je mets des chaussures neuves, je laisse flâner mes cheveux, je prends le bus, des lunettes comme des soleils noirs posés sur le nez pour planquer mon embarras. Je fais le trajet, seule, toujours seule, bien entendu. Je prends le métro en cachette, je dis à ma mère : « Je vais à la bibliothèque étudier la langue française. » Elle, elle se moque, elle me traite de traître à la patrie banlieusarde : « On n'est pas assez bien pour toi à La Courneuve ? Toi, tu vas étudier la langue ? Apprends d'abord à rouler des pelles ! » et elle pouffe, ma mère, elle aime ses blagues, elle m'aime, elle a toujours peur pour moi. Elle est juive. Même si elle mange du porc à la crème, ça demeure en elle cette tare juive, elle a peur pour son enfant.

Ma mère m'appelle son extravagance. Je suis le luxe qu'elle s'est offert à dix-huit ans sans avoir les moyens de se le payer. Elle m'a eue par accident. Elle m'a gardée sans y penser. L'inconscience de ma maman m'a sauvée de l'avortement.

J'ai seize ans, je m'appelle Sylvie mais on m'appelle Lili. Je travaille bien à l'école. Je le sais parce que j'ai reçu une lettre après que j'ai eu 18 en philo au bac, une lettre du rectorat qui dit en substance (je digère hein, je réécris) : « Vous, les banlieusards, on vous parque dans des facs de banlieue qui deviendront bientôt le siège social européen d'Al-Qaïda, mais toi, Lili, tu as eu une bonne note, tu es mentionnée alors on te désectorise, on t'autorise à te sauver, à sauver ta peau, ton avenir, au moins professionnel. Comme ton aïeul Moïse, on te sort du ruisseau. Tu seras boursière au mérite dans une grande université parisienne, et même européenne si tu veux. »

Je lis la lettre, je sais que c'est la première étape de ma transformation. Je dis que je ne sais pas quand tout cela a commencé. En fait, si, je sais. Ça a commencé le jour où j'ai reçu ce courrier du conseil général de Seine-Saint-Denis, ce jour où j'ai été autorisée à changer de monde.

Je marchais dans les rues de ma cité, je me suis arrêtée, j'ai scruté mes chaussures : des Adidas Americana, les bleu-blanc-rouge. Penser à changer de souliers. C'est une chaussure qui a bouleversé le destin d'une fille, il y a longtemps, dans un château lointain. De femme de ménage, elle est passée au statut de princesse entretenue grâce à une paire de pompes. Alors je m'imagine, le premier matin, passant la grille forcément lourde et grinçante d'une école parisienne, bien habillée, chaussée comme une chicour, je serai Cendrillon au jour du grand soir.

L'appartement, on ne le porte pas sur son dos, son manteau, si. Je serai comme elles, les bourgeoises de Paris, celles qui partageront mes heures de cours sur les bancs de la Sorbonne, ces meubles anciens patinés par les culs discrets des précieuses.

Été 1987, je casse ma tirelire. J'achète à mon voisin Mongi une paire de Weston volée. La veille de la rentrée universitaire, je dors avec mes pompes. Je les ai cajolées presque toute la nuit en pensant à mon destin, celui qui m'attendait. Le chemin forcément long. Il me faudra de bonnes chaussures pour traverser tout ça.

Je me prépare à de nouvelles habitudes vestimentaires, langagières. Parce que, bientôt, je pourrai leur adresser la parole. Je pourrai parler aux filles de Paris. La Sorbonne m'ouvre ses portes, la Sorbonne m'autorise à venir étudier la langue de notre beau pays. Je dois me faire une tête germanopratine (c'est pas gagné).

Dans quelques jours j'aurai dix-sept ans. J'ai toujours de gros sourcils pas épilés. Dans ma ville, on ne nous a pas appris que c'était plus joli un visage sans touffes de Portugaise au-dessus des yeux. Je m'habille déjà comme une vieille bourgeoise du XVIe, mais ça, je ne le sais pas encore. J'adore les polos Lacoste et les sautoirs Chanel que je dégote dans les cartons sales des forains du marché aux puces de Clignancourt. C'était bien avant le débarquement américain, avant que l'endroit ne devienne à la mode.

Sans le savoir, j'ai commencé mon entrée dans leur Groupe en singeant leurs mamans blindées. Je voulais le conformisme bourgeois, moi qui venais de passer les premiers chapitres de mon existence dans le chaos le plus absolu.

Le jour de la rentrée des classes, je me suis pointée, démarche assurée, allure calquée sur celle de John Travolta au temps où les samedis soir lui donnaient la fièvre, j'ai saupoudré le tout d'un brushing que Gloria Gaynor n'aurait pas renié, histoire de gagner quelques centimètres. Souliers brillants, cheveux lavés, jean impeccable, blouse immaculée.

Dans la cour, alors que les autres n'étaient pas encore

arrivées, j'ai tenté d'évaluer ma capacité d'adaptation à ce milieu inconnu. Serais-je assez bien habillée pour elles ?

J'avais lu la marquise de Sévigné, et *Belle du seigneur* et Zweig et Flaubert. Je pensais être calée en « bourgeoises ». Mais, alors que je croyais trouver des jeunes femmes en toilettes délicates, j'ai rencontré une bande d'étudiantes grunge aux sacs défoncés, aux chaussures crades. J'avais tanné ma mère pour qu'elle m'offre un *cartable* neuf. Je ne vous dis pas ma honte.

Le premier contact a été celui-là : plusieurs filles inscrites aux mêmes classes que moi, des filles à la diction parfaite et au look de toxicos, m'ont toisée, rabaissée sans avoir pris la peine de m'adresser un seul mot. Leurs bouches n'ont rien dit, mais leurs corps, leurs yeux ont demandé au clown que j'étais, d'aller faire son cirque ailleurs.

Je ne me suis pas démontée, même si à l'intérieur j'étais déjà en vrac. J'ai déployé mon kit de survie : sourire forcé, mouvement de mèche, et j'ai sorti les gâteaux au miel que ma grand-mère avait glissés la veille dans ma nouvelle besace en cuir : j'ai ouvert le torchon qui sentait le couscous, les ai invitées à se servir. J'ai l'image qui danse encore devant mes yeux, plus de vingt ans après : il y en a une qui a porté sa main à sa bouche comme pour se retenir de vomir. Ce qui m'a fait le plus mal, c'est que, ce faisant, elle a ravalé un sourire moqueur.

Pour ce qui est du costume, j'avais donc un peu raté mon coup. J'oubliais que la mode chérie par les bourgeoises puise son inspiration dans les rues de nos villes périphériques. Je ne savais pas que, à l'instar d'une

Coco Chanel, Azzedine Alaïa, Jean-Paul Gaultier, Marc Jacobs, Alexander McQueen et tous leurs copains aujourd'hui déifiés, étaient des fils d'ouvriers, nés au milieu de familles où le « beau » n'était pas le sujet du soir à table. Le vêtement ne serait pas tout de suite l'élément qui me permettrait de me fondre dans leur décor.

Alors je me suis empressée de suivre le conseil de Platon que je lisais en cachette, comme on lit un illustré porno, la bouche ouverte et l'œil fixe ; puisque la perversion de la Cité commence par la fraude des mots, j'allais emprunter leur langage, j'allais ravaler mon accent énervé, utiliser leurs expressions.

Je dirais « génial » au lieu de « tel-mor », « absolument » à la place de « grave sa mère », et elles m'accepteraient parce que, après tout, j'avais les cheveux naturellement raides et la taille insolemment fine malgré mes passages répétés chez Quick.

Je n'ai d'abord pensé qu'à ça : me fondre dans la masse parce que j'étais l'élément socialement dérangeant d'un univers très homogène. Elles ne sauront rien de mes trajets du matin longs comme des voyages sur la lune. Le bus, le RER puis le métro. Elles vont à l'école à pied, elles prennent des cafés, affalées sur les comptoirs des zincs encore endormis de Saint-Germain-des-Prés. Bref, elles prennent le temps de vivre quand moi je cours. Moi, j'avale des corn flakes Lidl dans ma cuisine en faux bois de La Courneuve, toujours le même menu, parce qu'on peut les acheter au début du mois et les manger sans y penser.

Je change de chaussures tout le temps, même les baskets je les jette quand elles sont sales. Je ne les autorise pas à passer la barrière du périphérique pour que jamais les nanties de Paris ne devinent d'où je viens. La basket portée en ville est une habitude de cité.

Aussi, je retiendrai mes mots qui fusent naturellement – parfois malheureusement – chez moi. J'aurais rêvé trouver un livre qui se serait appelé : *La Politesse pour les nuls*.

Et, bien que me sentant en décalage perpétuel avec ce monde dont je ne comprenais pas encore la grammaire comportementale, je savais que je pourrais y puiser quelque richesse autre que pécuniaire.

Et puis j'avais lu *L'Irrégulière*, la biographie qu'une fille bien née (une fille qui aurait mérité une particule tellement elle levait son nez en parlant, pesait ses mots, accouchait dans la douleur de phrases compliquées) s'était donné la peine d'écrire sur la vie d'une autre fille grandie au lait pas pasteurisé, à moitié orpheline, comme moi, une fille de tristesse, comme il est des filles de joie, une fille en colère de n'avoir pas eu droit au meilleur tout de suite, une fille qui allait leur montrer, comme j'allais leur montrer. Comme Gabrielle Chanel, je ne me contenterais pas de faire partie de leur univers, je changerais leur vision du monde en bougeant de ma planète. J'avais des ambitions démesurées, elles étaient la preuve de mon refus de subir un quotidien bouché, la revanche contre mon père qui n'avait pas voulu me connaître. Je voulais le moucher, ce con, lui dire : « Regarde, je n'ai pas eu ta reconnaissance, j'aurai celle de dizaines d'autres. » Quand on me refuse quelque chose je l'obtiens en double.

L'autre disait qu'on n'est pas sérieux quand on a dix-sept ans. Il y a des mecs de cinquante ans qui disent :

« Oh, j'ai seize ans dans ma tête ! » pour justifier le fait de sauter des gamines de vingt ans. Moi, j'étais déjà vieille avant d'avoir eu des seins. J'étais pressée de voir la fin, d'avoir l'épilogue parce que je savais que j'y parviendrais. Je savais que je deviendrais une des leurs. Je croyais que mon salut social ferait germer les fleurs multicolores de mon bonheur qui tardait à venir. Alors j'ai fait tout ce qu'on pouvait faire de légal pour *réussir*. Il fallait que je *gagne* ma vie, vite, je voulais pouvoir choisir mon cadre, sortir de ce trou à ratons, moi qui n'ai jamais caché mon ascendance arabe, mon père kabyle.

Et, comme je fais toujours ce que je prévois de faire (c'est un don ou une névrose, à vous de voir), je suis devenue, au fil de mes rencontres choisies, une petite bourgeoise bien caricature sur les bords de la surface, j'ai appris les codes, démonté les mises en scène, j'ai répété mon rôle, bien Actors Studio, et je suis devenue une des leurs.

J'aimerais vous raconter ces filles que j'ai voulu mépriser pour ne pas avoir à me sentir inférieure, celles à qui j'ai d'abord caché mon origine géographique comme on cache une maladie honteuse. J'ai découvert un monde rempli de codes insensés, un monde où l'éloquence acquise par des années d'éducation servait à parer de falbalas une violence bien plus vaste et destructrice que celle qu'on montre le soir à la télévision quand les voitures brûlent.

J'ai rencontré une grande détresse affective, un machiavélisme de roman du XIXe, j'en ai vu s'abîmer à force de comprendre que, quoi qu'elles fassent, elles ne seraient jamais à la hauteur de la barre qu'on avait fixée au-dessus de leur berceau, le jour où on leur enfonça une cuiller en argent Christofle dans la bouche histoire de leur faire passer l'envie de l'ouvrir. J'en ai croisé d'autres qui m'ont écrasé la gueule dans mon assiette de préjugés, ont forcé au pied-de-biche mon ouverture d'esprit, m'ont donné à voir qu'on n'était pas forcément plus à plaindre parce qu'on avait vécu dans un clapier bruyant et sourd.

À La Courneuve, où j'ai grandi, j'ai dû apprendre seule à survivre à la bêtise qui est la fille de l'ignorance. Elles, les bourgeoises, savaient la Connaissance qui permet de tenir bien haute la dragée. On leur avait montré les livres et les musées, elles connaissaient les manières qui sont la vaseline qui fait avaler en souriant même des collines de merde. Elles vivaient leur vie comme on consomme un plat ; du coup, elles trouvaient souvent une justification morale à leurs actes de bêtes humaines. Et moi j'avais dix-sept ans. Je les détestais sans même les connaître et pourtant je voulais être elles.

Le lycée Janson-de-Sailly, ou les Galeries Lafayette du pauvre

Aux 4000, où j'ai passé la partie la plus importante de ma vie, celle pendant laquelle on devient quelqu'un, il n'y avait aucun magasin de vêtements. Pour nous habiller, la mairie nous offrait un paquetage à chaque rentrée scolaire. Il y avait Tati aussi, l'ancêtre du H&M, planté dans un quartier parisien plein de Noirs et d'Arabes. Alors comme ça, il y avait une concentration d'étrangers au cœur de Paris. Ce fut un choc pour moi qui pensais que la Ville lumière restait interdite aux étrangers qui ne sont pas des touristes : même au presque centre de la plus belle ville du monde, il y avait une banlieue modèle 93. Des découvertes, j'en ferai bien d'autres par la suite.

Les plus riches d'entre les pauvres que nous étions tous poussaient parfois la porte d'une boutique Benetton ou d'un magasin Kookaï.

Ma mère recevait le catalogue La Redoute deux fois par an et je bavais comme un chien devant un os à moelle à mesure que je tournais les pages.

Le dimanche, nous allions aux Quatre-Chemins de Pantin où se tenait un marché aux vêtements rempli de

501 fabriqués au bled, mais, même pour des faux Levi's, j'aurais donné ma mère (qui m'emmerdait de toute façon). Nos dieux grecs s'appelaient Lacoste, Weston, Schott et Chevignon. Compagnie de Californie et Best Company vendaient pour la somme historique de quatre cents francs des sweat-shirts brodés de messages idiots, et je comptais, pour m'endormir, les pièces de un franc qui me séparaient de mon Graal. J'étais comme le poète qui use sa plume à raconter son désir de caresser les étoiles, alors qu'en soi, une étoile, c'est juste un gros feu de cheminée : ça brûle les doigts et ça fait pleurer. En soi, un sweat-shirt, c'est juste un morceau de champ de coton.

Je ne dis pas ça pour justifier ce qui va suivre. Mais nous étions jeunes, nous étions en vie, nous avions des désirs, entretenus par les films à la télé, la publicité. On voulait notre part du gâteau. On entendait vaguement parler des Parisiens, on nous avait dit que quelque part, bien à l'opposé de notre banlieue nord, il y avait une aile de Paris où vivaient des gosses de notre âge à qui les parents ne refusaient rien parce qu'ils avaient de l'argent à leur donner et pas beaucoup de temps à leur consacrer. On ne pouvait pas jouer les Boucles d'Or, fracasser leurs fenêtres et venir dormir dans leurs lits mais on pouvait emprunter leurs vêtements.

Ce fut mon premier vrai contact avec La Bourgeoise. Je commencerai par dormir dans son chandail.

Un jour, Mongi, Sosso et Bechir de la Tour sont venus me trouver en bas de chez moi. (Bechir de la Tour n'était pas un prince blédard, la Tour est le plus grand édifice de la cité des 4000. Un des derniers immeubles à ne pas encore avoir été détruit. Ainsi je m'appelais Sylvie du Mail (ou Lili du Mail), il y avait Houcine de Balzac, etc. On avait nos domaines nous aussi, notre aristocratie.)

Bechir et Sosso ont demandé ma taille, ma pointure, mes goûts vestimentaires du moment.

J'ai dit, mais je savais, je pressentais :

— Vous allez où ?

Et Sosso a dit :

— C'est un truc de ouf. Ya une école dans le XVIe, tu peux t'habiller tout gratuit.

— Ben quoi ? Comme à la mairie quand ils nous donnent les sapes de la honte à chaque rentrée, j'ai dit sans me moquer.

Et Sosso a pouffé :

— Mais comment trop elle connaît rien celle-là ! Tu travailles bien à l'école mais grave tu connais rien à la vie toi hein ?

— Ben quoi ? je dis encore.

— Allez, viens, me dit Sosso, on va leur mettre la terreur.

Ils m'ont amenée jusqu'audit lycée. Ils m'ont demandé de regarder les filles sortir les unes après les autres. Puis Sosso m'a intimé : « Vas-y, choisis. » Aujourd'hui, il m'arrive d'être invitée à des défilés de mode. Eh bien, là, c'était pareil. Je regardais Les Petites Bourgeoises de Paris passer les unes après les autres sur le catwalk de la rue de la Pompe (ça ne s'invente pas) et je faisais ma sélection : les Weston de la blonde, la doudoune de la grosse, les bottes de la troisième, celle qui se planque sous ses mèches pour cacher son gros cul pas autorisé en ces contrées de contention de tout.

Je passais commande, c'était mon net-à-porter bien avant l'invention d'internet. J'inventais la mode du vintage avant l'heure. Je recyclais. Quelques heures plus tard, un coursier – comme les coursiers Chanel aujourd'hui vous apportent en souriant les ballerines que vous avez la flemme de porter jusque chez vous – venait me livrer mes emplettes.

Wonderwoman pour accomplir des miracles, ou même juste pour paraître crédible, commence par changer de tenue.

J'ai donc débuté ma carrière de bourge en me déguisant en elles. J'avais dix-sept ans, j'étais le fou qui pousse des cris de gorille, emprunte des mimiques simiesques pour approcher les singes.

Janson-de-Sailly est très vite devenu notre grand magasin favori. Il y avait même un rayon horlogerie. Les gosses de seize ans se rendaient au lycée avec au poignet des Rolex qui, chez nous, auraient assuré une vie de loyer. Ça mettait mes colocataires de la misère dans une rage de Sarkozy. Voir que, quelles que soient leurs notes, l'avenir de ces nantis serait garanti. Une vie garantie à vie. Il fallait les punir. Alors ils les déchaussaient. Les garçons surtout. Aux filles, ils offraient des sacs en plastique de chez Lidl afin qu'elles puissent rentrer chez elles sans filer leurs collants. Les garçons, ils les faisaient pleurer. Ils les volaient mais ce qu'ils cherchaient avant tout, c'était à les humilier. Leur faire goûter un peu de la mauvaise herbe qui était notre pain quotidien. Leur faire mordre la poussière ; celle que nos mères essuyaient en baissant les yeux, le matin très tôt, sur les bureaux des tours de la Défense. Ces buildings arrogants que les pères de ces bourgeois apeurés, les arrivés avant d'être partis, avaient construits pour y mettre des tonnes d'esclaves en costumes gris.

Mes copains de la cité n'étaient pas non plus les Requins Vicieux. Cette bande qu'ils admiraient parce qu'elle semait la terreur dans les rues de Paris au milieu des années 1980.

Leur modèle était Tony Montana, celui de Brian de Palma. Leur Solal des Solal. L'émigré qui, parti de rien, né égaré et perdu en chemin, conquerrait sa place au soleil armé d'une violence qu'ils prenaient tous pour du courage. Parfois je leur demandais d'arrêter. J'avais mauvaise conscience. Alors Lahlou, mon copain Lahlou, disait :

— T'inquiète, on leur rend service. Demain, parie, leur daronne leur rachètera le même en neuf.

Alors je devenais complice. Je faisais mes courses sur les trottoirs du XVIe, j'en redemandais parfois. Je préparais ma garde-robe parisienne. Mon garde du corps, celui qui me protégerait, garderait secrètes mes origines ; je ne serais pas démasquée. J'aurais l'allure riche, mais l'allure, c'est comme l'amour. On y a droit ou pas. Ça ne s'achète pas. J'étais une enfant à l'intelligence encore verte, je pensais que l'habit ferait de moi le moine.

J'ignorais que les choses se révéleraient être un peu plus compliquées. Les bourgeoises, quand elles n'ont pas encore vingt ans, prennent un malin plaisir à contrarier leurs parents en disant des gros mots qui ne vont pas du tout avec leur joli sourire travaillé à la fraise de dentiste. Elles refusent le système mais piquent une crise de nerfs de Béatrice Dalle si on les prive de leur salle de bains personnelle. Elles s'endorment sous des plafonds hauts de quatre mètres, sur des planchers vieux de cent ans et elles trouvent cela normal. Leurs fenêtres ont la surface de nos salons miteux mais ça, elles préfèrent l'ignorer, et, même quand elles voient les journalistes de la télé nous jeter des cacahuètes, elles ne prêtent pas attention à nos cadres de vie.

Elles s'habillent souvent mal donc, parce qu'elles vivent dans le confort. Moi, mon vêtement restait mon dernier rempart contre mon infortune, la dernière surface d'expression d'une certaine forme de dignité. On dit souvent des pauvres qu'ils sont matérialistes. C'est une phrase de riche à qui tout est permis. On ne découvre l'inanité du désir qu'une fois qu'il a été assouvi. Mais, quand ce dernier se trouve contrarié, on se met à attendre des objets comme d'autres guettent le Messie.

Nous vivions dans le manque de tout. Le manque de place, le manque de beau, de calme. L'eau qui sortait en filet des robinets crasseux, le ménage qu'on refaisait frénétiquement parce qu'on pensait qu'il changerait le visage raté de notre décor de papier. On savait, pour avoir étudié Molière à l'école publique, qu'il y avait des nobles, mais l'idée qu'on puisse dire d'un matériau qu'il était noble, n'était jamais venue bousculer nos connaissances creuses.

Nous étions privés des Choses. Mais nous avions l'essentiel. Nous n'étions pas soumis aux codes de bonne conduite. On n'avait pas à faire « bonne figure » parce qu'il fallait respecter l'harmonie des lieux. Ça nous autorisait à dire les choses en face, à se foutre sur la gueule. Et, bizarrement, ça resserrait les liens. Je parlerai plus tard des amitiés de grandes surfaces, des amours de Casino, truqués bien que flamboyants.

J'étais née du mauvais côté. Je le pensais, j'étais catégorique. Et, si la bourgeoisie est la partie contentée du peuple, comme disait Victor Hugo, lequel, avec mes grands-parents et Jean de La Fontaine, m'a presque tout appris de la vie, j'étais de ceux qui refusent de se soumettre à la merde. J'étais en colère. Je n'avalerai pas. Je n'étais opportuniste en rien mais résolue en tout. Je fuirai ce mauvais théâtre parce qu'il est évident que la plus grande des richesses, la plus belle des fiertés, consiste à s'être sortie d'un monde funeste pour s'offrir l'existence qu'on a choisie. Je connaîtrai les deux rives, maîtriserai les deux mondes, ma conquête de l'espace commença le 3 octobre 1987. Ce jour où j'ai passé la grille verte et lourde de la Sorbonne, ce jour où j'ai commencé des études de lettres parce que les livres avaient été une fenêtre ouverte sur l'Ailleurs qui, je le savais, c'était en moi, rimerait plus que jamais avec Meilleur.

Et puisque je n'avais aucune preuve de l'existence de Dieu, je me suis fiée à la littérature. J'ai donné mon âme aux livres et j'ai prié pour que ma vie s'améliore.

Marie-Adeline, dite Mad (la gue-din)

Ce sont les premiers jours de cours à la Sorbonne. J'ai raté mon entrée sur la scène, je me suis trompée de costume. L'épisode des gâteaux au couscous, du cartable neuf et des souliers brillants, de la blouse repassée, m'ont traumatisée pour un temps, alors je me terre et, comme je ne parle pas, j'observe.

Je m'oublie tellement que je disparais à vue d'œil ; je deviens boulimique et anorexique. Je viens d'arrêter la danse et l'équitation parce que je n'ai plus le temps. Je veux être à la hauteur du lieu qui m'accueille, je veux rendre à mes professeurs le temps qu'ils me consacrent sous la forme de bonnes notes. Et, comme je suis d'une intelligence moyenne, que je ne suis brillante en rien, je travaille tout le temps.

Je suis devenue anorexique pour punir mon corps de ne plus répondre à mes injonctions esthétiques. Mes muscles ramollissent ? Je les gommerai à coups de diète et de séance de vomissement à l'eau chaude.

Je me nie. Je renie ma banlieue puante, ne rentre que pour dormir. Ma mère gueule du soir au petit matin parce que son mari l'a larguée. Elle ne peut plus le cogner alors elle me hurle dessus, elle gueule sur le chien qui se met à miauler tellement il a pitié d'elle. Les boules Quiès me niquent les oreilles donc je me réfugie à Sainte-Geneviève, Beaubourg, la bibliothèque de la Cité des sciences et de l'industrie. Je fuis ma maison, celle de Margot, ma grand-mère qui m'a élevée.

J'ai fui, puis je suis revenue. On finit toujours par rentrer chez soi. Aujourd'hui j'ai quarante et un ans, j'ai réussi, je suis arrivée dans la vie, comme on dit pour railler. Me faire un monde n'est plus un sujet, alors ma vérité me remonte au nez, j'ai besoin des miens. Chaque dimanche, je fonce chercher de la tendresse pure, les mains de ma grand-mère dans mes cheveux, les paroles tendres de ma maman.

Quand nous sortons de cours, les bourgeoises qui partagent mon quotidien parisien filent au café Le Reflet.

Ariane, Juliette, Louise, Athéna, Marie-Adeline et même une Aricie. Des noms d'héroïnes de roman, de déesses ou de reines quand nos mères prolétaires, dans le meilleur des cas, nous affublaient de prénoms de speakerines ou de chanteuses de variétés.

En rentrant à la cité le soir, je retrouve Karima qui me demande de lui balancer les blases, lui raconter les attitudes. Et Karima rit de bon cœur, « Ariane, comme la fusée », « j'espère que c'est un avion la meuf »... Karima n'a pas lu *Belle du seigneur*. On a les références qu'on peut. Après je dis : « Aricie ». Elle dit :

— Arrête ? Harissa ?

— Non, non, Aricie. Elle a même un frère qui s'appelle Clitandre.

— Déconne ? Sa mère elle accouche et là, elle dit : « On va l'appeler Clito ? »

Karima va crever de rire sur les pavés bordeaux de ma cité en ruine.

Je lui dis :

— Elles viennent à l'école les cheveux lâchés.

— Même les cheveux longs ?

— Même les meufs à cheveux longs. Elles ne les attachent pas.

— Toute la journée ?

— Ouais, toute la journée sans s'attacher les cheveux.

— Ouah…

— Et même, elles se mettent du rouge, genre… rouge.

— Où ?!!!!

— Ben sur les lèvres !

— Ouah, le truc de gue-din. Elles ont pas peur, dis donc.

À La Courneuve, la première chose qu'une fille fait en quittant son lit, c'est s'attacher les cheveux. Les Arabes avec leur truc crépu se battent à coups de pots de gel, plaquage sur le sommet du crâne, boules de poils anarchiques et insoumis dans leur dos. Les Noires font des tresses ou coiffent des perruques comme on porte un chapeau. Les autres, comme moi, cheveux raides ou ondulés, font des queues-de-cheval ou un chignon pompon.

On avait peur des poux. Depuis l'enfance. Si on rentrait avec des poux, nos mères sortaient d'abord la Marie Rose puis finissaient vite par nous raser le crâne. La première fois que ma mère m'a tondue, j'avais six ans. Depuis, j'attache mes cheveux. Trente-cinq ans plus tard, j'ai toujours peur des poux. Il faut voir comme je fais chier mes trois enfants avec ça.

Pour le maquillage c'est une autre affaire. Les mœurs semblent avoir évolué. Mais, en 1987, à La Courneuve, si tu mettais du rouge sur tes lèvres c'est que tu te préparais à aller tapiner dans les foyers d'Africains, ou dans les Algeco des chantiers.

Les filles de Paris. Quatre-vingt-dix-huit pour cent de bourges, forcément. Elles vont au café. Ça me dépasse. Aux 4000, où j'ai grandi, il n'y avait qu'un seul troquet : le Narval. Trois fusillades en cinq ans. Un repaire pour toxicos notoires. Le café a toujours été associé au mal, à l'oisiveté chez nous. Et, elles, entre deux cours, elles grillent des cigarettes au Reflet ou à l'Écritoire où elles n'écrivent rien. Elles m'invitent poliment, une fois, puis deux, et, comme je décline en prétextant quelque rendez-vous, elles renoncent.

Mon grand-père, qui a fait de moi une personne fière de ses expériences, dit qu'une femme qui fume fera des enfants malades. Je ne fume pas, je ne bois pas. Je n'ai jamais pu, même après que j'ai posé mes meubles de *musée* dans des appartements du VIIIe arrondissement. Je n'ai jamais touché une cigarette ni bu une goutte d'alcool. Mes enfants ne sont jamais malades, alors…

Je n'ai pas pu salir l'Éducation reçue de mes grands-parents, mon plus précieux héritage. Moïse, mon grand-père, disait : « On te donne de grandes valeurs ici, respecte-les, c'est une éducation nationale que je mets sur ma table ! »

Dans mon cours, à la Sorbonne, il y a beaucoup de filles. Des filles de « bonne famille », nommée comme telle parce que la réussite matérielle détermine la valeur d'un clan généalogique, il paraît.

Souvent, assise entre moi et le radiateur, il y a Esther. Elle « fait des lettres en attendant de rencontrer un mari chez les X ». Je ne comprends pas ce qu'elle raconte, j'acquiesce. Esther est juive, comme moi, mais je ne partage pas l'information. Ça ne se voit pas sur mon nom que je suis juive.

Micheline, ma mère, a épousé un Bourguignon, et, comme je n'ai pas eu de père, le bon Français m'a adoptée. (Mon géniteur kabyle qui ne voulait pas tuer sa mère en annonçant qu'il serait le père d'une youpine a préféré m'ignorer. Mon père n'a vu ma mère qu'une fois dans sa vie, et moi, je suis le résultat de cette rencontre fortuite.)

Mon beau-père m'a donné son nom et pas mal de pains dans la gueule, mais ça, j'en ai déjà parlé ailleurs.

Je ne dis pas à Esther que je suis membre du peuple élu, moi aussi. Je préfère ne pas la prendre par les sentiments, je n'aime pas les émotions un peu trop calibrées de cette fille. Je sens que je ne vais pas beaucoup l'aimer. D'ailleurs elle me demandera un jour de lui rédiger son mémoire de maîtrise contre trois mille francs, payable à la remise du manuscrit. Je suis déjà juive, je ne vais pas en plus jouer les nègres. Je ne suis pas Sammy Davis Junior.

Esther est gentille, elle aime Sigmund Freud et Chaïm Potok, tellement elle a besoin de pleurer sur les histoires des autres pour se sentir exister. Son père lui a appris l'Argent, les auteurs coreligionnaires lui enseigneront les sentiments.

Esther me glisse à l'oreille, un jour que nous attendons un professeur en retard parce qu'il vient de se suicider :

— Tu trouves pas Mad Sublime ?

Je crois que Madsu Blim est un linguiste dont le prof de logique nous a demandé d'étudier l'essai. Alors je réponds :

— Je n'ai pas cherché encore, je vais à la librairie de la rue des Écoles après, il en a parlé quand ?

Elle dit : « Hein ? » en me regardant comme si j'avais perdu un œil en parlant. Je dis : « Pardon ? » Décidément, je ne comprends pas cette fille.

Elle répète :

— Marie-Adeline. Mad ! Tu ne la trouves pas carrément belle ?

Je la trouve laide. Avec son nez rond et ses cheveux travaillés au Babyliss, je la trouve surfaite et grossière. Je réponds :

— Ah oui, elle est très belle.

— T'as vu son look ? s'emporte Esther. Il paraît qu'elle a des origines égyptiennes !

Et alors ? Moi aussi j'ai des origines berbères, et tunisiennes, et italiennes. Moi aussi je peux jouer les *worldwide girls*. Malheureusement, j'apprendrai, un peu à mes dépens, que seules sont exotiques les origines étrangères mâtinées de réussite sociale ou guerrière.

Le grand-père de Marie-Adeline était un proche de Nasser, il aida les Anglais et les Français à fermer le canal de Suez et reçut, en gage de sa reconnaissance commerciale, la fille d'un actionnaire français qu'il avait présentée au président égyptien.

Marie-Adeline avait un gros nez. Un nez sémite. Aujourd'hui je dirais qu'elle ressemblait à Jean-Pierre Raffarin.

Elle s'habillait en Sévillane qui se prépare pour la féria. Elle portait des souliers à brides et un chignon flou. Son visage était encadré par deux anglaises travaillées au fer et je vous jure qu'on aurait dit Rabbi Jacob. Elle parlait fort pour faire oublier que ses phrases étaient creuses. Elle apostrophait les gens, ne se souciait pas de savoir si elle coupait la parole, interrompait une discussion intéressante. Marie-Adeline qui se faisait appeler Mad – « parce que tu comprends, Marie-Adeline ça fait trop XVIe alors que je suis du VIIe ! » – se devait d'être remarquée à défaut d'être remarquable.

Mad, la folledingue. Toujours à monter des événements auxquels, évidemment, je n'étais jamais conviée. Elle saluait pourtant ma maigreur, trouvait que j'avais l'allure chic. Mad me disait : « Je ne sais pas ce qu'on va faire de toi, mais je suis sûre qu'on peut en tirer quelque chose de bien. » Elle parlait de moi comme d'un produit financier prometteur. Les filles intéressées font leur intéressante.

Mad offrait souvent des cadeaux à nos professeurs. L'idée d'aller poser une pomme sur le bureau de la maîtresse a dû être inventée par l'un de ses aïeux tellement elle avait ça dans le sang d'acheter la bienveillance des autres. Un jour, elle a proposé à notre professeur de civilisation de donner son cours dans le salon de l'hôtel particulier où elle vivait avec sa mère et ses trois sœurs. Son père s'était racheté une femme plus neuve, il avait laissé en dédommagement à la mère de ses enfants de quoi rester immobile jusqu'à sa fin. En lui versant une grosse somme d'argent, il la clouait dans une vie monotone où elle ne produirait rien, et c'est elle qui croyait avoir gagné la partie du divorce. Il l'avait envoyée en pension, en pension alimentaire, et elle, cette conne, pensait lui avoir fait payer ses envies d'ailleurs.

Mad expliqua au professeur que son salon regorgeait de tableaux, d'œuvres d'art et même de meubles que jamais, elle le savait, il ne verrait dans un musée. Au passage de sa prise de parole, j'appris qu'on mettait des meubles dans les musées et ce fut pour moi une découverte de Christophe Colomb. Elle expliqua à M. Blanchard, sans se démonter, que son cours sur la civilisation inca serait plus riche s'il était soutenu par des pièces d'exception, que, encore une fois, nous ne verrions jamais dans un lieu public. Chaque fois qu'elle l'ouvrait, elle avait pour manie de faire tourner entre son index et son majeur sa papillote de rabbin et ça avait le don de m'énerver.

Elle ressemblait à une vieille pute en fin de carrière qui n'a plus d'atours mais qui essaye quand même de convaincre un passant de devenir son client. Elle était flemmarde comme ça n'est permis que chez les opossums et les rois de la jungle, alors elle cherchait des tangentes, elle voulait acheter ses notes, elle aussi, négocier la bienveillance des professeurs. J'étais trop jeune pour comprendre, trop éloignée des codes, mais, bien des lunes après ça, alors que je travaillais depuis quelques années dans la publicité, j'ai encore compris quelque chose : dans la vie, il y a ceux qui bossent et il y a ceux qui ont des relations. Les grands patrons ont les deux. Mais il faut bien reconnaître que ceux qui s'en sortent le mieux possèdent un beau carnet d'adresses.

M. Blanchard était un homme intelligent qui avait dû travailler beaucoup pour nous apprendre autant de choses passionnantes. Elle allait se ridiculiser, c'est sûr. Il verrait la manip, comme on voit les trucs des magiciens débutants.

Eh bien non.

Le mardi suivant, nous étions seize filles et deux garçons réunis dans un salon de Versailles mais rue de La Tour-Maubourg. Il y avait des palets au chocolat, des sablés transparents et même des cuillers qui valaient des bijoux. Le professeur était très impressionné par ce qu'il voyait sur les murs, les guéridons. Il passa l'heure de cours à discuter avec Mad, il avait l'air emporté par ses émotions, et moi j'aboyais intérieurement mais les cris, quand ils sont étouffés, plaquent sur votre visage une drôle de grimace amère.

Esther, qui aurait vendu son judaïsme aux enchères pour devenir l'amie de Mad, a bien vu ma colère et elle a dit en riant :

— Ben quoi ? Qu'est-ce que t'as ? Ça va pas ?

Et moi j'ai répondu, j'étais Joe Dalton qui se contient à peine et j'ai dit :

— On avait besoin de venir ici pour suivre un cours ? Le prof ne nous calcule même pas…

— Nous quoi ? a sincèrement demandé Esther.

Une petite digression pour vous dire : nous étions en 1987, les expressions un tantinet olé olé qui semblent être rentrées dans le vocabulaire du commun des Français d'aujourd'hui trouvent souvent leur origine dans nos régions périphériques. Pour vous donner un exemple, quand les gosses du XVIe – pour ne citer qu'eux – disent « trop de la balle » en 2011, vous devez savoir qu'on s'exprimait ainsi en 1981 à La Courneuve. Idem pour « c'est tout claqué comme truc », « chanmé » ou « trop crème »… expressions que l'on a léguées aux Parisiens et autres citadins des centres villes, sans ne guère plus les utiliser.

Bizarrement, ils disent « mytho » quand nous évoquions Théodore de Banville. Un menteur, à La Courneuve, dans les années 1980, s'appelle « un Banville ». C'est étrange, vu le peu de goût de mes co-citoyens de banlieue pour les belles lettres, mais c'est comme ça.

Donc, on « récupérait » leurs vêtements coûteux, ils piochaient dans notre langue française réinventée. Vous allez voir qu'un jour on retrouvera « relou » et sa définition dans le Petit Robert.

Esther me regardait avec ses yeux de chien triste, elle avait la pointe de ses cils qui tombait sur ses pommettes rondes, un peu comme Enrico Macias.

J'ai rectifié :

— M. Blanchard ! Tu vois pas qu'il ne s'occupe que d'elle, de ses tableaux ?

Et Esther a dit :

— C'est pas beau… t'es jalouse…

Oui, j'étais jalouse. Je bossais comme un charolais pour obtenir un diplôme qui ne m'ouvrirait même pas la porte de sa cave. Elle n'avait qu'à se baisser pour ramasser des invitations à la beauté, rencontrer des gens aux vies riches et fastueuses, elle aurait un quotidien sucré, on ne lui demanderait jamais de *gagner* sa vie. La vie, c'est ta mère qui te la donne, on ne nous a pas dit qu'il faudrait payer de sa sueur pour en profiter, la racheter un peu tous les jours. J'avais dix-sept ans. Je ne comprenais pas encore que ces filles sont empêchées dès le départ. Elles savent qu'elles ne feront jamais mieux que leur père, qu'elles deviendront leur mère, certainement. Elles regardaient leurs mamans à la superbe envolée devenir des femmes aigries qui regrettaient leurs mauvaises actions. Elles avaient trompé leurs maris absents en gardant leur sourire haut et leur front lisse, elles pensaient maîtriser, mais, à l'heure des premiers bilans, elles étaient rattrapées par leurs délits qu'elles tentaient d'abord de conscientiser, mais non. On ne post-rationalise pas un geste crade. Alors, quand la vérité, comme l'huile que l'on tente d'enfoncer au fond d'un verre d'eau, refaisait surface, elles rouvraient les yeux et elles vieillissaient mal.

Esther m'a tendu une coupelle remplie de gâteaux préparés par la bonne, et elle a ajouté :

— Tiens, prends-en deux, ça ne te fera pas de mal.

J'ai pris les deux biscuits comme s'ils étaient deux petites capsules de cyanure. Je ne pourrais pas les manger parce que je savais que je ne pourrais pas les vomir ; il aurait fallu que je bouffe tout le buffet pour que ça fonctionne, mes conneries.

J'ai patiemment émietté les douceurs que j'ai étalées entre les coussins moelleux des sofas et les fils de laine vierge trop fins du tapis persan sur lequel je n'osais pas poser mes pieds chaussés.

Esther me regardait en biais. J'avais honte, je me détestais, mais je ne pouvais pas faire autrement.

Quelques semaines plus tard, alors que nous recevions nos premiers résultats je découvrais que M. Blanchard m'avait gratifiée de la meilleure note.

Marie-Adeline était là, tenant Esther au bout d'une laisse. En quelques semaines elle s'était constitué une cour de Sissi impératrice. Esther, qui ne vivait qu'au travers du regard que les autres posaient sur elle, n'osa pas aller jusqu'au panneau d'affichage.

Mad, la dingue, a alors esquissé un pas de sevillana (je vous jure que c'est vrai), et elle a dit en roulant les *r* alors qu'elle était parfaitement française :

— On ne va pas avoirrrrr peurrrrr d'un résultat sur un bout de papier ! On n'a pas passé le perrrrrrmis non plus !

Elle s'est dirigée vers le mur où nos noms étaient empilés sur des lignes bicolores, elle a pointé son patronyme avec son index, a tracé la ligne horizontale qui menait à sa note et elle a dit :

— Oh ! merrrrrrde. Je suis bonne pour le rattrapage de septembre. Impossible… je suis à L.A. jusqu'en octobre.

Je serais morte d'avoir eu une mauvaise note. Et, elle, elle traversait ça joyeusement. Parce qu'elle savait que les apparences gouvernent le monde. Je ne bougeais plus. Je jubilais intérieurement de la voir échouer. L'École serait mon salut, je le savais. Pour Marie-Adeline c'était un accessoire de mode. Rien de plus. Elle a regardé brièvement la fiche de résultats, puis elle s'est tournée vers moi et elle a dit :

— Brrrravo ! La fille de banlieue a eu la meilleure note !

Elle n'était pas jolie. Elle se voulait rayonnante, mais ça clinquait trop pour être honnête. Elle était un halogène qui agresse plus qu'il n'éclaire. Elle se voulait légère, Marie-Adeline. Convaincue qu'elle ne laisserait pas de trace, elle voulait bouffer la vie alors elle se donnait en spectacle. Elle ne voyait pas que sa méchanceté était la maladie de son âme.

Je n'ai rien dit. J'ai pensé : « Pauvre fille » et je n'ai rien dit. Elle pensait avoir le dessus alors elle a continué :

— Tu as triché ?

Ce n'est pas le fait qu'elle me croie roublarde qui a déclenché mon tonnerre de Fukushima. C'est son rictus. Elles avaient toutes le même. Je prenais ça pour du mépris. Et, dans les cités, on nous apprend le Respect. Le plus important est de sentir que l'autre vous estime. Et, là, elle me marchait ouvertement sur la gueule avec son sourire.

J'ai d'abord fait comme le commandant Pivert avec Rabbi Jacob. J'ai tiré sur ses anglaises, bien fort, comme quand on tire sur la queue du Mickey pour espérer gagner un tour de manège gratuit.

Je l'ai fait tomber, j'ai enfoncé son nez avec mon poing. Son appendice nasal pissait le sang. Je ne voyais plus rien. Je faisais honneur à mon demi-aïeul Attila. Je voulais la faire disparaître. Je voulais qu'elle cesse de respirer le même air que moi. Je la voulais morte, tuée par mes mains. Je l'étranglai, lui crachai dessus. J'étais bien plus menue qu'elle mais une force incroyable sortait de moi, me dépassait. J'étais Hulk qui ne veut pas qu'on l'emmerde. Et, sans m'en apercevoir, je me suis retrouvée sur le trottoir. Un mec immense a attrapé le javelot que j'étais alors, et l'a balancé bien loin dans la rue.

Quand j'ai retrouvé mes esprits, seule, le cul planté dans mon caniveau, j'ai regardé la cour de Marie-Adeline s'affairer autour de la victime.

On lui tendait un verre d'eau, un mouchoir en papier, on ramassait son sac. Esther m'envoyait ses yeux de haine, mais je sentais poindre, derrière, un peu d'admiration.

Mon cartable neuf, acheté à grands frais quelques mois plus tôt, gisait devant la machine à bonbons. Il fallait que j'y retourne. Récupérer mes affaires, ranger ma dignité, remettre sur pied mon honneur.

Marie-Adeline s'est littéralement sauvée en courant quand elle a vu que je me dirigeais vers elle. Les autres sont restées groupées. Elles m'ont dit :

— Oh, là, là, t'es dans la merde. Son père a le bras long ! Ils vont te renvoyer à La Courneuve.

Et c'est comme s'ils disaient :

— Ils vont te remettre en prison.

Et puis Ariane a pris mon parti. Ariane s'est approchée de moi, elle a susurré à mon oreille :

— Les pauvres, ils tapent avec leurs poings, les riches, avec leurs avocats. Les bourges, ils te feront jamais rien en frontal. Mais là… avant que tu reçoives une lettre d'avocat dans ta boîte… elle aura trop honte… t'inquiète, ils vont juste la changer d'école.

Ariane était maigre comme moi. Elle avait des croûtes sur les phalanges, comme moi. Elle se noyait dans des vêtements trop grands, comme moi. Elle aussi portait des chaussures toujours soignées. Naturellement, j'en conclus qu'elle venait d'une cité, comme moi.

Ben non.

Ariane venait du VIIe arrondissement, elle aussi. Une grande maison avec des gens qui lui ouvraient la porte, l'appelaient mademoiselle. Je vais vous raconter Ariane, tout de suite. Je finis juste sur Mad, la folle de La Tour-Maubourg.

J'ai recroisé Marie-Adeline lors d'une party à Biarritz, il y a une dizaine d'années. Je ne l'approchai pas, et je fus surprise qu'elle vienne me saluer. Elle avait superposé des fleurs dans ses cheveux, son vêtement était compliqué, noir. L'œuvre d'un créateur japonais misogyne ou nihiliste certainement. Bref, elle paraissait un jardin d'Éden saccagé par un punk. Elle tenta de justifier de n'avoir pas fini son année scolaire en me racontant sa vie mouvementée par les nominations successives de son père alors qu'elle ne vivait plus avec lui depuis ses douze ans. Elle raconta ses expériences, riches, multiples, des gens « fabuleux » rencontrés à New York et Delhi alors que si elle avait dû finir son troisième cycle à Paris-IV, elle se serait « foutue en taule pour cinq ans ». Elle faisait des efforts pour parler « banlieue ». Elle disait « cool », « vénère », elle pensait se mettre à mon niveau, la pute. Elle ne posa aucune question sur ma vie, mes choix, alors que j'avais le ventre rond, que je portais ma fille. Elle parlait vite, ses mots couraient, comme elle avait couru, le jour où elle s'était sauvée, ce matin où je lui avais pété la gueule. Elle a fait comme si rien de cela n'avait existé. Son visage portait le masque du malheur, je voyais bien qu'elle trichait, que ses émotions étaient déguisées.

Quand elle s'éloigna, une connaissance commune vint me trouver :

— Elle t'a raconté son horreur ?

Je mentis :

— Oui.

La connaissance commune s'épancha alors :

— Putain, c'est dingue quand même… son mari met les deux frangines enceintes et elle, elle perd son bébé à sept mois de grossesse alors que c'est la légitime. Tu te rends compte que sa nièce est aussi la fille de son mari ?! Moi, je l'aurais largué. Et, elle, elle reste.

J'ai demandé, il y avait le diable qui dansait dans mes yeux et j'ai dit :

— Elle a eu d'autres enfants ?
— Non, la pauvre. Ça fait des années qu'elle essaye.

Je sais que la vengeance est le testament des faibles. Mais, quand même, ce jour-là, quand j'ai su que la mauvaise fortune avait scellé son sort, d'instinct, je me suis sentie bien.

J'avoue que d'autres fois il m'est arrivé d'être plus active, de ne pas attendre un signe du ciel.

Il y a une phrase qui dit : « Assois-toi au bord de la rivière et regarde passer le corps de tes ennemis. »

Moi, la rivière, je la creuse, je l'irrigue, je tue l'ennemi, je le jette à l'eau, et seulement après, je m'assieds pour contempler mon ouvrage.

Ça peut me prendre vingt ans de prières, de plans machiavéliques, d'assistances maléfiques, mais, un jour, j'achève celui qui m'a offensée.

Ariane, ma sœur de malheur

Ma grand-mère s'appelle Margot. Ma mère m'a eue trop jeune pour être une maman. Alors Margot m'a élevée. Aujourd'hui j'ai des enfants, j'ai eu deux maris, plein d'aventures humaines qui ont allongé ma pensée, mais elle m'élève encore. Elle me grandit. Elle est mon père et ma mère. Elle a dit, un jour que je m'étais disputée avec Sonia, une demi-juive, comme moi :

— Tout le monde a quelque chose de bon. C'est c'qui faut que tu cherches d'abord. Après si tu trouves la merde, tu changes de personne. Mais d'abord tu regardes le bon côté de la lune.

Ma grand-mère est tunisienne. Juive. Elle est très attachée à la France, aux valeurs de la république.

Elle est heureuse que je puisse étudier la langue française à la Sorbonne. Elle sait que les grilles de cette université seront le poste frontalier qui m'ouvrira la voie pour un autre pays. Elle comprend avant tout le monde, ma grand-mère, elle a une acuité de sonar. Elle scanne le visage des gens, elle détermine un caractère à la position des yeux, à la grandeur d'une bouche, au volume d'un nez. Aux mots qui reviennent aussi, les tics de langage. Elle n'a pas lu les livres mais elle lit la pensée des gens.

Elle dit que l'âme d'une personne est écrite sur sa figure. Je ne lui parle pas de Dorian Gray, mais j'évoque un chanteur qu'elle adore. Je lui dis :

— Leo Ferré, il avait les dents du bonheur… C'est pas prouvé tes théories de Tunisienne.

Elle ne s'énerve jamais Margot, elle rit tout le temps. Même quand un jour je me suis mise à peser quarante kilos, elle m'a regardée et elle a dit : « T'as encore oublié de manger cette semaine ? » Et elle croquait dans un makroud dégoulinant de miel, elle riait encore même si je voyais bien ses yeux mouillés. Ma grand-mère a perdu trois de ses enfants. Elle n'en a jamais voulu ni à Dieu, ni à la vie. Elle continue d'aimer les autres, de prier pour la « paix dans le monde entier amen amen amen », elle le dit en fermant les yeux. Elle aime ses frères humains, elle dit qu'on a tous un chemin à parcourir, elle dit qu'il faut faire ce qu'on a à faire, après tu t'assois. Elle a toujours tenu debout. Son sourire n'a jamais faibli. Et puis, elle a toujours eu confiance en moi. Alors, quand elle a dit : « Tu t'en remettras », j'ai su qu'elle disait vrai.

Je devenais terne, mes yeux étaient une bouteille de Perrier qu'on a laissée trop longtemps ouverte, ils ne pétillaient plus. Mes mauvaises pensées assombrissaient mes cheveux.

Changer de pays est un arrachement. Mais devoir changer de planète deux fois par jour est un truc à vous rendre marteau pour de bon. Je maîtrisais mon langage, ma tenue, je contrôlais mon apport calorique, régulais les flux et reflux comme un douanier américain à la frontière mexicaine. J'étais sous tension et Margot m'a dit un matin que je cherchais mes seins sous mon tee-shirt :

— Regarde-toi, tu t'es disparue… Fais pas tménik avec les Parisiennes hein ! (ce que l'on traduirait par « arrête un peu tes manières »). Elles sont toutes maigres et toi tu veux être plus maigre que celles-là ! Ils te prennent comme t'y es à la capitale, parce que chez toi, y en a prendre ! Ils veulent pas te prendre ? Et alors ? Qu'est-ce qu'on s'en fout ? Qu'ils te laissent ! Tu n'as pas été élevée comme eux, voilà j'te dis ! N'essaye pas d'être leur ombre (j'étais déjà l'ombre de moi-même mais bon…) de devenir leur singe hein !

Elle s'emportait pour se calmer aussitôt :

— Mais dans toutes tes collègues de l'école là, y en n'a pas une qui veut être ta copine ?

Je lui parlai d'Ariane. Elle dit :

— Hum… comme la fusée…

Oui, voilà, c'est ça. Comme la fusée, filiforme et tout le temps au bord de tomber. Je lui avouai :

— Elle est comme moi, elle n'aime plus manger…

Et ma grand-mère chérie a dit :

— Amène-la ici, je vais lui faire à manger. Manger chez les riches, c'est pas le sujet. Ils peuvent tellement tout se payer qu'ils oublient l'essentiel. Amène-la, j'te dis ! Je lui ferai un couscous, ah non ! Un batata bel'hem. Oh non ! J'ai une idée, des gnaouias.

Et elle égrenait ses plats, elle faisait ses menus, sortait presque la vaisselle qu'elle craignait de ne pas avoir en quantité suffisante et identique. Margot, les bourges dépareillent leurs assiettes tu sais, c'est la mode « bonne franquette ».

Ariane n'est pas venue chez nous, à La Courneuve. J'avais peur qu'elle soit prise d'un syndrome de

Stendhal inversé. Trop de moche d'un coup. Elle avait grandi au milieu des fleurs et du silence, Ariane.

Un matin, elle est venue s'asseoir à côté de moi entre deux cours. J'avais pris l'habitude de me poser sur les marches d'un petit escalier de la cour de la Sorbonne et j'organisais des débats muets entre la statue de Newton et celle de Voltaire, qui trônent sur le pavé. Elle a demandé si j'avais quelque chose de prévu après les cours, et, comme j'avais peur qu'elle me croie désœuvrée, désemparée, esseulée, j'ai répondu un peu trop vite que, oui, bien sûr.

Alors elle a fait comme si elle ne m'entendait pas et elle m'a invitée à réviser chez elle, puisque les cafés sont pleins de « connasses à grande gueule qui viennent en taxi à la fac ».

J'ai vraiment cru qu'on allait prendre le RER pour rejoindre une ville inconnue de l'Essonne.

Ariane était longue et maigre, mais elle avait de grands yeux jaunes qui racontaient le désert et le soleil et les écorces d'orangers.

Il y avait tellement de couleurs qui dansaient sur sa pupille, qu'on ne pouvait détacher son regard du sien quand elle se tournait vers vous. Elle parlait doucement. La force physique se retirait peu à peu de son corps, ses gestes étaient lents mais son esprit était vaillant. Je regardais les croûtes sur ses phalanges, elle regardait les miennes sur mes doigts devenus des sarments secs, et on se souriait, pas complices pour deux sous. On était deux leucémiques dont les fauteuils se croisent dans le couloir d'un hôpital et qui compatissent.

Nous étions malades, nous le savions et, comme à cette époque l'anorexie n'était pas encore un sujet à la mode dans les médias, nous nous taisions. On attendait des jours meilleurs en se détestant un petit peu. Quand on n'est pas content de soi, on n'a pas besoin d'avoir un miroir qui nous renvoie à nos faiblesses.

Lorsque la journée de cours a été terminée, je l'ai suivie sur le trottoir. Rue de la Sorbonne, il y avait une voiture stationnée avec, à son volant, un homme qui paraissait l'attendre. Nous sommes montées à bord de l'engin et Ariane n'embrassa même pas son daron, ne dit même pas « bonjour papa », pour la bonne raison que le papa en question n'était pas son père. C'était son chauffeur. Ça, je le compris au bout de quelques secondes. Quand nous eûmes refermé la portière, l'homme dit :

— Bonjour, mademoiselle. Où allons-nous ?

Et Ariane répondit sans y penser :

— On rentre, Gérard.

Je faisais genre, tout est normal, un chauffeur va nous ramener à Sainte-Geneviève-des-Bois, la meuf assise à côté de moi est noyée dans un jogging Adidas quatre fois trop grand pour elle, mais elle a un chauffeur qui s'appelle Gérard – comme mon oncle…

Rue de Tournon, la voiture s'est arrêtée. Une voiture longue comme un couloir, juste pour faire trois cent mètres.

Ariane m'a demandé de la suivre. Derrière une porte en fer noir, il y avait un jardin, un parc de La Courneuve en un peu plus petit, et c'était… le sien. Derrière les arbres il y avait une maison de Guy de Maupassant et de Honoré de Balzac tellement je sentais que des femmes à crinolines, des hommes à cannes dorées et barbichettes pointues avaient dû se donner la réplique entre ces murs irréguliers comme la peau d'un lépreux. La maison était belle, le jardin était somptueux, le verre soufflé des fenêtres et par endroits coloré donnait un charme désuet au tout, mais, en dépit des ombres sous la lumière, des fleurs qui revenaient en ce matin d'avril, l'endroit sentait la mort, le désamour et le silence.

Elle m'a conduite jusqu'à sa chambre. Le lit était grand, blanc et défait et j'ai tout de suite pensé qu'elle avait dû faire de sacrés cauchemars entre ces draps froissés.

J'ai demandé :

— Tu vis toute seule, ici ?

— Non, mais c'est tout comme. Ma mère vit au premier, mon père entre le rez-de-chaussée et l'immeuble d'en face où il a installé sa maîtresse et leur fils de un an.

— Sa maîtresse vit à côté de chez vous ? Et ta mère elle dit quoi ?

— Elle dit rien… c'est lui qui tient le porte-monnaie et l'autre traînée d'en face, elle tient les cordons de ses bourses…

J'aimais bien comme elle parlait, Ariane. J'ai vite compris que c'était un cheveu sur la soupe de sa mère, cette fille, une feuille de poème égarée tombée entre le pages du *Who's Who*.

Elle se nourrissait de livres, juste de livres et de concombres. Elle m'a montré Huysmans, j'ai pleuré en lisant l'histoire de Marthe qui finit par faire la pute pour être à la hauteur de la société d'apparences dans laquelle elle se perd. Huysmans était bourgeois et décadent mais animé d'une conscience aiguë, aiguisée comme un couteau qui ne pardonne pas et j'aimais bien penser que des philistins pouvaient avoir des souffrances, une vie faite de perplexités et de dégoûts. Il montrait le noir, le blanc puis il insistait sur les nuances de gris et ça me faisait réfléchir.

Ariane m'a amenée au musée, m'a montré Picasso, elle m'a expliqué pourquoi Picasso, Bacon, alors que je n'entendais rien à cet art majeur. La peinture, pour moi, c'était Le Bâtiment, le travail de mon grand-père qui nous avait nourris. Bacon c'était juste un truc pas casher.

Sa mère disait que je finirais par les voler, elle faisait fermer les portes à clé quand il m'arrivait de rester dormir et c'est vrai, qu'un jour, juste pour lui donner raison, j'ai volé un cendrier Hermès que j'ai ensuite fracassé sur le trottoir de la rue du Bac.

Ariane m'aimait bien. J'étais vierge des dérives propres aux filles de son quartier.

Je n'étais pas son Victor, l'enfant sauvage qu'il faut éduquer, je n'étais même pas sa bouffée d'air frais, elle étouffait depuis l'enfance, elle n'était pas née au bon endroit, comme moi, et j'avoue que, malgré le silence et les mesquineries de sa mère, j'aurais échangé sa place contre la mienne sans discuter. Pour l'absence du père – qui la faisait souffrir aussi – j'avais été blindée à la naissance, même si ce n'est pas vrai qu'on finit par accepter.

Je lui demandais :

— Mais pourquoi, avec la thune que t'as, tu t'habilles pas en marques de riches ?

Elle répondait en souriant et sans se moquer que les riches sont souvent les plus radins de la terre. D'ailleurs, ils ne sont pas riches par hasard. Elle disait :

— Ma mère veut m'apprendre la valeur de l'argent. Elle me fait dormir dans des hôtels particuliers, m'envoie son chauffeur parce qu'elle a peur des enlèvements – pffff –, elle me largue cent francs par semaine pour manger, m'habiller, sortir… Et elle, elle fait venir le coiffeur ici tous les matins, passe sa journée en déshabillé de soie Sabbia Rosa. Tu ne connais pas hein ? Cinq cents francs les trois grammes de slip. Plus cher que de l'or… Elle m'en veut de grandir, ça la fait vieillir, elle en veut à mon père de s'être lassé d'elle sans le lui dire. Qu'est-ce qu'elle croyait ? Il change de voiture tous les ans, il n'allait pas garder la même femme toute sa vie !

Ça me faisait marrer.

On partageait nos rires et c'était la preuve du début d'un amour, je crois. On s'aimait beaucoup sans se le dire parce qu'on avait des pudeurs aristocratiques, elle, la grande bourgeoise et, moi, la banlieusarde, fille d'une immigrée tunisienne juive et déjà française, on se comprenait.

Les matins où je me réveillais chez elle, nous faisions des concours de « pue de la gueule » et elle me prouvait sur pièce qu'on a beau boire du thé dans des tasses en porcelaine peinte à la main, se coucher dans des draps en coton égyptien, avoir une fille en noir et blanc qui vous tend un peignoir au réveil, on souffre tous des mêmes émanations gastriques.

Elle lâchait des pets dans la nuit, des pets longs et sonores comme le bruit d'un moustique qui vous cherche des noises, et je pensais encore, cette fille n'est pas de chez eux.

Je ne lui ai pas raconté ma vie. Je ne pouvais pas. Pas tout de suite. Je n'ai pas parlé de mon beau-père qui venait de s'enfuir avec sa maîtresse après avoir passé dix ans à me casser la gueule. Je ne parlais pas de ma mère, de sa dépression joyeuse, ma mère qui riait tout le temps, même quand elle chiait au lit parce qu'elle ne parvenait plus à mettre un pied par terre. Ma pauvre maman, adorée autant que déchiquetée par les siens qui m'a prouvé dans les moments désastreux de mon existence, sa bonté d'âme.

Je ne lui parlais pas de La Courneuve. Je défendais ma ville dont elle se moquait parfois, comme un fils défend sa mauvaise mère parce qu'il vient d'elle. Je venais de là. J'étais de cette municipalité, avec ses violences, sa solidarité, sa générosité et sa laideur.

Elle avait du mal à parler de sa richesse à venir, son héritage prévu, parce qu'elle savait bien, pour avoir lu Diderot avant moi, que l'argent des sots est le patrimoine des gens d'esprit. L'idiot, selon ses paroles, c'était son père, et moi, je crevais de ne pas retrouver le mien.

Je l'admonestais, dressée sur son lit, je la blâmais. Je lui disais : « Tu te rends compte que tu en veux à ton père de vous avoir mises, ta mère et toi, à l'abri du besoin ?! » Je la sermonnais en évitant d'évoquer mon cas, et ses yeux dorés brillaient un peu plus, ses cheveux blonds et beiges faisaient des vagues autour de son visage et ça me donnait presque le mal de mer de la voir si triste et si gaie en même temps.

Je lui en voulais de chipoter avec le bonheur. Elle avait tout à portée de main et elle faisait la fine bouche. Elle refusait le confort qui est le début de la sérénité, enfin, il me semble. Elle aurait pu voyager où bon lui semblait parce que son père savait, pour l'avoir vécu avant elle, que les voyages forment la jeunesse. C'était écrit dans les livres en cuir qu'il n'ouvrait jamais. Il mettait le monde à sa disposition et elle, tel le cochon qui boude sa confiture, elle ne quittait pas Paris. Les bourgeoises vont l'hiver à La Baule ou en Bretagne, l'été à Biarritz ou en Vendée. Leurs mères, souvent, possèdent une maison dans le Lubéron ou dans le Sud-Ouest.

Nous avions des discussions de fin du monde et des habitudes opposées. Elle buvait de l'alcool blanc à la bouteille et se couchait après minuit. Elle fumait des cigarettes, et chez nous, la clope était un attribut de putain qui attend. Elle avait des sujets de conversation passionnants, mais parfois, c'est vrai, je trouvais qu'elle manquait de vice qui est la face cachée de la vertu, de compréhension du monde qui battait autour d'elle et au milieu duquel elle demeurait immobile. Elle avait préféré se couper des hommes et des choses de l'amour et on avait aussi ça en commun, elle et moi. On ne pouvait pas prêter nos corps aux garçons, ils étaient si laids. Des planches pourries pleines d'échardes.

Et puis Ariane ne savait pas aimer, on ne lui avait pas appris. Elle en voulait à son père d'avoir été absent, de lui avoir préféré les chiffres et les réunions, alors elle restait loin de son propre cœur. Elle se niait, elle aussi, elle se refusait aux autres, se refusait à elle-même. Parce qu'on a beau dire, les gens autour c'est un petit morceau de nous, forcément.

Elle savait qu'elle hériterait d'assez d'argent pour ne pas avoir à craindre, et la peur, vous me direz ce que vous voudrez, c'est quand même ce qui fait courir. Ariane, à l'intelligence aiguë, Ariane, belle malgré sa maigreur, passerait sa vie plantée là parce qu'elle méprisait sa maman et pensait qu'elle ne dépasserait jamais son père. Les parents sont ceux qui, après vous avoir tout donné, vous passent le relais et vous encouragent. Son père, comme beaucoup des pères de mes connaissances bourgeoises après elle, continuait son ascension sociale, sexuelle, sans se soucier du bien-être de sa fille unique. Il devenait un père présent avec son fils, celui qu'il avait eu à un âge où il aurait dû être grand-père, et ça donnait à Ariane le sentiment d'avoir été un passage judéo-chrétien obligé. Un brouillon de paternité. Quelque chose qu'on corrige. Alors elle se punissait.

Ariane n'aimait pas la vie. Les livres ne la sauvaient pas comme ils m'avaient sauvée, comme ils continuent de me sauver aujourd'hui que j'ai pu reprendre le fil de mes lectures, maintenant que je n'ai plus de couches à changer.

Je lui disais :

— Mais putain, t'as tout ! T'es pas ta mère ! Arrête de la regarder avec de la haine, ça t'empêche ! Et même ta mère, je suis sûre qu'elle a quelque chose de bien.

Ses yeux d'ambre se mettaient à tanguer et elle morigénait :

— Ma mère quelque chose de bien ?!!!!! Tu comprends rien !!! Toi, ta mère, elle n'a pas d'argent mais elle te donne. Elle te donne tout le temps, je vois bien que t'as confiance en toi ! Ta mère elle te donne assez d'amour pour que tu oses. Qu'est-ce qu'elle a fait de sa vie la mienne, à part pomper le fric de mon père qui paye encore pour ses absences ? Il l'a bien baisée en faisant un gosse à l'autre pute !

Elle avait la colère mauvaise, celle qui freine plutôt qu'elle n'entraîne. Elle faisait porter le chapeau de sa tristesse à ses parents pour justifier son incapacité à bouger son cul de son malheur. Elle m'enviait alors que j'aurais échangé sa vie contre la mienne sans discuter et en la payant, encore !

Elle voulait connaître Micheline, ma mère, je ne voulais pas. Elle aurait pu aimer le personnage. Elle est la femme la plus généreuse qu'il m'a été donné de croiser. Elle donne sans attendre en retour comme dans la chanson bien naze d'Elton John. Ma mère est aussi un danger public quant à la convention sociale. Elle n'a aucune retenue, elle recrache un aliment inconnu dans son assiette en s'écriant : « C'est du chat ! Oh ! les bâtards ! » alors que je l'amène dîner dans un grand restaurant chinois. Ma mère aurait pu dire à Ariane : « T'es un sac d'os », « Et tes cheveux ? c'est du vrai blond ? » juste pour avoir une réponse.

Non, je n'allais pas lui présenter Micheline. J'avais peur qu'Ariane pense que le fruit ne tombe jamais très loin de l'arbre comme il est coutume de le penser chez les gens dits « sensés ». Pourtant, je n'ai jamais eu honte de ma mère. Ou alors j'ai oublié.

Un jour, Ariane m'a invitée au restaurant comme on invite quelqu'un à se jeter d'un pont sans élastique. Je l'ai regardée par en dessous, modèle Lady Di. On n'était pas deux connasses qui vont faire une grosse bêtise. On abordait pour la première fois, et sans se le dire, la question du mal qui nous rongeait.

Nous nous sommes retrouvées, attablées face à face dans un restaurant italien de luxe. On a commandé des pâtes, puis de la viande, on a pris un dessert. Elle a commandé du vin, je n'en ai pas bu. Elle a recommandé un dessert, et, avant de l'avoir terminé, elle a posé un pascal sur la table et nous sommes parties en courant jusque chez elle.

Je culpabilisais à l'idée de jeter tout cet argent que je venais d'ingurgiter dans la cuvette de ses toilettes. Mes crises de boulimie, je les faisais avec du chocolat Leader Price d'habitude, des faux Pim's, des amandes et du lait chaud.

Là, j'allais voir repasser en sens inverse des mets dont le prix me laissait croire qu'ils étaient faits de choses *bonnes pour la santé*. Je culpabilisais de jeter son argent par la fenêtre des chiottes.

Ce jour-là, je m'en souviens comme si c'était hier. J'ai compris qu'Ariane cherchait à se fabriquer un cercueil à deux places où, j'en étais sûre, elle avait prévu de m'inviter.

Ma grand-mère dit : « Si tu traînes chez le parfumeur, tu sentiras le parfum. Mais, si tu traînes avec les porcs, tu sentiras la merde. »

Je crois que j'ai eu peur. Je me suis détournée de la seule fille de l'école qui avait osé m'approcher, m'apprécier. L'effet miroir m'a fait prendre conscience de la profondeur du trou dans lequel j'étais en train de m'abîmer. Ma solitude n'en fut que renforcée, et, bien que je n'aie pas guéri tout de suite de mon anorexie, je crois, avec le recul, qu'en me sauvant, j'ai sauvé ma peau.

La fille du chanteur

Quand j'ai été rassurée par ma capacité à enchaîner les bons résultats scolaires, quand j'ai obtenu une mention « très bien » à mon DESS de Lettres Modernes Spécialisées, quand j'ai obtenu les félicitations du Pr Blanchard à la fin de mon DEA – ma thèse parlait de mémorisation, du détournement du déjà connu par la publicité et des *Fables* de La Fontaine –, quand on m'a de nouveau déclarée boursière pour quatre ans afin que je mène à son terme mon doctorat, je me suis détendue. Il m'aura fallu beaucoup de temps pour enterrer mes complexes, du temps et du travail aussi.

Les gros mots sont remontés à la surface de ma bouche.

Je n'en pouvais plus de ces bourgeoises et de leurs expressions tout en nuances. Chez moi, dans mon pays de banlieue, on parle en mettant du feu dans nos phrases.

Elles disaient : « Oui. » Nous disions : « Graaave. »

Elles disaient : « J'ai envie de ces chaussures ! » Nous disions : « Je suis en sang devant ces groles. »

Elles disaient : « C'était sympa. » Nous disions : « C'était mortel. »

Elles disaient : « Je t'ai vue ! » Nous disions : « Je t'ai cramée ! »

Elles disaient : « Merde ! » Nous disions : « Sa mère la pute ! »

Elles disaient : « J'y vais. » Nous disions : « Je trace. »

Elles disaient : « Va-t'en ! » Nous disions « Bouge, vas-y, BOUGE ! Caltre-toi d'là j't'ai dit ! »

Elles disaient : « Je la boude. » Nous disions : « Je l'ai mise au frigo. »

Et ainsi de suite pendant des kilomètres sur l'autoroute du langage… Je n'en pouvais plus de devoir prendre des pincettes avec les mots. La langue de notre pays est vivante et je vous jure que, aujourd'hui encore, je n'ai connu plus belles inventions linguistiques que dans les cités où les livres, ne sont pas pourtant les bienvenus.

Elles ont commencé à coucher avec nos beurs, et voilà que, maintenant, elles nous piquent nos mots. Elles disent : « Bouffonne » quand à La Courneuve aujourd'hui nous disons : « Poltronne ». Leurs filles disent : « Boloss », les nôtres disent : « BG ». Nous disons : « T'as un dossier… » quand elles, vingt ans après nous, disent : « Ouaahhh trop la teu-hon ! » Leurs fils ânonnent : « Oh, t'as lanceba ! » quand nous parlons de « Poucave » ; les bourgeoises courent derrière nos mots et nos hommes, quand nous, nous courons derrière leurs sacs, leurs chaussures et parfois même leurs bijoux.

J'avais été validée par des instances supérieures et respectées. L'État français reconnaissait mon aptitude à parler, à peu près correctement, la langue de Racine, de

Corneille, de Victor Hugo, que j'ai toujours placé au-dessus des autres.

Je pouvais désormais évoquer mes origines géographiques pas françaises, celles de ma famille, et en être fière.

Je pouvais parler comme un charretier et choquer la bourgeoise. J'étais tamponnée « apte ». J'adorais qu'elles me croient fille inculte, Rastignac sur les bords, belle amie à coup sûr.

J'adorais brouiller les pistes. Puis violer leurs idées reçues. Aujourd'hui encore, j'adore qu'on dise de moi que je suis une parvenue. Ça évoque le chemin parcouru, le but atteint, les efforts fournis, les sacrifices consentis pour y arriver.

D'ailleurs, les filles (jamais les garçons, c'est marrant...), qui me nomment ainsi, sont souvent restées immobiles dans leurs vies, plantées là comme des drapeaux dans des steaks Hippopotamus. Un faux métier dans le meilleur des cas. Une migration, souvent, entre l'aile nord et l'aile sud du XVIe arrondissement de Paris. Des pensions alimentaires qui payent leur salle de gym, leurs soins esthétiques. Elles refusent les couleurs criardes parce que c'est « vulgaire », elles s'habillent humblement comme pour signifier qu'elles sont au-dessus de tout ça, alors qu'en vérité, elles sont au-dessous de tout.

Je finissais donc mes études quand j'ai rencontré Lisa. Elle faisait vaguement la manche à la sortie du RER, station Saint-Michel. Un soir, je lui ai payé un menu Big Mac, nous avons sympathisé. Je découvrais qu'elle était une bourgeoise qui se teste, ce modèle qui essaye la vie vagabonde comme on se scarifie pour se sentir encore un peu en vie. Elle était ronde et homosexuelle, juste pour emmerder son père qui avait chanté les refrains que je fredonnais enfant.

Elle cachait son père trop connu, je cherchais mon père inconnu et ça nous faisait un sujet de discussion.

Elle habitait un studio acheté par son dab, et souvent, quand j'avais la flemme de rentrer dans mes contrées, le soir, après des heures passées dans des bibliothèques à user mes yeux sur les pages des livres que des centaines de personnes avaient tournées avant moi et qui puaient les doigts cuits et le vieux, je restais dormir chez elle.

Je lui avais dit, pour dissiper tout malentendu :

— Si tu essayes de me bouffer la chatte, je te casse les dents.

Elle avait répondu calmement qu'il n'y avait rien à manger chez moi, que j'étais trop maigre à son goût. Pourtant je sortais de mes années d'anorexie comme on sort de prison, et j'avais repris goût aux bonnes choses et au soleil.

Elle buvait des bières comme un Allemand à Munich et, souvent, elle s'endormait en ronflant après avoir pleuré sur son sort. Elle avait un joli visage et de vilaines manières.

Petite, elle avait suivi son père sur ses tournées, c'était l'époque où ses parents étaient encore ensemble, le temps où sa mère s'occupait d'elle, lui faisait la classe. C'était la mascotte de l'équipe, le centre de toutes les attentions. Elle faisait tourner sa jupe pendant les répétitions et son père l'appelait mon « petit soleil ». Le soleil s'est éteint le jour où sa mère a surpris son mec en train de se faire sucer par le chef électro. Elle est rentrée à Paris, est devenue dépressive et alcoolique, elle a refourgué sa fille à ses copines, d'abord, puis à sa sœur qui vivait à Marseille, ensuite.

Lisa n'a pas supporté le changement brutal, elle s'est renfermée, elle a trouvé de la douceur maternelle dans des paquets de gâteaux pétés de mauvaises intentions hygiéniques. Elle réclamait son père, on lui disait : « Il est mort ». Elle disait : « Mais non, il passe dans le poste ! » On lui répondait : « C'est une rediffusion. »

Et, comme le chanteur ne donnait plus beaucoup signe de vie, Lisa s'est mise à l'idéaliser. À le haïr, et à l'aimer encore plus.

Les bourgeoises, souvent, détestent leur père quand elles ont vingt ans. Puis elles se mettent à devenir leur mère quand elles ont des enfants, elles tendent la main vers le porte-monnaie de leur paternel, comme elles ont vu leurs mamans le faire avant elles. Elles retournent vers lui pour donner l'image d'une famille idéale, un portrait Ralph Lauren, pour profiter un peu de la maison de vacances aussi.

La carrière du chanteur s'est envolée quand Lisa est née. Il lui a même écrit une chanson. Comme pour s'excuser, par avance de ce qui allait suivre : il serait un père égoïste, volage et absent.

La carrière du chanteur s'est écrasée quand Lisa a commencé à avoir des seins. Alors il a réapparu dans son quotidien. Il est revenu sur le devant de la scène familiale. Il avait besoin d'un public. Il a toujours eu besoin d'un public, le chanteur déchu.

La mère de Lisa, qui voulait racheter ses fautes, a compris qu'en blâmant le père de son enfant, elle ferait un peu oublier ses errances.

Lisa a donc grandi en entendant dire que l'homme,

qui lui avait aussi donné la vie, était un « pédé », une « fiotte », son « enculé de père ».

Lisa est devenue homosexuelle pour soulager son papa. Lisa a toujours eu peur que sa mère y passe. Elle a vécu comme ça : coincée entre les névroses de deux adultes qui se haïssaient après s'être tant aimés.

Lisa est devenue une fille capricieuse qui ne supporte pas qu'on lui dise « non », un peu comme sa maman. Une fille qui se bourre la gueule presque tous les soirs pour faire artiste alors qu'elle n'est qu'une jolie petite princesse fracassée par des parents à la moralité publiquement reconnue, mais réellement défaillante.

Elle s'est construite comme elle a pu, c'est-à-dire mal, coincée entre le marteau de sa mère et l'enclume muette que fut son père.

Lisa voulait tout le temps que je l'amène aux 4000. Elle disait : « J'ai pas peur, j'ai pas peur », comme les enfants à qui on ne demande rien et qui répètent en boucle : « Ce n'est pas moi qui ai fini le Nutella. » Je ne comprenais pas pourquoi elle flippait comme ça.

On n'était pas des bêtes sauvages. Lisa avait peur de nous, nous avions peur d'eux, ceux de Paris qui nous jugeaient. Nous n'aimions pas leurs visites, c'est vrai. Les voitures immatriculées 75 repartaient rarement indemnes vers la tour Eiffel.

La vérité sur Lisa, c'est qu'elle se faisait plus de mal toute seule que tous les fantasmes de passage à tabac ou de viol qu'elle déployait pour se faire des émotions, se donner le sentiment d'être courageuse. Elle disait : « Je suis sûre que je pourrais vivre dans une cité. » Je ne lui répondais pas qu'en France, statistiquement, nous étions plus nombreux dans mon cas que dans le sien. Que ce ne serait pas un exploit.

Elle insistait : « Moi je te reçois chez moi, je t'ouvre ma maison. On se connaît depuis trois ans, et je ne suis jamais venue chez toi. Pourquoi ? Qu'est-ce que tu caches, Sylvie ? Tu fais partie d'une famille de tarés c'est ça ? Ou alors t'as pas de famille. Tu parles tout le temps de ta mamie mais, si ça se trouve, elle n'existe pas. »

Les gens projettent sur vous ce qu'ils sont sans avoir la force de se l'avouer.

Un matin, un samedi, je me souviens, il pleuvait, j'ai réveillé Lisa, je lui ai dit : « Couvre-toi » et je l'ai amenée chez ma grand-mère. Margot a ouvert sa porte et sorti les plats. C'était shabbat. Un jour calme chez nous. Un jour où la nourriture chauffe depuis la veille, un jour réservé aux retrouvailles, aux câlins, même si nous allumions la télévision. Ça sent la cuisine jusque dans l'escalier. Et la bouffe, quand elle est préparée avec son cœur a souvent un parfum d'amour.

Ce jour-là, à La Courneuve, j'ai découvert une jeune femme qui avait manqué de tendresse toute sa vie. Une fille qui s'était transformée en hérisson sans le savoir. Lisa était gênée par les caresses qui dégoulinaient des doigts de ma grand-mère, le fait que j'écrase ma joue sur le sein de celle dont la douceur avait fait de moi quelqu'un de solide. Une femme qui m'a prouvé sans carnet de chèques combien j'étais chère à son cœur, alors qu'elle avait déjà huit enfants pour la combler et remplir ses bras.

Margot, qui ne met pas longtemps à saisir les enjeux – elle aurait fait gagner la guerre mondiale à la France ma mémé tellement elle savait prendre vite les bonnes décisions –, a sorti une brosse à cheveux. Elle s'est approchée de Lisa et elle a dit : « Tu t'es pas coiffée ce matin, toi… Attends je vais te ranger tes cheveux. »

Lisa se raidit un moment. Elle ne refusa pas. On ne refuse pas grand-chose à Margot, de toute façon.

Ma vieille adorée passa ses doigts épais dans les cheveux noirs et courts de Lisa. Elle en profita pour caresser son front tandis qu'elle rangeait sa frange.

J'étais jalouse. Une vraie jalousie, celle dont on ne parle pas. Celle qui vous donne de mauvaises pensées. J'en voulais à Lisa de taper dans mon trésor. Elle avait eu son heure de gloire, et, même si elle avait connu le revers de sa médaille, elle avait été décorée. Elle appelait les artistes des Restos du cœur par leur prénom, elle vivait dans un quartier magnifique, avait eu plus de confiture que moi sur sa tartine. Je devenais folle, je voulais la griffer, je voulais les gestes de ma grand-mère pour moi toute seule.

Margot a vingt et un petits-enfants. Treize arrière-petits-enfants. Ils savent tous rester à distance quand je parais. Les bras de ma grand-mère me sont réservés, c'est comme ça depuis le début. Ça m'a valu bien des bagarres avec mon oncle Philippe, son dernier enfant. Nous avions un an d'écart et il hurlait : « C'EST PAS TA MÈRE !!!! LAISSE-MOI MA MÈRE !!!! » et mon grand-père le corrigeait parce qu'il m'aimait sans jamais me le dire.

Alors quand cette francaoui a fermé les yeux pour kiffer un peu plus profondément la douceur des mains de ma grand-mère, je me suis levée, et j'ai dit :

— C'est bon, on s'en va.

Margot a dit en riant :

— Quoi ? Tu es jalouse ma parole ?

Et j'ai répondu :

— Non, mais on va te laisser, t'as ton ménage à faire.

Sans me regarder, elle a dégainé du tac au tac :

— Toi Lili, c'est dans ta tête il faut que tu le fasses l'ménage.

Lisa a ri et là j'ai vraiment cru que j'allais la tuer.

J'étais médiocre, je le savais. J'aurais dû feindre l'indifférence, ç'aurait été plus fin, plus stratégique. En rentrant sur Paris, Lisa aurait vanté ma chance, on m'aurait portée en triomphe, on aurait reconnu mon mérite.

Je me sentais merdeuse alors je me suis enfuie.

Les allées sans voitures de ma cité étaient désertes. Je me souviens qu'enfant, lorsque nous sortions au-dehors de nos immeubles, nous n'étions jamais seuls. Il y avait toujours quelqu'un qui gardait un banc, un copain à qui vous pouviez raconter vos malheurs. Personne ne vous jugeait, on en avait tous vu d'autres.

Au début des années 1990, les gens avaient disparu. Les 4000 ne sont plus ce qu'ils étaient. La dynamite détruit méthodiquement nos cabanes, celles où, comme tous les gosses, on a laissé nos plus beaux souvenirs.

Je me suis arrêtée devant la rue Renoir, la plus longue de nos barres. Et j'ai vu Lisa qui me cherchait. Elle… elle tremblait. J'ai dit :

— Ben quoi, t'as peur ?

— Non… et toi t'as peur que je te pique ta grand-mère ?

Je n'ai rien répondu. Il y avait du rouge sur sa peau laiteuse. De l'eau sur ses cheveux couleur de nuit. Et du sang dans ses yeux bleus. Une Blanche-Neige *hardcore*. J'ai dit :

— Qu'est-ce que t'as ? T'as pleuré ?

Oui, elle avait pleuré. Oui, elle trouvait que j'avais du mérite d'avoir osé penser qu'une autre vie était possible. Elle a dit :

— Vous n'avez rien mais vous avez l'essentiel.

Et je lui ai expliqué que partir en vacances était essentiel, dormir dans une chambre sans entendre le voisin ronfler était essentiel, pouvoir choisir ses études, son école, était essentiel. Qu'il n'y avait pas plus d'amour chez nous, qu'on recevait autant de baisers que de tartes dans la gueule. Nous vivions intensément. Et, même si, chez eux, les choses étaient plus larvées, j'avais le sentiment qu'en dépit de ses drames, son quotidien d'enfant choyée avait été plus calme. Entre la poubelle et la cage dorée, je prends la cage dorée. Au moins tu vois le ciel, et, si tu n'es pas trop feignasse, ça te donne des perspectives.

J'ai ramené Lisa dans le Ve arrondissement. Nous sommes montées jusqu'à son studio. Je lui ai dit :

— Tu te souviens de ce qu'on voit du balcon de chez ma grand-mère ?

Elle m'a dit :

— Non.

J'ai dit :

— On voit une tour. Sur le côté, une barre et, de l'autre côté, une autre barre.

Puis je l'ai conduite jusqu'à la grande fenêtre qui ouvrait sur les toits de Paris, le plus beau ciel de la terre. J'ai dit :

— Tu vois quoi là ?

Elle a dit sans réaliser ses paroles :

— Le Panthéon. Un bout du Luxembourg. Louis-le-Grand.

Alors j'y suis allée de ma tirade de James Joyce ; elle me regardait comme elle avait dû regarder son père quelques années plus tôt lui raconter ses malheurs, justifier son abandon. J'ai inspiré fort et j'ai lâché :

— Petite, je ne voulais pas me contenter du peu que j'avais reçu et aujourd'hui, tu me vois, avec mes diplômes en bandoulière, je ne suis jamais contente. Je me cours après. Pour être heureux, il faut se suffire à soi-même. Rien ne me satisfait vraiment et tu sais pourquoi ? Parce qu'il me manque la moitié de moi, je n'ai pas connu mon père, il n'a même pas pris le temps de me faire une chanson pour me dire au revoir. Il n'est pas revenu, je n'ai même pas pu lui pardonner son absence. Rien ne me comble jamais vraiment, parce que j'ai manqué de tout et que ça reste en moi. J'ai manqué de beau, de culture, de pulls en cachemire et de couchers de soleil sur la plage. Et, toi, tu crois que t'as trouvé ton Graal parce que t'as passé deux heures avec une femme d'exception dans un cadre pas commun ? Tu trouves ça exotique, c'est ça ? Tu envies la truculence de nos vies colmatées ? Le talent, encore, ça se travaille, c'est négociable. Mais la chance ? La chance, elle te tombe dessus. TU AS EU DE LA CHANCE LISA ! Tu as connu des gens différents, tu es allée partout, on a ouvert tes yeux sur la beauté ! ET TU N'ES PAS RESPONSABLE DE TES PARENTS. TON PÈRE SUCE DES BITES ? TU N'ES PAS OBLIGÉE DE BOUFFER DES CHATTES POUR LUI RENDRE HOMMAGE !!!! TA MÈRE EST TOMBÉE DANS LA BOUTEILLE ? TU N'AS PAS À ÊTRE PIRE QU'ELLE ! Au moins ils sont là, imparfaits et défaillants, mais ils n'ont pas disparu de ton paysage. Tu cherches la merde parce que tu n'as rien de mieux à faire, Lisa. Fais gaffe, on peut se battre contre ses ennemis, mais quand le rival, c'est toi, là, ça devient plus difficile de s'en sortir.

Je lui citai Baudelaire, et La Fontaine et Pascal. J'évoquai les grands auteurs pour qu'enfin elle me croie.

Je lui parlais d'elle pour mieux parler de ma petite personne. Moi, qui dépense mes jours à racheter les conneries de ma mère, qui cherche l'approbation paternelle dans tous les regards des hommes que je croise. Je n'avais aucun respect pour Lisa, la façon dont elle abîmait son joli corps et son visage de poupée me donnait envie de l'enterrer pour de bon. Je ne voulais pas l'aider. Parce que, en dépit de nos soirées passées à croiser nos vies, nous ne partagions rien. J'aurais voulu qu'elle se réveille, qu'elle ouvre ses yeux et qu'elle avance. Je voulais qu'elle rende hommage à sa chance. Mais, comme disait Margot, qui en connaît un rayon question humanité : « Tu peux pas demander aux autres d'être toi. C'est ça qu'on appelle la dictature de vouloir que tout le monde il fait comme toi tu désires, Lili. »

Après qu'elle a craché sur les chansons à textes, après qu'elle a tenté de fuir en faisant le tour du monde, un foulard noué sur son crâne rasé pour guérir son alcoolisme, se rassurer en se confrontant au dénuement des autres en Inde, au Bhoutan, Lisa s'est mariée avec un banquier. Elle vit à Londres où elle prend la pose au milieu d'un troupeau d'expatriés qui se serrent les coudes pour oublier qu'ils sont perdus.

Le courage de la bourgeoise s'arrête parfois là où commence la menace. Son père a annoncé qu'il reprendrait le studio des beaux quartiers et les biffetons qu'il s'est remis à lui verser en cascade quand la mode des années 1980 a refait surface, si elle n'arrêtait pas tout de suite ses conneries. Lisa a compris la valeur de ses privilèges quand elle a envisagé leur possible abolition. Lisa, qui avait toujours eu peur de vivre, a sursauté le jour où elle comprit qu'un réel danger allait bientôt planer sur ses postures.

Et, vous me direz ce que vous voudrez, mais une mule, tu la fais avancer à coups de trique, pas avec des belles paroles piquées à des auteurs inspirés.

La fille aux cheveux qui dansent

Son vrai prénom c'est Marie. Mais je vais l'appeler Louise pour ne pas être embêtée par les instances juridiques tatillonnes. Je me dois de respecter sa vie privée qui, pourtant, est connue d'un large public.

Marie, euh… Louise, je l'ai connue alors que je commençais à travailler dans la publicité. La publicité m'avait attirée parce que c'était un monde parfait, un monde représentant des familles idéales, des intérieurs soignés, des paysages que je crevais de visiter les uns après les autres. La publicité était aussi pour moi la façon la plus puissante de s'adresser au plus grand nombre. Le meilleur moyen de faire entendre ma voix. Même si vous parlez pour un autre, vous parlez quand même de vous. J'ai fait une campagne pour une compagnie aérienne qui prétendait que le ciel était le plus bel endroit de la Terre. Je ne peux pas prendre un avion sans vomir ou pleurer ou encore arracher la peau du bras de la personne qui se trouve à côté de moi. J'ai expliqué à la télévision que « c'est compliqué d'être mère » parce qu'on voulait me culpabiliser de donner du Blédina à mes enfants – qui, soit dit en passant, sont en parfaite santé, n'ont jamais été malades. J'ai transformé des femmes en animaux alors que je mettais au monde mon premier bébé. Pour le compte de Nespresso, j'ai envoyé George Clooney au ciel à un moment de ma vie où j'étais remontée comme les bretelles de Michel Simon contre les autorités religieuses... Et plein d'autres choses encore. David Ogilvy disait que la bonne publicité est toujours inspirée de sa propre expérience. Philippe Michel racontait que la publicité qui touche est celle qui ne prend pas les gens pour des cons. Enfin, Bill Bernbach démontrait, campagne après campagne, que la vérité est dans le produit. Ils étaient mes modèles, mes pères de travail, mes maîtres à penser mon métier.

Ma mère vous dira que j'enregistrais les slogans sur un petit poste à cassettes, j'apprenais les ritournelles par cœur, je recopiais les « accroches » des annonces, compilais les « signatures de marques ». Je photographiais les affiches dans les rues.

J'aimais ça. J'aimais le jeu avec la langue, les libertés que les publicitaires s'octroyaient avec elle. Baudelaire avait fait de même, Céline aussi. L'expression de la publicité portait parfois la trace d'une grande intelligence, et je peux avouer ces heures passées à pleurer devant des petits bijoux de pertinence, planquée dans le noir de la grande salle de projection du Palais des Festivals à Cannes, pendant notre rassemblement professionnel annuel.

Quand j'ai eu dix-huit ans, ma grand-mère a cassé sa tirelire et m'a offert un billet d'avion pour New York. Je logeais au YMCA d'Amsterdam Ave, et je passais mes journées, enfermée dans une petite pièce du musée de la télévision à regarder les vieilles publicités. Apple, Coca-Cola, Le Géant Vert, Alka-Seltzer, Volkswagen me racontaient l'Amérique mieux que tous les livres d'histoire et les magazines *Life* réunis.

Alors que je terminais mon DESS de lettres modernes spécialisées à la Sorbonne, j'ai contacté des agences de publicité prestigieuses. Je devais effectuer un stage de trois mois. Et, comme j'ai toujours visé le meilleur, c'est tout naturellement que j'ai appelé le créatif le plus primé de la profession (presque vingt ans après, il n'est toujours pas détrôné). Il dirigeait le service création d'un petit monde de yuppies, bref, il était le Créateur.

Les choses se sont passées exactement comme je vais vous les raconter.

Je me présente à l'accueil. Bonjour j'ai rendez-vous avec Dieu. Très bien, montez au dernier étage. Évidemment. Je monte au ciel par l'ascenseur. Les portes s'ouvrent, le Créateur m'attend. Il sourit. Il est petit. Il a les dents jaunes. Il m'invite à passer les portes du paradis, je m'assois.

À son côté, une bombe atomique, il dit : « Louise, mon ange – il est Dieu après tout – tu viens je reçois un doss ? »

Hum… un doss ?… bon…

Épisode du purgatoire. Le paradis est juste derrière lui, des bureaux blancs, lignes épurées, plantés dans des nuages.

Le petit Dieu me fait face. Louise lui pose une main sur l'épaule. De l'autre elle tire sur une Vogue, cette cigarette qui ressemble à un cure-dents. Elle est une Charlie's Angel. Elle est Farah Fawcett, je voudrais être Jacqueline Smith.

Dieu n'a pas l'éternité devant lui, il est *overbooked*, il me presse :

— Allez, fais voir ton doss.

— Euh… je ne sais pas ce que c'est.

— Ton dossier de fausses annonces ! Comment je peux savoir que tu feras une bonne stagiaire si tu n'as fait des fake ?

— Ben, je ne sais pas… je pensais que je regarderais… j'apprendrais en vous regardant.

— Lève-toi, m'assène Dieu. Je me lève.

Louise ricane comme une hyène du *Roi Lion*.

Dieu me demande de faire un tour sur moi-même. Je tourne sur moi-même. Il me demande de me rasseoir. Je me rassieds. Il me dit :

— Bon, je te prends.

Tu ne m'auras jamais, je pense. Et j'ose :

— Mais je n'ai pas de doss…

— Ton doss, tu es assise dessus.

Il rit fort. Louise rit encore plus fort. Alors, comme il a un public, il continue son numéro :

— J'aime beaucoup ton doss ; surtout le bas du doss.

Louise rit en grand, je vois ses belles dents, blanches, longues, sa langue brillante, elle renverse sa tête en arrière, elle va mourir étouffée par son rire. Elle se tient le ventre maintenant, elle a du mal à reprendre une respiration, elle souffle :

— Oh ! arrête, arrête !

Si on n'avait que le son, on croirait qu'il est en train de lui forcer le trou du cul avec une bite en bois. Je suis sur ma chaise, je ne bronche pas jusqu'au moment où je tacle :

— Ça va. Je crois qu'il a compris que tu le trouves drôle.

Dieu parade. Dieu me regarde.

Louise s'arrête net, comme si on venait de lui retirer ses piles.

Le petit Dieu se sent immense. Ouh… Le combat de boue qui se profile. Juste pour lui, on se disputera ses faveurs.

Il s'entoure de filles jolies pour oublier sa vie de merde. Il est marié, il planque sa femme qui l'a connu laid et binoclard et raté. Il est toujours aussi moche, mais il camoufle désormais sa laideur sous des rides qui donnent à son visage ingrat une patine de meuble de brocante. Il est riche, son talent est reconnu. Il attire les filles à la plastique parfaite parce qu'on tend toujours vers ce que l'on ne possède pas.

Il prend leur beauté, elles prennent son talent. Il est le Serge Gainsbourg de la réclame, Louise est sa muse du moment. Elle ouvre de grands yeux sur chacun de ses chefs-d'œuvre. Il bâcle un message radio, Louise applaudit des deux mains. À l'agence, elle le suit partout. Elle est son sac à main. Sauf qu'il ne peut pas la fourrer. Il n'ose pas. Elle l'impressionne.

Quand elle passe dans la rue, elle sourit. Ses cheveux dansent même quand il n'y a pas de vent. Elle ne marche pas, elle sautille. Elle sourit en marchant. Elle SOURIT EN MARCHANT. Elle est contente, elle paraît si heureuse. Elle a une vie facile.

Et, là, vous croyez que je vais vous dire : « Eh bien non, en fait, elle cache un drame, les choses sont plus complexes qu'elles n'y paraissent. »

Ben non. Elle est heureuse.

Elle sent de la violence dans mes yeux noirs, ça lui fait peur. Alors, pour se donner le sentiment d'être une fille courageuse, le matin de mon premier jour de stage, elle me propose de se joindre à son petit groupe pour aller déjeuner.

Je crois que je n'ai encore jamais déjeuné dans un restaurant. J'ai vingt-trois ans, et, oui, je n'ai jamais versé dans les frais de bouche. Les seuls restaurants que je fréquente s'appellent Resto U, Free Time, Burger King qui vient de fermer ses portes en France et McDonald's. Un peu le Quick.

Louise me dit :

— On t'amène au Pied de Cochon, c'est notre cantine !

L'endroit est beau, les couverts brillent, les assiettes sont décorées, il y a des nappes en tissu qui recouvrent des tables en bois ciré.

Elle n'a pas dû aller à la cantine très souvent, Louise.

Le Pied de Cochon. Je pense à Margot qui m'a donné les dernières recommandations, il y a cinq ans, quand elle a su que je mènerais une vie parallèle à Paris : « S'il te plaît binti, OK tu manges pas casher, mais s'il te plaît, tu ne manges pas le porc. »

Mon premier restaurant, donc, le Pied de Cochon. Je ne comprends rien aux plats. Des soupes au fromage, de vrais pieds de cochon, et panés en plus, comme le poisson Igloo de mon enfance. Des huîtres qui ressemblent vraiment à de la morve. Et… les prix. Je n'ai pas les moyens. J'ai les moyens techniques, j'ai placé le montant de mes bourses scolaires sur un livret A de la Poste, mais je n'ai pas les moyens psychologiques de mettre cinquante francs dans un steak. Un pull encore, je dis pas, je vais le laver, je le porterai à nouveau, mais le steak, je vais le chier.

Je prends une salade de tomates. Je prends une soupe de légumes. Et Louise me demande :

— Tu es végétarienne ?

Je vous jure qu'en 1993 je ne sais pas ce que signifie « être végétarienne ». Ça doit vouloir signifier que j'aime les végétaux, alors je réponds en souriant un peu trop fort :

— Oh oui ! J'adore !

Louise rit pour m'accompagner, elle est tellement polie Louise. Elle dit :

— Oh, mais tu as le droit !

Et moi, histoire de me la jouer bien de chez nous, qui n'est pas vraiment chez moi, j'enchaîne avec un : « Pour sûr ! » de compétition. Les autres autour, les créatifs qui bavent comme des escargots en début de course sur leur Dieu de la Création, me regardent comme si j'étais une provinciale débarquée la veille d'un village oublié par les cartes.

Et puis vient le moment où on commande le vin. Je sue un peu en voyant les prix sur le menu. Je ne bois pas d'alcool, eux, si. Ils boivent pour oublier leur journée de merde, à faire et défaire des campagnes souvent brillantes pour terminer par des choses qui n'ont plus aucun sens. La publicité est un métier qui finit par vous déraisonner. Alors ils prennent les devants. Ils commandent « du blanc/du rouge » pour noyer le poisson de leur intelligence, diluer leur intégrité. Ça porte la note des boissons à deux cent quarante francs, en ajoutant le montant des eaux « plate et à bulles » et les cafés on obtient de quoi payer deux semaines du loyer de ma grand-mère. Le restaurant, une fois mais pas deux.

Pendant le temps que dure le repas, Louise me questionne sur mon diplôme, et les autres se moquent de moi, invoquant l'inutilité de ces bouts de papier en Advertising Land. Ce n'est pas avec un doctorat que tu feras carrière ici ! Les Vrais Diplômes, tu dois les gagner grâce à tes campagnes en ramassant des prix au Club Des Directeurs Artistiques. Et, vu comme tu t'accroches à ton fauteuil de fac, tu ferais mieux de devenir commerciale. La pire insulte qu'on peut envoyer à la gueule d'un créatif, c'est de le traiter de commercial même si, aujourd'hui, les commerciaux ont pris le pouvoir au cœur des agences de publicité.

La méchanceté des créatifs médiocres, souvent des artistes ratés, n'est pas une légende. Je les provoque un peu pour ne pas m'effondrer. Je leur dis :

— Je vous enterrerai tous. Avec vos vestes militaires alors que vous êtes tous des recalés de l'armée.

J'obtiendrai des récompenses auxquelles ils n'osent pas rêver, même la nuit de leur anniversaire, mais ça, je ne le sais pas encore.

Louise me dit :

— Il y a tellement de violence en toi. Cool. Détends-toi.

Si je me détends, connasse, je m'arrête. Et, là où je suis arrivée aujourd'hui, c'est-à-dire nulle part, un pied encore à La Courneuve, l'autre pas encore vraiment posé sur le pavé parisien, je n'ai pas le choix. Je dois serrer les fesses, je dois rester concentrée, disciplinée. Moi, l'armée, bande de riens, je la fais tous les jours depuis vingt ans. Levée à 5 h 30, le ménage dans la maison, le RER au pas de course, les corvées de sourires quotidiens, les exercices humiliants, ramper dans la mélasse pour arriver à me faire remarquer sans me trahir, on doit me briefer, me donner ma chance, je veux montrer que je sais faire une accroche. J'ai mangé tellement de bonnes publicités. J'ai compilé dans des classeurs tant et tant d'annonces brillantes. J'attends le brief comme on espère le Messie, bien peignée, un balai dans le cul, assise derrière le coin du bureau design que l'on m'a attribué. J'arrive avant tout le monde, je ne traîne pas le soir. Je suis disponible et efficace.

Bien après, quand j'ai réussi, après qu'on a écrit mon nom dans les journaux spécialisés, je n'ai jamais pu refuser un travail. Je prenais tout, j'étais boulimique, je me rappelais ces mois passés à prier pour qu'on me sollicite, là où les autres, parce qu'ils avaient eu un demi-succès, faisaient la fine bouche.

Le déjeuner a duré deux heures. Deux heures pendant lesquelles ils étaient tous grassement payés. La note est arrivée. Je comprends pourquoi on parle d'addition salée, ça évoque les larmes versées sur le petit bout de papier plein de chiffres qui annonce qu'on va légalement vous voler.

Un des gars a dit : « On partage. » Ce n'était pas une question, c'était une phrase d'habitude. Je n'existais pas à ses yeux.

Je comptais mes sous en cachette, la main enfoncée dans la poche de mon jean. Je maudissais Louise de m'avoir amenée dans ce piège à pognon. Et puis elle a dit :

— Sylvie, tu n'as rien mangé ! C'est son premier jour, on l'invite !

Elle avait l'enthousiasme de ceux à qui il n'est rien arrivé de grave dans la vie. Cette fille me fascinait. Comme ses petites copines avant elle, je la trouvais déroutante. Trop gentille pour être une vraie gentille. J'avais des intuitions débiles que ma grand-mère, le soir venu, balayait avec sa main. « Lili, quand tu vas arrêter de voir le mal partout ? » Elle m'avait appris, je vous ai dit déjà, à chercher le bon côté de la lune quand moi, je traquais les coups de pute.

Ma grand-mère dit que, là où il y a une ombre, il y a la lumière. Elle dit qu'il est sage de dépasser ses déceptions et de continuer d'espérer. C'est comme ça qu'un jour, on se retrouve comblée. Elle dit : « Si tu crois en Lui, un jour, Il te rend. » Elle ne prononce pas le nom de l'Éternel, ma mémé, elle ne nomme plus son mari depuis qu'il est mort, elle a des mots sacrés. Elle dit, avec ses mots à elle, son dictionnaire personnel, son Robert du djebel que Lui, là-haut, nous met à l'épreuve. La médaille, tu la gagnes si tu vas au bout de la compétition, pas si tu t'arrêtes en chemin.

Un soir, Louise m'a demandé de l'accompagner à un « pince-fesses ». Je me dis, tiens, on se connaît depuis quelques jours, et, déjà, elle m'invite à une partouze. Je pense : « Ah les bourges… », et prétexte un exposé à rendre le lendemain dudit jour pour décliner.

Il y a les vernissages (du bois ?), les rallyes (automobiles ?), les *garden parties* (à la tondeuse ?)… Pour moi, ce sont des activités manuelles, tout au plus, des sports extrêmes.

Je ne demande pas, alors je ne sais pas. Je mets du temps à comprendre leur langue.

Louise ne me lâche pas. Elle veut que je l'accompagne. Elle se sent utile à quelqu'un, elle m'apprend le beau monde. Elle est gentille. Elle sourit tout le temps si bien qu'on ne l'engueule jamais. Dans son travail elle est d'une incompétence repérée. Elle est cossarde et désinvolte. Elle dit qu'il ne sert à rien de stresser, que, de toute façon, on en a pour des années à trimer. Elle dit qu'on ne fait rien de grave, que la publicité n'a jamais sauvé des vies. Elle a le bon sens bourgeois, celui avec lequel je n'ai jamais pu dealer. Elle n'a que peu de mots à son vocabulaire. Elle dit : « Carrément », pour faire banlieue sud.

Elle porte des jeans troués aux genoux, pour verser dans le genre « j'ai été molestée mais regardez, je m'en suis sortie ». Et un jour, alors que je m'attends à tout, sauf à ça, elle me dit : « Je suis de la banlieue moi aussi, tu sais. »

Elle m'invite chez elle. Elles m'invitent toujours chez elles. Elles attendent l'invitation retour. Elles sont curieuses, elles veulent être amenées en enfer par un garde du corps et rentrer chez elles, raconter leur folle journée dans un no man's land surpeuplé. Elles veulent jouer les grands reporters. Dire, « Eh, j'ai passé la journée aux 4000, ce n'est pas si terrible. La banlieue on en fait tout un plat, mais ce n'est pas ce qu'on croit ».

Un dimanche, parce que moi aussi je suis curieuse, moi aussi je veux savoir, je la suis chez elle, chez ses parents plutôt, à Saint-Cloud. Je ne savais pas qu'il pouvait exister des banlieues chics. C'est un oxymore impossible, une association de mots à laquelle je n'avais jamais songé.

Ses parents sont absents le week-end, ils « zonent dans leur maison de campagne du Perche », me dit Louise. La maison de Saint-Cloud est déjà plantée au milieu des arbres, il y a même une piscine chauffée et un jardin comme un arc-en-ciel posé par terre. Je pense, à quoi ça sert de partir de chez soi pour s'enfermer deux jours dans un autre chez-soi identique ? Aujourd'hui encore, je n'ai pas de réponse à cette bizarrerie.

Louise est très généreuse, et j'apprendrai, au fur et à mesure de mes rencontres, que les bourgeoises sont souvent généreuses avec l'argent des autres – quand elles ne sont pas maladivement radines. C'est plus facile de donner ce que l'on n'a pas vraiment gagné.

Elle me propose de rester dormir, elle est seule, elle se sent mourir, elle a un secret. Immense, ça la fait souffrir, elle va m'en parler si je reste auprès d'elle ce soir.

Elle digresse et moi, je veux son secret. Elle m'en confie un autre, plus petit ; elle est en psychanalyse depuis l'enfance, ses parents préfèrent prévenir que guérir. Sa mère est prof, son père est chirurgien. Ils exercent des métiers nobles, ils sont initiés. Elle n'a jamais lutté. Chaque mardi que Dieu fait depuis qu'elle a treize ans, elle file raconter ses malheurs à son psy. Sauf qu'elle n'a pas de malheur. Le psy dit qu'elle va bien. Ses parents changent de praticien, une dizaine de fois en tout. Non, vraiment, elle va bien. Elle mange correctement, ne culpabilise pas en prenant un dessert si bien qu'elle ne prend pas un gramme. Elle a été moyenne à l'école, n'a pas d'autre ambition que le bonheur. Elle sourit en marchant. Elle regarde ses pieds se passer devant, l'un après l'autre, ça la fait sourire. Ses cheveux dansent, ils rebondissent en cadence sur ses épaules. Elle va bien. Je lui dis :

— Pourquoi tu vas chez le psy si tu n'en ressens pas la nécessité ?

Elle répond sérieusement :

— C'est peut-être parce que je vais chez le psy que je n'ai pas besoin de psy.

Puis elle me fixe comme Newton a regardé sa pomme le jour où elle lui a annoncé Un Nouveau Monde. Elle me regarde avec l'air de dire : « Je t'ai bien mouchée hein… »

Elle fait des pfff… elle souffle fort, elle se sent lourde, son secret lui pèse, alors elle inspire pour mieux expirer, avoir le sentiment de s'alléger un peu.

Elle me fait jurer mes dieux juifs de ne pas répéter ce qu'elle va m'annoncer. Je ne jure pas. Elle a besoin de partager ce qui prend toute la place sous son front lisse. Et, parce qu'il n'y a pas de plus belle définition du soulagement qu'une pisse libérée qu'on a trop retenue, elle se répand, elle s'épanche. Elle parle sans s'arrêter. Elle me dit tout jusqu'à la dernière goutte. Elle est amoureuse en secret depuis des mois du dieu de la Création. Elle sort avec un grand directeur artistique, un autre dieu de la Création pour emmerder le premier, le faire réagir. Mais il ne réagit pas, le con. Elle ne sait pas quoi faire, tu ferais quoi toi, hein ?

C'est à mon tour d'inspirer fort.

Des hommes, j'en ai connu si peu. Toujours des histoires longues, des mecs qui voulaient m'épouser avant de m'avoir embrassée. Je suis célibataire depuis un an. Je ne le sais pas encore, mais ça va encore durer deux ans. Je pense qu'on ne donne pas son corps comme on offre ses sourires. On ne laisse pas entrer n'importe qui, n'importe comment, dans sa maison. Je me donne en exemple et je suis fière d'étaler mon peu d'expériences. Elle me coupe :

— Quoi ? Tu n'as pas baisé depuis UN AN ?!!!!

Je rougis comme si j'avais été prise la main dans le sac d'une vieille. Je ne peux pas mentir, me dédire. Je tente d'assumer. J'ai du mal. Même Dieu n'assume plus d'avoir créé les hommes alors… Je baisse la tête.

Elle dit en riant – cette fille a le désespoir joyeux, elle mériterait d'être juive :

— Je peux t'arranger ça, tu sais. Bruno, le gros rédacteur, il aime bien ton cul. Il le dessine dans ton dos toute la journée. Il a même dit qu'il en ferait bientôt un livre.

C'est la conflagration générale dans mon corps. Mes tempes deviennent bouillantes, mon sang tourne dans mon ventre. La haine me monte. Je déteste qu'on me désire sans que je l'aie décidé. Une petite digression pour vous dire que mon second mari pourrait témoigner, vous narrer ce jour où il m'a déclaré son amour alors que je le prenais pour un ami, un collègue avec lequel j'aimais bien travailler. J'ai retourné la table du bar de l'hôtel où il formula son désir de m'épouser.

Je me perds dans mes pensées, je ne sais pas quoi lui dire qui pourrait l'aider à adopter le bon comportement.

Les suppliques larmoyantes de Louise me ramènent à Saint-Cloud :

— Et François, le planneur ? (les planneurs sont des gens d'agence qui déterminent les chemins stratégiques à prendre, comme le nom l'indique, ils sont souvent perchés). Il m'a dit qu'il te trouvait mignonne. Tu pourrais te le faire… ça relancerait la machine.

Elle dit ça gentiment, elle veut me rendre service. J'ai envie de lui expliquer que je ne suis pas un train, une voiture qui dort au parking, mais elle ne comprendrait pas.

Elle revient sur son cas, parce que s'intéresser à l'autre, surtout quand l'autre ne réclame rien, ça va bien cinq minutes :

— Pfff… et puis j'ai couché avec Jacques… le producteur… sur le tournage des bonbons… je fais n'importe quoi…

— Mais Jacques, il a sept mille ans !

— Et alors ?

— Ben t'as juste vingt-cinq ans, quoi…

— Je voulais voir ce que ça fait de se taper un vieux. C'est bizarre… Quand il était sur moi, je tenais sa taille mais il était tellement détendu que sa peau bougeait sur son corps…

— Je vais vomir, là, Louise…

— Je sais, je fais n'importe quoi… Mais je l'aime, dit-elle en soufflant le nez en l'air et l'espoir vain.

Je dis :

— Qui ? Jacques ?!

— Nan bêta, Dieu !

Bêta. Encore un mot que je n'ai croisé qu'une seule fois dans ma vie. Et encore, c'était dans une chanson bien vintage de France Gall.

Alors je lui parle de respect. Que c'est un truc commutatif, le respect. Il faut qu'elle commence par montrer l'exemple. S'estimer au moins un peu, c'est appliquer la glu qui réconciliera son âme et son corps. Elle sera plus forte après ça. Elle n'a pas à tendre son corps comme on propose un prospectus. Elle joue les maisons témoins : « Regardez messieurs-dames comme on se sent bien en moi ! Entrez, vous êtes déjà chez vous ! » Elle finira souillée. « Tu finiras souillée, Louise. » Ce sont des idées de banlieusarde, me dit-elle doucement. Des idées maghrébines. Dépassées. Pfff… souiller son corps, n'importe quoi. Elle décide, elle a le *lead* sur les événements. Elle trouve ma pensée petite, elle me dit « arrêtée ». Si elle loue mon intelligence, elle trouve que je manque cruellement de largeur d'esprit.

Elle me parle d'ouverture quand, moi, je l'invite à fermer ses cuisses.

Elle ne suivra pas mes conseils, elle se brûlera au feu de ses expériences, elle regrettera quand il sera trop tard pour regretter.

Le petit dieu de la Création finira par se lasser. Il l'aimait trop pour pouvoir la désirer. Il la sacralisait. On n'a pas envie de baiser la Vierge.

Alors apprendre que sa belle au bois dormant ne faisait pas que dormir seule dans son grand lit, qu'elle avait des chemins ouverts et pas de cadenas à sa culotte... ça l'a mis dans tous ses états. Il a fini par la virer. La convoitise et le besoin d'être le premier sont les deux couilles qui font dresser le chibre des hommes qui ont été des enfants frustrés.

Les cuisses ouvertes de Louise étaient sur toutes les lèvres des gens de ce milieu. Dans le microcosme professionnel dans lequel je débarquais, elle s'est taillé une petite réputation de fille facile à poser à l'horizontale.

Vous me croirez ou pas, mais ça l'a aidée à retrouver un travail.

Louise a été engagée par une grande agence, par un grand patron. Et moi, j'apprenais en marchant, je découvrais que les hommes sont guidés par leur queue, souvent. Un vrai bâton de sourcier qui les conduit à trouver des emmerdes.

Louise s'est vite remise de sa déception sentimentale, on avait presque doublé son salaire. Elle a commencé à diaboliser son Petit Dieu, elle a brûlé ce qu'elle avait adoré. Et j'ai compris que si la riposte calme la déception des femmes, la vengeance est ce qui mène le plus sûrement la bourgeoise à la jouissance.

Louise, qui n'avait que sa beauté pour se venger de celui qui l'avait répudiée, est de nouveau tombée amoureuse comme on tombe en prière devant une statue sacrée. L'homme s'est senti immense, l'homme s'est laissé approcher. Il a fini par lâcher son fromage, il a baissé sa garde, Louise, la gentille Louise a placé ses pions. Elle l'a rendu dingue comme seule une fille en apparence normale peut rendre fou un homme. Le type a fini alcoolique et drogué et je veux croire qu'elle est la cause de ces paradis artificiels choisis, elle qui fit connaître à ce pauvre gars les affres de la jalousie.

J'avais encore beaucoup à apprendre de la façon dont on fabrique l'amour en Bourgeoisie, l'amour courtois, oui, mais souvent pétri d'une perversité aux motifs peu avouables. Et toujours avec le sourire et les cheveux rangés. Chez moi on aimait en secret, on attendait un signe encourageant, c'était au garçon de faire le premier pas. On avait presque honte quand notre cœur se mettait à battre pour un autre. On tombait amoureux comme on tombe malade, l'amour entre un homme et une femme devait être au choix constructif, ou tu, ou faire mal.

Louise m'a dit « au revoir » un matin dans un café. Elle a demandé comme une dernière supplique : – Tu m'amèneras chez toi, à La Courneuve ? » J'ai répondu « oui » parce que je savais que je ne la reverrais pas. Louise m'a dit : « Merci de ne pas avoir dit que j'étais une chaudasse, comme les autres là… – Mais tu es une chaudasse, Louise, une chaudasse à serre-tête », j'ai répondu. Elle a ri : « Oui, mais toi, tu ne l'as pas dit dans mon dos. »

Je l'avais dit dans son dos. J'avais été mesquine. J'avais participé à la curée. Je m'étais liée au groupe des plus forts. Je ne parvenais pas à la respecter. Pourtant, peu à peu, je comprenais qu'en Bourgeoisie il y avait des choses à aimer. Il y avait des livres dans les maisons, du calme dans les salons. On considérait les enfants comme autre chose que des bouches à nourrir. Il y avait de l'élégance parfois.

Je pense à Marie-Ève qui, lors de nos premières rencontres, m'offrait des textes rares d'Alexandre Dumas. Je pense à Laureen, le cœur sur la main, qui ne m'a JAMAIS DEMANDÉ DE L'AMENER À LA COURNEUVE, son oreille tendue et son courage, sa pensée hors de son moule. Je pense à Véro, son nom à quadruple particule, je pense à ses feuilles de sécu qu'elle n'a jamais pu remplir en entier, à ses enfants qu'elle n'arrivait pas à aimer. Elle avait l'honnêteté de le reconnaître, elle qui avait été élevée par une nurse autrichienne violente.

Louise avait les larmes aux yeux. Je suis une Orientale, il ne faut pas me pousser longtemps pour que je pleure ou que je hurle. Mais là, franchement, je ne comprenais pas son émoi. J'ai dit, pour éteindre la pluie dans ses yeux :

— Ça va, Louise, on ne part pas à la guerre.

— Oui, mais toi, tu es la seule qui m'aime et me comprenne.

Oh, putain, elle verlainisait la bougresse (ben oui, la bougresse…) J'étais son rêve familier, elle qui n'en avait pas vraiment.

Je l'aimais bien, c'est vrai. Pourtant je la détestais.

Elle voulait toujours m'offrir des choses. On n'achète pas les gens parce qu'on les aime, on aime les gens parce qu'on se paye leur tête. Elle sentait que je ne l'admirais pas plus que ça. Elle voulait me convaincre d'être son amie. Elle m'achetait des chaussures horribles, des chaussures de jeunes alors que chez moi, dans la cité, le must était la ballerine Chanel, le mocassin bleu marine de chez Weston. Je portais les vêtements que sa mère porte encore aujourd'hui, elle faisait des trous à ses cachemires, raccourcissait ses jupes, se voulait provocante alors que Mary Quant était morte depuis des lunes. Je méprisais son refus des jolies choses : une veste Chanel bien coupée, un jean impeccable, des blouses Céline et un sac Gucci en bambou à une époque où Tom Ford mangeait encore ses crottes de nez.

Je me rapprochais de la rive bourgeoise, un peu en nage indienne, et pourtant je n'aurais jamais l'esprit de ces filles, je n'arrivais pas à appliquer leur code de bonne conduite.

On n'avait pas les mêmes références, elles et moi. Mais on avait un point commun : on courait après l'argent. Elles, sans oser se l'avouer, moi en le clamant haut et fort pour les choquer, leur enfoncer leurs petits nez retroussés dans leur hypocrisie.

Louise ne partait pas, elle avait du mal à me quitter et moi je voulais qu'elle se casse, je voulais passer à quelqu'un d'autre. Elle avait un sac Birkin qui lui sciait l'avant-bras. Elle, qui me conseillait de cesser d'être matérialiste, fronça les sourcils alors que je fixais l'objet. Elle dit :

— C'est un cadeau de bienvenue… de mon agence.

— Ah ben, il est généreux ton agence, dis donc…

Elle souriait, un peu coupable, assez touchante. Elle souriait tout le temps, Louise. On ne pouvait pas lui en vouloir longtemps. Elle avait des parents gentils, aimants bien que souvent absents. Je crois que j'enviais sa normalité. Un père, une mère, un frère. Elle serait publicitaire, ça ferait d'elle l'artiste de la famille. On la félicitait, on se félicitait d'avoir Louise pour sœur, pour fille.

Avant de s'éloigner – enfin ! – Louise me dit :

— Je vais te donner un dernier conseil, Sylvie.

J'attendais, les dents serrées, déjà.

— Essaye d'être un peu moins matérialiste.

Mes envies de dévorer tout cru de la bourgeoise des Hauts-de-Seine me reprenaient. Elle s'est levée, elle m'a embrassée, j'ai voulu lui arracher l'oreille avec mes dents, profil Mike Tyson. J'ai déposé deux baisers chastes sur ses joues rondes en serrant sa taille fine, et j'ai su. Je l'ai vue des années plus tard, courir après sa fraîcheur passée comme un chien court après sa queue. Tourner en rond dans un bain de merde, en hurlant parce que sa beauté s'était enfuie sur la pointe des pieds. Ses lèvres aujourd'hui ourlées finiraient par devenir un barbelé à force de n'avoir pas été assez caressées, à force d'avoir diffusé des paroles amères.

Les tricheries trop longtemps accumulées finissent par vous grimper au visage comme un lierre qu'on n'a pas vu venir. Louise semait ses beaux sourires gratuits qui, j'en étais sûre, finiraient par se muer, un jour, en grimaces payées en pensions alimentaires.

L'argent est le totem caché de l'État bourgeois

J'ai toujours eu un problème avec l'argent. J'en ai gagné autant que j'en ai répandu dans la nature. Une boulimie de dépenses après le grand désert de non-consommation obligée que j'avais dû traverser, contrainte et forcée. Et, comme souvent les anciens pauvres, j'ai longtemps gardé en moi la peur de manquer de thunes comme un poisson craint qu'on le prive d'eau claire.

À un moment, il aurait fallu faire bonne figure, épargner un peu. Grâce à des choix finauds et à un peu de chance attrapée au vol, j'ai quand même pu mettre un toit parisien sur ma tête de banlieusarde. Mais, tout le reste, je l'ai joyeusement transformé en voyages, en bijoux et en frusques aujourd'hui démodées.

Aussi, je n'ai jamais eu peur de raconter mes salaires, de négocier mes appointements ou de demander des ristournes que souvent, d'ailleurs, on m'accorde (sauf chez Chanel, les chiens !).

Les bourgeoises que j'ai croisées avaient toutes le même comportement face au pognon. Ça demeurait un sujet tabou. On ne racontait pas la façon dont on se le procurait comme on ne narre pas sa manière de faire caca. Celles qui travaillaient ne demandaient jamais d'augmentation. Elles attendaient qu'on leur en propose une. Si ça ne venait pas, tant pis, on les avait sécurisées au départ. Papa, maman, mamie qui crevait, finiraient par leur payer, au moins un toit, sinon leurs factures et leurs voitures. Souvent leur salaire était leur argent de poche.

Elles voulaient des lofts dans des quartiers populaires, bientôt, on les appellerait les « bourgeoises bohèmes ». Elles étaient les révoltées du *Bounty*, elles faisaient leur conquête de l'Est parisien. Elles retapaient des garages, investissaient des boutiques pour en faire des logis. Elles seraient des bobos, juste pour faire mal à leurs mères.

Louise serait de celles-ci, j'en étais sûre. Elle n'avait pas de talent. Elle attendait que la bonne fortune vienne frapper à sa porte. Pour ça, elle ouvrait sa porte à tous, se laissait envahir.

Elle marchait en souriant, elle ne trouverait jamais la force de serrer les dents (pour les fesses, c'était peine perdue) parce qu'ELLE SOURIAIT EN MARCHANT. Elle était gentille, Louise. Pas du tout vicelarde. Elle invitait les gens à dîner, elle prêtait son oreille, elle répétait tout le temps qu'elle était quelqu'un de bien. On ne raconte pas ce qui est, ça se laisse voir tout seul, inutile d'expliquer.

Elle aimait l'argent et refusait de le reconnaître.

Mais pourquoi ?

Les signes de ma réussite faisaient ressortir la preuve de son échec. C'était l'argent que j'étalais sous ses yeux, celui que j'avais gagné seule et qui m'autorisait les bijoux et les sacs, les vêtements dont elle trouvait les prix « indécents ».

Je me rappelle le conseil que m'avait donné une bourgeoise éclairée : « Ne va jamais avec tes logos Chanel chez tes futures clientes, tu les énerverais et tu perdrais le budget pour de mauvaises raisons. »

Mes amies les bourgeoises.

Elles dissimulaient leurs ratages en rejetant avec force et fracas les voyages au bout du monde, les palaces cinq étoiles, les montres à l'ostentation assumée – les bourgeoises portent des Swatch ou des Reverso en acier offertes pour leurs dix-huit ans, parfois des Rolex mais jamais en or, ça fait vulgaire, ça fait nouveau riche, ça fait arabe, ça fait russe ou pis, chinois.

Elles vomissaient les robes colorées, siglées. Parce qu'elles ne gagnaient pas leur vie. Elles honnissaient le matériel que leurs mères et leurs pères leur avaient préféré sans jamais le reconnaître.

Aussi, parce que l'argent ne doit jamais se voir. Alors elles achetaient des cuisines à cinquante mille euros, roulaient dans des voitures minuscules, mais toujours avec un intérieur en cuir, investissaient dans des bouteilles de vin et des rôtis de veau trop chers pour être d'honnêtes rôtis de veau.

Il y avait des cadenas à leurs sacs Hermès parce que leurs enfants piquaient dans le porte-monnaie, se comportaient salement parce que, chez eux, on diabolisait le pognon. Les gosses de riches reçoivent de l'argent de poche. Un revenu fixe sans avoir à travailler, l'argent de poche des petites bourgeoises est l'ancêtre de la prestation compensatoire.

Celles qui succombaient à la consommation de luxe en tout genre avaient souvent fait des mariages, sinon heureux, au moins, avantageux. Elles fermaient les yeux sur un sac Chanel, un sautoir Alhambra de chez Van Cleef, persuadées qu'ils étaient la preuve de l'affection que leur portaient leurs maris. D'ailleurs, ces derniers aimaient leurs épouses. Ils décompressaient ailleurs, exploraient leurs mauvais côtés dans des boîtes échangistes en compagnie de quelque collègue pas farouche. Puis ils rentraient se coucher auprès de leurs régulières qui lisaient *Madame Figaro* en faisant mentalement la liste des prochaines occasions qu'elles auraient de leur soutirer un nouveau cadeau.

Le choix de faire de la publicité mon métier s'explique par le fait d'aimer jouer avec du « gros pognon ». Les sommes engagées sur les projets suffiraient à guérir la faim dans le monde, ça frisait l'indécence et, je dois dire, c'était un délice pour moi, une libération supplémentaire de pouvoir parler du prix d'une photographie en centaines de milliers de francs.

J'aimais la publicité. J'ai toujours aimé cet outil de reconnaissance massive. Même après, quand j'ai eu la chance de pouvoir écrire des livres, je n'ai pas renié ce métier, je n'ai jamais pu cracher dans la soupe.

Enfant, je collectionnais les annonces, classais les marques. Pour mon anniversaire, je demandais la pige des films Eram (merci à L'Ina), des publicités Kookaï.

Ma mère trouvait mon « cinéma » épuisant. Elle a mis des années à comprendre que je n'étais pas dans la publicité mais derrière un bureau à raconter les marques, leur inventer une histoire. Un soir, lors d'un dîner familial, elle dit devant tout le monde :

— Je crois que ma fille est une mytho. Elle part tous les matins faire de la publicité et moi, je ne l'ai jamais vue, ni dans un magazine ni à la télé ! Pourtant la publicité en principe, je dis bien, en principe, ça devrait se voir non ?!

Je répondais :

— Qu'est-ce que tu peux être con des fois, putain.

Et tout le monde riait.

Louise n'aurait jamais traité sa mère de « con ». Louise c'était la farfelue de la famille, l'iconoclaste. Le dimanche, quand ses parents n'étaient pas à la campagne ou quand elle prenait le temps de faire le trajet en train jusque dans le Perche, elle déjeunait auprès de son père qui ne soupçonnait pas une seconde les galipettes de jeux Olympiques auxquelles se prêtait sa fille pendant ses jours de travail. On se racontait la semaine, l'un après l'autre, dans le calme, on respectait la parole de l'autre, là où, chez nous, on se jetait des boulettes de pain à la gueule quand on ne faisait pas des catapultes avec des cuillers remplies de couscous. Nous étions des animaux bruyants. Ils étaient des gens bien élevés.

Comme tous les animaux nous avions un instinct de survie développé, et moi, je ne voulais plus surnager, je voulais vivre les doigts de pied en éventail couchée sous un soleil qui ne me brûlerait pas. À La Courneuve, le soleil d'été était un ennemi, il faisait remonter les mauvaises odeurs, invitait les cafards à se reproduire.

C'est comme ça qu'un soir de shabbat en famille, j'ai fait tinter les verres. J'avais des choses à leur annoncer.

J'étais salariée depuis deux ans, j'adorais mon métier,

j'avais placé l'argent que l'État m'avait donné pour étudier sur un livret A de La Poste. J'avais cumulé les jobs, caissière, femme de ménage, vendeuse de pulls et de chaussons, animatrice de colonies de vacances, de centres de loisirs. J'avais un peu d'argent, donc.

Alors, quand j'ai senti que j'avais fait le tour de Ma Courneuve, je me suis levée, je suis montée sur la chaise, ma grand-mère a crié :

— M'harboula eida ! Descends tu vas te casser le tibia (pourquoi elle a dit « tibia » et pas jambe reste, aujourd'hui encore, un mystère). DESCENDS JE TE DIS OU JE TE SORS LE BALAI YA R'HMALA !

Et tout le monde a vomi des torrents de rires bruyants. J'ai vagi :

— MAIS JE PEUX PARLER BORDEL ?!!!!

Mon oncle, celui qui aime Johnny et les Harley, a dit :

— Pas la peine de gueuler, Lili, on t'écoute, vas-y, dis-nous, tu vas te marier c'est ça, t'as trouvé un mari ?

J'ai voulu en placer une, mais mon autre oncle, celui qui a beaucoup de cheveux tout autour de sa calvitie, a hurlé :

— MAIS NON ! ELLE A GAGNÉ AU LOTO, ELLE NOUS AMÈNE TOUS EN VACANCES !!! Toute la famille a applaudi et ma tante a repris :

— Sérieux Lili ? T'as gagné les six numéros ? Je savais pas que tu jouais !

Alors mon troisième oncle a levé son verre de Coca et a dit :

— *Mazel Tov !* Lili, elle a gagné le Loto !

J'ai laissé choir mon nez qui faisait des « non, non » dans mes épluchures de clémentine et j'ai lâché l'affaire. Ma mère a dit :

— Mais vous allez la laisser parler bordel ?

Et j'ai pensé, faut toujours qu'elle me pique mes mots celle-là. Puis Margot a ordonné à ses enfants de se taire, toujours en arabe, parce que l'arabe est une langue qui ne fait pas dans la dentelle de Calais, l'arabe c'est… persuasif, et c'est ainsi que le silence est un peu revenu.

Je savais que j'aurais peu de temps de parole pour dire ce que j'avais à leur annoncer. Je suis remontée sur mon estrade d'infortune et j'ai déclaré :

— Je vais déménager à Paris, je pars m'installer devant un monument. J'en peux plus des tours et des barres. Voilà.

J'aurais déclaré la guerre, ils n'auraient pas été plus pétrifiés. Mon oncle à moitié chevelu a mollement souligné :

— Ben c'est ça alors… t'as gagné au Loto…

Et tout le monde a fait :

— Chhhhhuuuuuuuttttttt.

Ma tante Patricia a ajouté :

— Francis, qu'est-ce que t'es lourd ! en chuchotant, et c'est la première fois que j'entendais ma tante parler sans beugler.

Margot m'a regardée comme si je lui avais avoué que j'allais épouser un goy. Ma mère, Micheline. Elle m'a tendu sa tête de Jacques Brel, version « Ne me quitte pas ». Ses yeux m'imploraient. Alors j'ai dit :

— Ça va t'auras les clés !

Elle a commencé à vouloir négocier :

— Je pourrai te faire les courses ?

— Mais, maman, tu n'as jamais fait les courses, c'est toujours moi qui remplis le frigo !

— Ben comme ça, chacune son tour… Je te ferai

ton linge, OK ? Je passerai le soir après le taf, je prendrai le linge sale et je te le ramènerai plié…

— On ne ramène pas le linge, maman…

— Ah ? Et pourquoi…

— Pour rien… Laisse tomber.

Ma mère ne sait pas pleurer. Ma mère a passé un séjour en hôpital psychiatrique à ma naissance, depuis, elle rit tout le temps. Ma mère qui m'a livrée au diable pendant des années, son mari qui n'était pas mon père. Parce qu'elle ne savait pas qu'on ne cogne pas avec ses poings sur une enfant de six ans. Elle trouvait ça normal, les coups. Son père sortait le ceinturon pour corriger ses quatre fils turbulents, alors…

Ma mère qui passe sa vie à rattraper ses aveuglements. Un jour elle me dit :

— Quand même s'il t'avait frappée je l'aurais vu ? L'appartement est tout petit !

Alors je ne lui rappelle pas que c'est elle qui l'appelait, elle criait « Daniiiiiii !!!!! » et lui ne se faisait pas prier en latin, il déployait son fulguropoint tout tracé dans ma figure. Il frappait, il me pendait par les pieds, m'enfonçait mes feuilles de classeur dans la bouche, je devais passer une partie de la nuit à tout recopier.

Les gens me demandent aujourd'hui pourquoi je n'aime pas me coucher tard. Parce que lui. J'ai manqué de sommeil toute mon enfance.

Le matin, parce que j'avais sept ans, que je m'étais endormie en larmes vers 3 heures du matin, j'avais du mal à me lever. Alors Daniel me tirait par les pieds, ou me versait un verre d'eau glacée sur la nuque pour me réveiller.

Les gens me demandent aujourd'hui pourquoi je me lève tôt. Parce que lui. Je n'aime pas être sortie du lit par la milice. Il n'y a jamais eu de réveil à mon chevet.

Ma mère et ses dénis à répétition. Elle ne peut pas. Elle en mourrait de reconnaître ses manquements. L'amour rend aveugle. Daniel lui aura crevé les yeux. Il lui a brisé le cœur en la quittant, mais, de cela, elle ne parle jamais.

Il paraît qu'on devient adulte quand on cesse de juger ses parents, quand on apprend à pardonner. Je resterai toujours la petite fille de Micheline, son miracle qu'elle a piétiné. Je ne lui pardonne pas mais… mais je l'aime, ma grosse mère que ma maigreur désespère. J'ai beau lui dire : « Je ne suis pas maigre, c'est toi qui es grosse », elle continue de me donner ses carnets de tickets resto parce qu'elle croit que ça me fera manger plus.

Elle dit : « Tu es mon paradis, tu es ma niaque. » Elle bronze rien qu'en me regardant. Elle cumule les heures sup, comme son père avant elle, pour offrir des Nintendo DS à mes enfants.

Elle est hypocondriaque, elle se cherche des maladies qu'elle ne trouve pas parce qu'elle connaît ma nature de chien fidèle, elle veut que je la veille, que je lui tienne la main parce que je ne sais pas l'embrasser. Elle sait qu'elle ne finira pas dans une maison de vieux, je serai là quoi qu'il arrive. Parce qu'on a beau dire, des enfants, on en a plusieurs, mais une mère, on n'en a qu'une.

Annie m'ouvre les portes de Paris, Margot me claque la sienne au nez

J'ai d'abord voulu être locataire. J'avais un salaire honnête et… pas de caution parentale.

Un soir que je pleurais sur mon sort devant les petites annonces du *Particulier à Particulier*, une dame, qui travaillait au service de production des images de l'agence de publicité où j'étais employée, est entrée dans mon bureau.

Elle s'appelle Annie. Elle est blonde, elle est gentille. Elle porte des pulls en mohair et des pantalons Karting en nylon extensible. Elle se dirige tout droit vers la retraite, elle attend son heure.

Annie se poste devant moi, elle me demande pourquoi je pleure la tête couchée sur un journal. Elle veut savoir si j'ai perdu quelqu'un. Elle a un cancer, Annie, elle pense à la mort tout le temps.

Je lui dis : « Non, non », c'est pire. Elle veut savoir, je lui raconte. Je veux quitter ma ville, je n'en peux plus du bruit, de la crasse, des trajets, de ma mère qui déprime en riant et en gueulant. Je veux du calme. Je lui raconte les dossiers déposés, consciencieusement remplis par mes soins – je suis une universitaire, la paperasse, je connais – et toujours la même question :

« Vous avez une caution parentale ? » Non, je n'ai pas de caution parentale. Je n'ai pas de père, ma mère gagne moitié moins que moi. Je n'ai ni frère ni sœur, et mes oncles sont des smicards ou des entrepreneurs qui vivent de leurs dividendes.

Annie me dit, allez, je vais me porter garante. Donne-moi ton dossier, je te donnerai mes trois derniers bulletins de paye, et je signerai un engagement. Allez, va, cesse de pleurer. Plaie d'argent n'est pas mortelle, me dit Annie en faisant cligner son œil.

Annie n'a pas eu d'enfants. Elle peut bien faire ça pour moi. Elle a confiance. Elle me sait courageuse, elle m'observe de loin depuis un an.

Je ne peux pas. Je ne peux pas. Je ne peux pas faire ça à ma mère. Voilà ce que je me dis, bêtement. On a tous des limites. Moi, la mienne se situe là : je ne peux pas trahir les gens qui m'aiment. Je ne peux pas montrer à ma mère qu'elle n'est pas à la hauteur, qu'Annie prend sa place.

Les parents sont les rames qui vous aident à avancer. J'avais réussi à avancer avec une seule pale abîmée, alors qu'en théorie, j'aurais dû tourner en rond. Je m'en sortirai seule, cette fois encore.

Annie insiste. Elle argumente, c'est stupide Sylvie. C'est de l'orgueil mal placé. Je refuse. C'est sans appel. Peine de mort pour sa proposition.

Alors Annie qui est une bourgeoise que la vie n'a pas toujours bercée doucement, à qui on découvrit un cancer du pancréas juste quelques années avant sa retraite, ne se laissa pas abattre. Elle dit :

— Et si tu devenais propriétaire ?

Jamais, même dans mes rêves les plus fous, je n'avais

osé espérer posséder quelques mètres carrés de la plus belle ville du monde.

Le mari d'Annie est banquier. Les taux ne sont plus très élevés, m'explique ma collègue. On te trouvera quelque chose à retaper.

Le 25 décembre 1995, je ne fête pas Noël. Je marche dans la rue Caulaincourt, je lèche des vitrines avec mes yeux. Je m'arrête devant une annonce immobilière. Je voudrais en parler à Annie. Elle n'a pas de téléphone portable, moi non plus. Je voudrais qu'elle vienne visiter le bien avec moi. L'agence de publicité où je travaille est fermée pour dix jours. Je n'ai pas envie d'attendre. Trente mètres carrés, dans un immeuble en pierre de Paris, rue Robert-Planquette, ça ne s'invente pas. Planquette, ça me va. Je veux me sauver du 93. Mes économies paieront les dix pour cent dus à la signature. Le 26 décembre au matin je pousse la porte de l'agence immobilière : je veux voir le studio maintenant.

Je visite l'appartement à 11 heures, à 12 h 30, je signe la promesse de vente. Le vieux gars qui tient l'agence avec sa femme n'a jamais vu ça. Pourtant, en quarante ans de métier, m'explique sa dame, on en a vu d'autres ! Je prends très vite les bonnes décisions. Les mauvaises aussi, remarquez...

Le 3 janvier je fais livrer un énorme bouquet de fleurs blanches à Annie qui m'invite à déjeuner. Je la remercie de m'avoir ouvert une porte mentale. Elle a pété le verrou d'une barrière psychologique.

Annie m'explique qu'il faut que je trouve un financement. Je dis, je sais, j'ai une proposition intéressante de La Poste, les voleurs. La Poste, à cette époque, reste la banque des pauvres. Annie prend le dossier de prêt avec elle, elle en parlera ce soir à son mari.

Un matin, Annie vient me trouver pour m'inviter à déjeuner le dimanche suivant chez eux, à Sèvres. Son mari veut me faire une proposition. Je ne connais rien aux montages financiers, mais je signe des papiers sans les lire. Je regarde le mari d'Annie dans les yeux, je lui dis : « Si vous arnaquez une pauvre banlieusarde sans père, vous devrez vivre avec toute votre vie. » Pierre, le mari d'Annie, rit de bon cœur. Il ne m'a pas arnaquée.

Il m'a permis d'enclencher un cercle vertueux. J'ai revendu, j'ai racheté, chaque fois un peu plus grand, et j'ai fini par réaliser mon rêve. Aujourd'hui j'ai deux monuments plantés sous mes fenêtres. Chaque fois que la tour Eiffel clignote pour me rappeler l'heure fixe du soir, je pense à Annie, au chemin parcouru aussi, un peu grâce au vent qu'elle a soufflé dans mon dos.

Annie est une bourgeoise pur jus qui déteste sa caste. Elle a manqué d'affection. Elle m'explique qu'enfant, elle n'a jamais vu sa mère sans maquillage. Son père était tendre, il n'avait pas d'autorité, il ne gagnait pas de quoi faire vivre sa famille. C'est sa mère qui avait l'argent. Elle ne manquait pas de le lui rappeler le soir, pendant le dîner, devant leurs trois enfants. Elle l'empêchait de diffuser sa tendresse qui est le lait qui fait grandir les petits, bien plus que les robes à smocks, les nœuds dans les cheveux. Alors son père l'embrassait en cachette, lui lisait des livres dans le noir, planqué sous les draps, une lampe d'alpiniste collée au front qui donnait à son beau visage des allures de cadavre. Un signe de la suite…

Et puis, un jour, sa mère qui avait un amant a commis le pire. Elle a raconté aux gens autour que son mari couchait avec leur fille de treize ans. Annie me dit :

— Mon père n'a jamais eu un geste déplacé. Je ne l'ai jamais vu nu, il a toujours coiffé mes cheveux, il a recousu mes boutons qui menaçaient de tomber, il attachait ma médaille de baptême, il la glissait sous mes nattes, il la posait délicatement sur ma poitrine les jours d'Église.

Annie pleurait beaucoup en racontant cela. L'eau sur ses joues faisait des paillettes, le bleu de ses iris criait, ses joues, c'était la mer Rouge au matin de la fuite des Juifs. Une grande agitation qui la faisait grimacer. J'ai dit :

— Mais toi, tu étais grande, tu leur as dit aux flics que ce n'était pas vrai !

La mère d'Annie n'a jamais prévenu la police, on ne faisait pas ça à l'époque. On lavait son linge sale sur la place des villages.

Le père d'Annie a donné sa parole. Il a juré. Puis il s'est tu.

On ne l'a pas cru. On a bafoué son honneur. Le mal était fait. Toujours on le suspecterait. Ses autres enfants auraient peur de lui. Au mieux, on baisserait les yeux sur son passage, au pire, les gosses lui jetteraient des pierres en le traitant de sadique.

Un matin, avant la messe, il a grillé une dernière cigarette puis il s'est tiré une balle de fusil dans la gorge. Lui qui était un vrai catholique, qui pensait que seul Dieu a droit de vie ou de mort sur les humains, un homme qui aimait les autres, les voir heureux, a rendu son tablier à l'Église. On n'a pas voulu l'enterrer avec les siens sous la croix du Christ. Ce dernier avait sa tête de circonstance, il pleurait sur les hommes qui sont des chiens parfois.

Annie est allée à la messe sans nattes et sans médaille.

Elle me raconta la façon dont on mit son père en terre. Seul, isolé des autres hommes, jeté dans un trou à rat. Elle supplia le curé qui lui dit :

— Mais tenez-vous, voyons ! Vous êtes possédée ! On va vous exorciser, mon p'tit !

Annie se tut à son tour. Elle avait peur de la folie des autres qui fait commettre des horreurs. Elle a ravalé son chagrin. Son mari l'a sauvée de la méchanceté. Il a badigeonné son cœur et son corps de douceur, ça lui a évité l'amertume. Annie a détesté sa mère toute sa vie. Sans le savoir, elle a repoussé la maternité. Son ventre n'a jamais pu porter de fruit.

Je pensais à Zola, à Hugo qui parlaient de la mesquinerie des pauvres. De leurs bassesses. Je ne voulais pas justifier mon groupe social, mais je me disais que notre petitesse d'âme, enfin parfois, était consécutive à un manque de moyens. Je ne comprenais pas l'enfance bourgeoise d'Annie. Elle avait tout pour être heureuse. Des frères, une mère et un père en bonne santé qui s'étaient choisis. Une maison cossue dans une banlieue sans tours, et plantée d'arbres centenaires. Tout pour se faire une vie agréable. Et pourtant, tellement de malheur. Je repensais à la phrase de Lisa, qui m'affirmait que j'avais l'essentiel. Les trahisons de ma mère, tapissée de l'intérieur, ne valaient pas grand-chose comparées aux immondices que la mère d'Annie avait déversées sur leur photo de famille. La mère d'Annie, mal aimée avant sa fille parce qu'elle avait eu une mère égoïste, et que les bourgeoises sont souvent pauvres en héritage de caresses et de mots gentils. La défaillance affective, c'était comme une tare congénitale qu'on se refilait dans le sang. La mère d'Annie, qui avait pris le temps de lire et celui de ne rien faire de sa vie, s'était vue en héroïne shakespearienne, se voulait Goneril, la fille du roi Lear, manipulatrice au sang glacé assumant ses actes de Satan.

Elle était Emma Bovary, la douce épouse délaissée par un mari occupé par son travail, qui croit revivre en baisant avec son amant fougueux et si peu constant.

Annie me raconta qu'un jour, cachée derrière la porte d'un long couloir, elle surprit sa mère et le déménageur qui était venu débarrasser la maison des souvenirs terrestres laissés par le père.

L'homme se présenta :

— Bonjour, je suis Hubert X, le déménageur.

La mère d'Annie, qui semblait pressée, a dit en prenant l'homme par le collet et en soulevant ses jupes :

— Enchantée, Béatrice, mais on oublie les prénoms, là, appelle-moi Salope.

Béatrice en voulait à sa fille Annie de perturber le calme de la maison qu'elle avait héritée de sa mère, laquelle ne prit pas la peine de lui dire adieu le matin du soir où elle ne convoqua que son fils pour lui signifier son dernier jour sur terre. La mère de Béatrice n'aimait pas sa fille, laquelle n'aimait pas la sienne, et Annie n'eut jamais de fille comme pour tenter d'enrayer cette malédiction.

Ah, le manque d'amour des bourgeoises ! Quand elles se livrent, elles déploient les pages de leurs souvenirs et bien souvent, en pleurant, elles racontent les silences, le manque de gestes câlins, les vêtements parfaits comme des corsets dc torture.

La complexité de leurs rapports avec les autres autour. Leurs mères, d'abord, très vite trompées ou abandonnées. Leurs pères, souvent trahis par des femmes volages, faisaient « comme si ». Ils quittaient rarement leur foyer, ils savaient qu'une fois la tempête essuyée, ils trouveraient un nouveau tsunami. Les bourgeoises, quand elles n'ont plus la carte bancaire de leurs maris pour occuper leur temps, remplissent des journées, des mois, des années à harceler leurs ex-maris.

Chacune des parties avait intérêt à ne pas perturber le calme apparent. Tout se nouait, se dénouait dans un silence de morgue. Les enfants, en grandissant, s'éloignaient en boudant puis se rapprochaient en souriant quand le besoin d'argent se faisait sentir. Ne jamais froisser de manière trop définitive les parents qui tiennent l'héritage, les donations. Lesquels, en vieillissant, passent leur temps à juger leur progéniture, leur mettre des notes tout le temps, font des fiches de comportement invisibles.

Le manque de repères aussi. On ne peut pas donner ce que l'on ne possède pas. Chez les pauvres, cette phrase fait sens. Mais chez les aisés ? On refusait de donner ce que l'on avait. C'était la marque d'une déficience affective. Ça ne pardonne pas, le défaut d'amour pas justifiable. Et, comme on ne sait pas dire les choses simplement chez les bourgeois (ça ferait pleurer les aïeux peints sur les toiles qui vous tenaient à l'œil), on se vengeait en silence. Ces gens manquaient de naturel, de sauvagerie. Les apparences à sauvegarder, c'était leur héritage psychologique. Ils avaient plusieurs couverts autour de leurs assiettes mais refusaient d'admettre que, parfois, il est jouissif de manger avec les doigts. De se balancer les trucs à la gueule pour ramasser, *ensemble*, les pots cassés.

Et puis un jour, alors que j'étais bien perchée sur mon nuage de certitudes, que j'avançais, le nez en l'air, chaussée d'échasses de préjugés, j'ai ressenti un peu de compassion pour ces filles que l'on m'avait appris, enfant, à mépriser. J'ai été, à mon tour, rejetée par celle qui m'avait fait grandir et ça m'a rendue faible.

L'ivresse de la tristesse

Nous étions en hiver, la nuit tombait vite et, avec elle, toutes les mauvaises pensées qui vont avec. J'étais pessimiste comme on peut l'être quand il fait gris et froid et noir. C'était mon dernier soir à La Courneuve. Demain je m'installerai dans mon studio, celui que j'ai acheté grâce à Annie et mes économies.

J'avais demandé à Margot l'autorisation de passer cette nuit contre elle. Je voulais qu'elle gratte mon dos pour endormir ma tête, c'est ce qu'elle fait toujours quand je suis soucieuse. Petit chameau qui fait ses réserves d'amour pour la semaine.

Ma grand-mère m'en voulait de vouloir m'éloigner. Elle a beau être une femme généreuse, elle reste une mère juive. Elle ne disait rien, ça me rendait folle, elle ne faisait aucun reproche. Pourtant, je voyais bien à sa façon de souffler, de renifler, qu'elle ne me pardonnait pas mes envies d'ailleurs. Nous étions toutes les deux dans ce salon où sa famille trop nombreuse avait refait le monde bien des fois.

Margot n'habitait pas encore avec ma mère. Elle voulait garder son indépendance, disait-elle. Elle brandissait sa carte RATP qui lui accordait l'usage gratuit des transports en commun. Quand ma mère gueulait, Margot sortait sa carte comme la statue de la Liberté lève son flambeau et elle disait : « Je suis libre hein ! Je prends mon tramway quand je veux hein !!!! Allez fuuuuit, je rentre chez moi ! » Puis elle restait parce que les pauvres font des pièces de théâtre dramatiques de tout, de rien, alors que les riches maintiennent que « tout va bien » quand la situation devient critique.

Ce jour-là donc, je me suis étalée sur le canapé en skaï marron où j'avais tant de souvenirs et elle, sans me regarder, a sorti les assiettes. Ma grand-mère, plus elle est énervée, plus elle pose de plats sur la table. Là, c'était carrément le banquet de la reine aux 4000. J'ai voulu lui faire un câlin, elle a dit :

— Attention, c'est chaud, tu vas me faire renverser l'houile.

J'ai été vexée comme un Allemand le jour du traité de Versailles. Alors j'ai été peste :

— On ne dit pas « houile », on dit « huile ».

Et ma grand-mère solide comme une chaîne de montagnes a dit :

— Je dis Couir, Fouite, Rââse (pour rose), toudesouite, je suis née dans l'autre France, celle où les gens ils savaient rigoler un peu et manger beaucoup.

Après il y a eu un silence de… bourgeois justement. Elle m'avait appris à tout formaliser pour éviter les rancœurs, il n'y avait jamais eu de gêne entre nous alors ce soir-là, quand elle est retournée manger debout dans sa cuisine un peu de ce qu'elle avait disposé sur la grande table du salon, je me suis sentie rejetée, presque abandonnée. J'ai vacillé un instant, j'étais la flamme sur laquelle elle avait soufflé en reniflant et ça m'a déstabilisée.

Mes oncles, les deux qui vivaient encore avec elle, sont rentrés aux abris, ils sentaient le tonnerre arriver.

J'ai fait ma bourgeoise de base. J'ai cassé un verre pour la faire parler. Paf. Le verre a rebondi. Comme nous étions une famille nombreuse agitée, nous buvions dans des Duralex, ceux où on peut lire notre âge au fond du godet. Margot a dit sans bouger et en criant :

— Qu'est-ce que tu me veux ? ÇA VA PAS DE FAIRE ÇA CHEZ MOI ?!!! ALLEZ FUUUUIT, TU RENTRES DANS TA MAISON, T'AS UNE MAISON MAINTENANT, NON ? ALLEZ FUUUUUIT, TU T'EN VAS LILI, Y A LA TOUR EIFFEL, ELLE T'ATTEND, ELLE VA TE FAIRE À MANGER, ET TON SACRÉ-CŒUR IL VA TE GRATTER TON DOS, BALALAZ !!!! (ce qui, en arabe, invite à aller danser ailleurs).

Voilà, elle me gueule dessus, ça veut dire qu'elle m'aime encore. Ça m'a rassurée, un court instant.

J'ai été prise de remords.

Je me suis mise à pleurer comme un chien qu'on attache à un poteau télégraphique une nuit de juillet. Je n'étais pas à la hauteur de ma mémé chérie qui m'a tout donné, je lui faisais de la peine en quittant notre cité, ingrate que j'étais, et, ce faisant, je me haïssais. Je désertais notre monde, elle ne disait plus rien, mais je voyais à ses lèvres toujours pincées que ça lui sillonnait le cœur.

Elle m'a jetée dehors ; ça m'a anéantie. Je voulais me droguer, là, tout de suite pour ne plus avoir à sentir mon cœur qui me faisait mal. Ma grand-mère a ouvert la porte, elle a dit :

— On ne casse pas mes verres, on ne crie pas chez

moi. Tu sors, tu prends la douche et un jour tu reviens t'excuser.

Ma moitié berbère s'est raidie, j'ai joué les fières, je suis partie sans attendre l'ascenseur. La vraie force c'est de savoir montrer ses faiblesses. Je n'ai pas pu. Aujourd'hui, je sais.

J'étais la princesse désirée à qui on vient de retirer son beau visage, je ne servais plus à rien, je n'avais plus les yeux de Margot pour me regarder, et c'est à ce moment précis que j'ai compris les bassesses de mes petites copines de la Haute. Elles se sentaient parfois décevantes alors elles devenaient médiocres. Je comprenais à mes dépens que l'amour trop longtemps attendu vous file parfois des aigreurs d'estomac.

Il avait suffi d'un vent envoyé par Margot pour faire de moi une chose branlante. Alors je réalisais ce qu'elles avaient dû encaisser, quand leurs mères préféraient passer une journée chez l'esthéticienne plutôt qu'avec elles au parc. Quand leurs pères ricanaient sur leurs études littéraires en pensant que c'était un loisir, une armure verbale, qui leur serviraient, tout au plus, à conquérir un homme pourvu d'une bonne situation.

Même si ma famille était bizarre, des Valeureux sans panache, des incultes à la sensibilité incomprise, elle était indispensable à mon équilibre. On a beau s'ériger des statues, elles ne tiennent que par leur socle. Je ne l'ai pas compris immédiatement, il fallait d'abord que je m'éloigne pour avoir envie de revenir.

J'étais leur fierté, celle qui n'avait pas eu peur de traverser les murs de la cité et avait conservé sa tête au frais. Je n'avais pas de père, mais j'avais mes oncles. Ma mère a enterré mon innocence trop tôt, mais elle m'a donné ses jambes quand un jour, sans que je m'y attende, la vie m'a jetée à terre.

Les bourgeoises méprisent l'ambition.

Les acharnées à qui rien n'est donné à l'avance méprisent leur paresse. Tout le monde en veut à tout le monde. Tout le monde veut être l'autre alors que, dans le fond, on est tous les mêmes, on recherche l'approbation. On veut être accepté qui que l'on soit, quoi que l'on ait fait. Elles ne me pardonnaient pas d'être méritante, je n'excusais pas leurs marivaudages. Nous venions de deux mondes inconciliables, mais, ce dont je suis certaine, aujourd'hui que j'ai connu les deux rives, c'est qu'on avait beaucoup à apprendre les unes des autres.

Moi qui leur en voulais de dormir tranquilles quand mes rêves de bonne fortune me gardaient les yeux ouverts une bonne partie de la nuit, j'enviais la richesse de leur vocabulaire, je voulais des moulures à mes plafonds.

Paris est une fête. Une souffrance, et une fête

Mon premier jour d'indépendance, rue Robert-Planquette. Je me cache. Pourtant il fait beau malgré le mois de février. Je planque mon angoisse en lavant les murs déjà blancs. L'écho de ma mère qui gueule persiste encore quelque temps, puis le silence. C'est un médicament le silence. Je fais une cure de sommeil. Mon premier week-end à Paris, je le passe dans mon lit à faire l'amour au silence enfin trouvé. Je dors sur un clic-clac de fortune. Je n'ai ni assiettes ni couverts. Je mange en BAS DE CHEZ MOI. Je découvre le monde. Paris qui m'a vue naître un peu par accident, il y a vingt-six ans, me voit renaître.

Il y a une boulangerie, des cafés, un Quick, un restaurant chinois.

Montmartre, c'est Hollywood Boulevard.

Dans ma cité, si je sors de mon immeuble, il y a des bancs, des 103 SP en pagaille, des gens bornés assis sur les scooters arrêtés, des rats qui vivent comme des pachas sur les poubelles qu'on ne prend même plus la peine de rentrer.

Dans ma rue parisienne, perpendiculaire à la rue Lepic, celle du Moulin, le matin il y a des camions verts avec des hommes portant des gilets verts et des gants de boxe à mettre K-O toutes les ordures de la terre. Plus tard, je comprendrai quc les ordures à Paris, contrairement à la ville de mon enfance, c'est dans les appartements cossus qu'on les trouve.

Le samedi suivant, un homme de chez Darty se présente à ma porte. Il vient livrer un four à micro-ondes, un four traditionnel, un réfrigérateur et même un four à pain. Trois fours dans un studio, j'explique au monsieur gentil que ça ne va pas être possible. Et puis, je n'ai jamais rien commandé chez Darty ! Ce doit être une erreur. Il y a Hemingway qui vient de louer le deux pièces en face, ce doit être pour lui – le voisin, un Américain débarqué à Paris qui m'explique un jour que je le croise dans l'escalier, qu'il a choisi de s'installer chez nous parce qu'« à Parrrris, tiu n'as pas bésouen de payer pou' le mour. Paris is a fucking city men ! The girls are son open, you see what i mean… » Non, connard, je ne vois pas…

Bref, le gars déroule son contrat de confiance, il est tout sûr de lui (normal), il y a mon nom écrit en toutes lettres, et, agrafée au dos, la facture. Je n'ai pas mis les pieds chez Darty depuis ce jour de 1979 où, avec ma mère et son mari, on a acheté une télévision couleur. Puis je vois le nom de Margot sur la preuve d'achat. Je dis au gars :

— C'est ma grand-mère.

— Qui ? demande l'employé modèle qui a d'autres livraisons sur le feu.

— C'est ma grand-mère qui m'a fait livrer tout ça… Putain. Trois fours.

Le monsieur me largue les cartons, prend la peine de brancher le frigo puis me plante là avec mes trois fours.

Je n'ai pas vu Margot depuis dix jours. Un record. Je tiens, c'est cet orgueil de merde qui fait perdre leur temps aux amoureux.

Puis, comme j'ai une excuse, je l'appelle. Je compose son numéro. Ça sonne. Cinq fois. Elle ne répond pas. Ma grand-mère me fait la gueule. Mais à la juive. C'est-à-dire en culpabilisant tellement de ne pas avoir su me retenir qu'elle sacrifie l'écureuil qui tient au chaud ses économies pour me savoir bien installée. Les mères juives ont toujours peur pour leurs petits. Les mères juives nous apprennent à avoir peur pour elles. On a peur de leur peur alors parfois, ça nous étouffe. En grandissant, j'ai décidé de cramer la spirale : j'ai décidé que je n'aurais plus peur de rien.

Je me suis installée à Paris et la vérité, c'est que je crevais de trouille. J'avais lu Bossuet, je savais qu'une trop grande liberté, quand elle est mal employée, vous entraîne au fond du vice. Alors je me suis imposé une discipline de moine allemand. Après le « pas d'alcool/pas de tabac/pas de fête », j'ai ajouté les articles suivants à mes tables de la loi : « Personne ne rentre chez toi/Personne ne rentre en toi/Tu n'aimeras point, ni ton prochain, ni ton précédent/Ton travail sera ta patrie. »

Ma grand-mère dit que tu sais quand tu as du courage le jour où tu réalises que ta peur ne t'empêche pas d'avancer. J'ai décidé d'avancer. Je courais depuis l'enfance, consciente de mon handicap. Je partais de loin quand elles, les confortées que je voulais dépasser, avaient eu le temps de regarder le paysage, de sentir les fleurs sur le chemin, d'apprendre leurs noms. Je ne profitais de rien, j'avais vingt ans, le plus bel âge. Pour ne pas tomber, je me suis cadrée, je me suis rangée dans un tiroir, ne sortant que pour accomplir mon devoir en croyant que ça me donnerait droit à un destin. J'étais pathétique. J'ai des regrets, ceux de n'avoir pas vécu ma jeunesse. Je n'ai pas eu l'enthousiasme dû aux jeunes années, je l'ai empêché d'advenir, j'ai sacrifié des expériences, je me refusais aux hommes, à la nourriture, je renvoyais la vie dans ses pénates. Je haïssais celles qui dévoraient le veau d'or. J'avais été élevée par mon grand-père, un homme qui s'appelait Moïse. Pourtant je n'étais pas religieuse, je détestais qu'on m'impose des règles, je rédigeais mes propres lois où le plaisir était banni. Même si, en mangeant du pain à Pessah, la pâques juive, j'écoutais *Les Dix Commandements* – la comédie musicale, hein… – pour me rappeler à Lui, culpabiliser juste ce qu'il faut.

Je pensais que, si je me comportais bien dans ma jeunesse, j'aurais une vieillesse agréable. Je pensais qu'il y avait un prix à payer pour être quelqu'un de bien. Parce que Margot avait mis ces mots dans mon biberon : « La vie, elle te rend toujours ce qu'elle te doit. » Je voulais conquérir ma dignité. En vieillissant je me suis aperçue que le malheur, quand il vient t'embrasser sur la bouche, te demande des comptes, te teste et c'est à ce moment, et à ce moment seulement, que tu prouves qui tu es vraiment. Le reste n'est que posture, discours de matamore. C'est dans l'adversité qu'on mesure le courage d'un homme.

Mes nouvelles amitiés parisiennes, mes connaissances bourgeoises me déroutaient un peu. Tout avait l'air plus facile. Le temps des trajets, les endroits où se retrouver, la capacité à lier des liens sexuels rapides et, comment vous dire, efficaces. La vie à Paris était en tous points plus intense ; j'étais Georges Duroy, le Bel Ami de Maupassant qui remonte la Seine, découvre les terrasses des cafés parisiens, les toilettes colorées et audacieuses, la liberté de parole. Je réalisais que j'avais passé mes vingt-six premières années dans une petite dictature sympathique. À La Courneuve, je trouvais naturel de ne pas sortir maquillée, de ne jamais porter de talons, je trouvais normal de passer toutes mes soirées dans ma maison, le nez planté dans un livre ou les yeux accrochés à Michel Drucker, à Jean-Pierre Foucault. On n'ouvrait pas la porte de nos appartements, on ne se retrouvait pas pour un dîner « sympa » chez les unes, chez les autres.

À Paris, mes copines bourgeoises avaient des chats qui portaient des colliers de chien de marque, parfois strassés. Elles reportaient sur eux toute l'affection dont elles avaient manqué. Dans ma cité, je me rappelais alors nos expériences, dans les caves, quand Evangelos enfermait les chats errants dans des poubelles en fer en y faisant péter un mammouth, ce pétard gros comme un bâton de dynamite. Je me souvenais de Bruno qui voulait vérifier que les matous avaient bien sept vies et qui les balançait de sa fenêtre, il habitait au vingt-troisième étage. Bruno, qui, un jour qu'il était en verve, me convoqua au sommet de mon immeuble pour me montrer un spectacle qu'il avait monté : il avait enfermé des chatons dans un seau rempli d'alcool à brûler. Il a mis le feu à chacun des bébés chats puis il les a balancés par-dessus la barrière du toit en hurlant : « Regaaaaarde comme c'est beeeeaaaauuuu. » – Je crois que c'est ce jour-là que j'ai vraiment désespéré des hommes. Ce jour où je me suis dit qu'il fallait que je me casse de cette terre d'asile de fous.

Je savais que la Belle Ville m'offrirait des perspectives de rencontres infinies, un pouvoir d'achat, le droit de décider de mes journées. Mais, comme on n'est jamais content de ce qu'on a, le week-end, je rentrais dans ma cité, j'allais chercher l'amour, le vrai, celui qui ne m'enfoncerait jamais la tête au fond d'une mer de larmes.

Le problème c'est que ma vieille grand-mère s'était un peu éloignée. Je m'accrochais à son cou comme une serviette de table pend au chandail d'un vieillard, et je voyais bien qu'elle ne me pardonnait pas d'avoir rêvé à un monde qu'elle ne connaissait pas, sans lequel, au demeurant, elle avait très bien vécu. Elle faisait des raccourcis d'Orientale, croyait que j'avais honte d'eux, mais la honte, moi je dis, elle vient toujours quand tu as quelque chose de moche à te reprocher. Je n'avais rien fait de mal, et pourtant je culpabilisais – je crois que je viens de donner la définition du juif, là.

Un jour que je tentais timidement de lever mon drapeau blanc, je lui dis : « Ma – c'était son nom de mère en arabe, le diminutif de Yama –, tu me pardonnes d'être partie ? Allez !!! Pardonne-moi ! » Elle était debout devant sa cuisinière, elle ne prit même pas la peine de me regarder, elle m'assena un « Pardonne-toi toute seule » qui me laissa grise et muette.

Ce jour-là, je n'ai pas dit « au revoir », j'ai claqué la porte de l'appartement, ça a réveillé la voisine qui s'est mise à gueuler, ma mère, qui savait mieux que tout le monde ce que le refus d'amour de Margot pouvait provoquer chez moi, m'a couru après. La voisine a encore gueulé parce que Micheline criait en courant, puis les deux femmes ont failli se bastonner devant les ascenseurs alors Margot est intervenue. Dans les cités, on n'insulte pas les vieux, on leur tient la porte, on les aide, si nécessaire. Et, surtout, on se tait quand ils vous demandent de la fermer.

Je suis rentrée chez elle, qui n'était plus chez moi, je me suis assise et j'ai pleuré pour la ramollir un peu. Margot a posé une assiette de beignets au miel brûlants sous mon nez. Elle a dit :

— Mange ! Après tu réfléchis.

J'ai mangé. C'est un miracle, cette affaire, mais depuis que j'ai cessé d'être anorexique, j'ai découvert le plaisir que procure la nourriture comme un condamné à mort retrouve sa liberté. Je ne m'attendais pas à ça. Bref, j'ai dévoré les beignets et Margot a dit :

— Voilà, mange du miel, ça te fera la parole plus douce.

Elle était fière que je mette deux minutes à avaler ce qu'elle avait mis quatre heures à préparer. Quand j'ai descendu la carafe de citronnade noyée dans le sucre pour faire passer mon amertume, elle a commencé :

— Dans la vie, ça se voit sur ta figure ce que tu fais, voilà j'te dis ! N'essaye pas de faire comme elles, les filles de Paris. Elles trichent, elles mettent la peinture sur leurs yeux et des chapeaux pour faire « madame », ça se voit sur la figure ce que tu es. Je ne veux pas que ta figure elle change fumti ? (Fumti est la traduction de l'expression arabe « tu comprends ? ». Mais sans vraiment de point d'interrogation. Ce serait plutôt « tu as intérêt à comprendre sinon je te casse ta gueule ».)

J'ai voulu jouer les fortiches, j'ai dit :

— C'est pas prouvé tes histoires, je t'ai déjà dit. Regarde Éric-Emmanuel Schmitt avec sa tête de Marcel Cerdan, il écrit des livres pour jeunes filles !

Ma grand-mère adorait Cerdan. Elle a semblé intéressée :

— 'Chkoun Aidè ? (je phonétise hein…)

— C'est un écrivain, il a une tête de boxeur. Et Dave, le chanteur blondinet à voix de fausset, c'était une racaille ! Et Amanda Lear, tu dis que c'est une belle femme, eh BEN C'ÉTAIT UN HOMME !

— T'es dans les vagues, Lili, qu'est-ce qu'une femme ? C'est un homme ! Ouh là, là, il faut que tu reviennes chez les vrais gens. Déjà ils t'ont cassé ta tête ?!!!

— Ma, on ne dit pas t'es dans les vagues, on dit tu divagues…

— Moi je dis : T'ES DANS LES VAGUES PARCE QUE TU NAGES LES BRAS EN L'AIR. TU ES AGITÉE COMME LA MER QUAND ELLE SAIT PAS OÙ ALLER, FUMTI ?

J'ai rentré mes mains sous mes cuisses qui étaient posées sur sa chaise. J'ai baissé la tête, j'étais désolée comme une cigale au mois de décembre. J'étais un chien de la SPA qui a perdu l'espoir d'être adopté.

Margot renifla, leva son nez et reprit sa symphonie de casseroles, mon petit chef d'orchestre de sa cuisine. Elle avait la fierté des anciens qui est le courage de ceux qui ne plient pas et qui souffrent en silence.

Elle me disait : « Ne cache jamais ton judaïsme, on est toujours là, on leur a donné tort. » Elle disait : « L'injustice pour quelqu'un est toujours la justice d'un pourri. » Elle avait des kilos de phrases comme celles-là, mais, surtout, elle m'avait prouvé sa bravoure. La vie lui avait mis des baffes, souvent, des coups de poing à vous faire tomber les yeux de la tête même, mais toujours elle s'était relevée, elle n'avait jamais chancelé très longtemps, et voilà qu'aujourd'hui je la décevais. Elle voulait que je rentre à La Courneuve. Paris m'aspirait, un peu plus chaque jour. Paris m'inspirait aussi. Ce soir-là, j'ai fait le trajet jusqu'à Montmartre en pleurant.

Un matin que je me réveillais pour aller travailler, j'entendis à la radio la chanson de Jean-Jacques Goldman. Dieu me faisait un signe. Ce chanteur qui avait composé l'hymne de ma jeunesse, celui qui accompagna ma révolution personnelle des années durant, cet « Envole-moi » qui raconte comment les livres aident une personne des cités à changer de monde, s'adressa de nouveau à moi en ces termes :

« Puisque c'est ailleurs, qu'ira mieux battre ton cœur, et puisque nous t'aimons trop pour te retenir, puisque tu pars. »

À ces mots je pleure.

Après, comme si ce n'était pas suffisant, il ajoute :

« Sans drame, sans larmes, pauvres et dérisoires armes, parce qu'il est des douleurs qui ne pleurent qu'à l'intérieur, puisque ta maison, aujourd'hui c'est l'horizon, dans ton exil essaie d'apprendre à revenir. Mais pas trop tard[1]. »

Là, je meurs de chagrin. Margot a voulu ce texte pour moi. Elle a ordonné à Jean-Jacques Goldman – un goy n'aurait jamais écrit une chanson comme celle-là – de la chanter pour moi parce qu'elle est trop orgueilleuse

1. « Puisque tu Pars », Jean-Jacques Goldman.

pour le faire elle-même, puis elle a demandé à Dieu de me l'envoyer par les ondes radiophoniques.

Dans la rue, je fais quelques pas et… je me réveille à l'hôpital. J'ai fait une chute sur le pavé. C'est ma tension. Elle s'est un peu trop détendue.

J'avais rêvé mes désirs, j'avais tenu sur mes « ainsi soit-il », mais le Messie, tout guide d'un peuple en entier qu'il soit, si tu lui retires son sceptre, jamais il ne traverse le désert. Je n'avais plus rien contre quoi m'appuyer, alors je me suis effondrée sans parler.

Fini ces gestes anodins qui me rassuraient, quand elle mettait une écharpe autour de mon cou, glissait un Mars dans mon cartable et quelques gâteaux pour les autres. Terminés les verres d'eau censés me protéger, lancés sur le pas de la porte quand je devais partir en voyage (une vieille croyance de sa Tunisie natale). Toutes ces nuits passées la tête sur son oreiller à l'écouter me raconter sa jeunesse et comment mon grand-père en avait bavé des limaces pour obtenir un seul de ses regards.

Dans mon demi-coma j'entendais le chant de la sirène des pompiers, je voulais que ce fût celle qui attirerait Margot dans mes filets. Mais elle n'est pas venue me voir à l'hôpital.

Comment ma mère est arrivée à mon chevet, je n'en sais rien. J'ai rouvert les yeux, elle était là, elle avait des gâteaux qui pleuraient de l'huile sur ses genoux.

On ne parlait pas. Elle tenait ma main, Micheline. Et puis une infirmière est entrée dans la chambre. La pauvre fille a payé au prix fort la peur que j'avais causée à ma mère. Elle a hurlé sur la soignante parce que j'étais là depuis huit heures et qu'aucun médecin n'avait jugé nécessaire de venir m'ausculter. Elle est devenue une mère juive tardivement, parce qu'on devient toujours ce que l'on est. Elle pensait avoir enfanté une reine, elle attendait que Robert Debré, Ambroise Paré et Armand Trousseau en personne, accourent, leur stéthoscope volant au vent.

Enfin, elle s'est décidée à me dire ce qu'elle avait sur le cœur que son mari, le Bourguignon, lui avait arraché en la quittant quelques années plus tôt. Ma mère a avalé sa colère, et c'est sa tristesse qui a parlé pour elle :

— Reviens à La Courneuve, Lili. Je ne crierai plus… Je te le jure sur ta tête.

— Jamais je reviendrai.

— Tu veux tuer ta grand-mère, c'est ça ?

Une mère juive je vous dis.

Retour en grasse

J'ai quitté l'hôpital un lundi soir. Je suis rentrée chez moi. Chez moi, c'était Paris, maintenant. Je me sentais seule, abandonnée et je pensais à ces bourgeoises qui avaient passé leur vie à courir derrière les regards de leurs pères, la tendresse de leurs mères. Je croyais que le fait de ne pas avoir de père me libérerait de la peur de devoir l'enterrer un jour. Je jouais avec mes émotions, je me suis toujours jouée de moi. Quand, par temps de neige, l'Eurostar est complet et que je dois partir à Londres quand même, je dis aux contrôleurs : « Mon père est mort hier, je vais à son enterrement, je dois absolument être à Londres ce soir. » Quand j'ai eu du mal à rembourser mon prêt immobilier, au début, j'ai dit à la banquière : « Mon père est décédé… je dois payer sa sépulture, j'étais son seul enfant. » Puis je baissais la tête, ce qui la dissuadait de me demander des justificatifs. Je voulais que ce père absent m'ait au moins apporté quelque chose d'utile. Je cherchais un truc positif à ma douleur sans savoir que, ce faisant, j'appuyais dessus avec mes gros doigts et mon manque de psychologie.

Ma mère n'en finissait pas de faire son mea culpa. Elle avait failli, elle avait préféré son mari à sa fille, ce dernier l'avait trahie, il l'a trompée, puis il l'a plantée là (je devrais dire, il l'a crucifiée sur l'autel de son égoïsme). Justice était rendue, je pouvais continuer à marcher.

Elle n'a jamais refait sa vie. À trente-cinq ans, elle a arrêté les hommes pour devenir une mère à plein temps. J'avais beau lui dire que c'était trop tard, que le mal était fait, qu'il n'y avait plus rien à réparer, elle n'entendait pas. Elle quittait son travail de chien plus tôt, elle traversait Paris en métro, chargée de mes sacs de linge sale. Elle allait au Carrefour de Saint-Denis porter des packs d'eau d'Évian qu'elle tirait jusqu'à Montmartre. Son fardeau, sa pénitence. Elle qui n'avait jamais tenu un plumeau de sa vie, se mit à devenir la fée de mon logis. Comme s'il fallait réécrire l'histoire, laver ses péchés à l'eau de Javel. Je n'étais pas dupe mais j'appréciais. Même si elle ne l'a jamais verbalisé, j'avais le sentiment qu'elle reconnaissait ses fautes.

Un soir, elle a ouvert la porte de mon studio dont elle avait les clés. J'étais derrière et je pleurais sur Flaubert. Ma mère a dit :

— Qu'est-ce que t'as encore, Lili ? Pourquoi tu lis les écrivains morts ? C'est triste de lire un mort…

J'ai pensé, si on suit ton raisonnement, maman, on brûle Shakespeare et Proust et Huysmans, et tous les autres, les majeurs, les vrais prêtres du monde. Les écrivains sont la preuve tangible de l'existence de Dieu. Parce qu'ils transcendent, qu'ils touchent à l'universel. Le jour où les hommes auront fini de lire les livres, c'est Dieu qu'on enterrera.

Ma mère a sorti une couscoussière, elle a expliqué :

— Ta grand-mère m'a demandé de te donner à manger.

— Elle stresse ?

— Non, pourquoi ?

— Elle veut me nourrir parce qu'elle veut plus me parler.

Puis j'ai joué les Keyser Soze, celui qui tue pour montrer l'exemple. J'ai empoigné la marmite et j'ai tout balancé dans les chiottes (trois cents francs de plombier après ça) en regardant ma mère fixement.

Après j'ai eu ces mots de Schwarzenegger :

— J'en veux pas de ses excuses, tu lui diras.

Ma mère a fait tourner ses yeux en soufflant... elle ne comprenait pas nos enfantillages. Elle a dit :

— Pfffoouiiitttt, c'est bon... oh, là, là... je remballe... mais putain, deux cents balles de viande dans les gogues, t'avoueras que ça fait mal au cul quand même...

Ma mère et son français d'Audiard. Ses manières à filer la jaunisse à toutes les Nadine du XVIe.

Ma mère a un bon fond. Elle n'aime pas que les gens se disputent. Elle a toujours œuvré aux réconciliations entre ses frères et sœurs. Elle est une bonne fille même si elle a été une mauvaise mère. Elle a dit :

— Tu sais que ta grand-mère fait une prière tous les soirs pour toi ? Tu sais qu'elle a sorti toutes les photos de toi ? Il y en a partout dans sa chambre, ça me fout le bourdon ! On dirait que t'es morte. Le pire c'est quand elle allume sa bougie de shabbat à côté de ton portrait, j'ai envie de chialer !

Je suis sortie. Micheline a demandé où j'allais comme ça, à 7 heures du soir. Elle qui n'avait jamais fliqué mes allées et venues quand j'habitais La

Courneuve, avait peur des mauvaises fréquentations parisiennes. J'ai dit pour l'emmerder un peu :

— Je vais manger quelque chose… J'ai faim.

— Ah ben, c'est malin, tiens ! Tu fais rien qu'à emmerder ton monde hein !!!

Je n'ai pas répondu. J'avais l'habitude de ses logorrhées fantastiques. J'ai remonté la rue Lepic jusqu'à la pizzeria, je me suis assise à une table et j'ai commandé une *calzone* au jambon juste pour faire chier Margot.

J'étais un peu au bout du rouleau, épuisée de n'être pas comprise chez moi, de n'être pas admise chez eux, les bourgeois, chez elles surtout. Je tenais en me disant que le désespoir, c'est comme la nuit, quand tu en viens à bout, tu vois le soleil se lever, et c'est beau.

Je pensais à mes collègues, mes nouvelles rencontres. Je songeais à ces filles que j'avais jugées un peu trop vite, je savais que j'aurais beaucoup à apprendre d'elles. Je me rappelais Charlotte, qui me raconta, un soir que nous travaillions tard, le conseil donné par papa, un grand universitaire :

— La vie c'est un escalier. Une marche après l'autre et, au bout, le top.

Elle admirait son père qui était un homme cultivé comme un kibboutz 2.0, érudit et peu âpre au gain, si bien qu'elle culpabilisait de gagner plus d'argent que lui. Elle dépensait chez Colette, la boutique la plus chère du monde, des smics en chiffons japonais, elle ne pouvait pas être plus riche que lui, puisqu'elle lui était intellectuellement inférieure. Elle jetait son argent par les fenêtres des magasins chics (mais dans le sens inverse à celui habituellement observé), et elle et moi on avait ça en commun. J'avais honte, au début, de gagner en quelques jours deux mois du salaire de ma mère. Les parents de Charlotte étaient des gens qui exerçaient des métiers nobles, ils étaient docteurs en quelque chose, tous les deux, elle ne serait jamais docteur en publicité. C'était là son drame.

Ma mère a stationné sa Renault 12 qui refusait de mourir devant la pizzeria, et comme c'est une femme gentille et qu'on ne peut pas lutter très longtemps contre la gentillesse, elle m'a dit : « Allez, grimpe. Ce soir tu dors à la maison, mémé te grattera la tête, c'est moi qui te le dis bordel à cul. » Ma mère, elle dit un gros mot par phrase. Comme moi aujourd'hui. Merci pour l'héritage, maman.

Je préférais avoir mal debout que me mettre à genoux, mais j'ai quand même cédé parce que je savais que je n'irais pas bien loin dans la vie sans ma grand-mère.

Quand j'ai passé la porte de l'appartement, Margot était debout devant la fenêtre. Elle se planquait derrière le voilage. J'ai cru voir un fantôme et ça m'a fait de la peine. Elle épiait les trottoirs comme toute bonne vieille qui se respecte.

J'avais envie de courir enfoncer mon nez dans son cou sucré, poser ma tête sur ses gros seins qui, en quatre-vingt-sept ans, ne se sont jamais laissés aller. La preuve de la dignité de son âme, les seins hauts de ma grand-mère. Elle m'a vue, elle a dit :

— T'as mangé ?

J'ai dit :

— Il fait nuit, qu'est-ce que tu fais à guetter la fenêtre ?

Ma mère a disparu derrière sa table à repasser, et Margot a répété :

— T'as mangé ? Non, parce que faut que tu manges, t'es rachitique ya binti…

J'ai dit :

— Oui, oui. Merci pour le couscous. J'ai fait goûter à mes voisines de Paris qui l'ont A-DO-RÉ.

Ma mère n'a pas pu retenir un :

— N'IMPORTEUUU QUOI !

Et j'ai voulu la tuer pour ça.

Micheline s'est tue. Margot avait préparé des cigares au miel, elle m'en a tendu comme on propose une clope, et j'ai pensé, voilà, c'est le calumet de la paix. Elle m'a dit :

— Allez, viens me raconter un peu, c'est quoi cette vie que tu veux.

Je ne pouvais pas expliquer que les bourgeoises n'étaient pas que des « Marie-couche-toi-là » fainéantes et parasites, que les préjugés ne servent qu'à donner de la contenance à nos ignorances.

J'avais du mal à lui raconter les discussions de fond avec Marie-Ève, la douceur de la vie de Laureen, qui la rendait aimable et agréable à fréquenter, les journées passées à dépenser des blindes d'argent en paires de chaussures avec Ingrid et Charlotte et Isabelle (quand, quelques années plus tôt, il me fallait attendre des semaines la livraison d'une paire de Weston volée, à ma taille).

Je peinais à lui dire que je me voyais singe qui devient un homme. Que mon évolution passait par le beau monde. Un nouveau monde, mon Amérique de Joe Dassin.

Avec mes copines de Paris je pouvais entrer au restaurant sans craindre qu'un homme en noir et blanc ne vienne me barrer le passage.

Avec Ingrid et Moukette et Olivia, je pouvais envisager des week-ends à New York parce qu'elles avaient les moyens de voyager autrement que grâce à l'aide du conseil général de Seine-Saint-Denis.

Avec Laureen je partageais l'amour des vêtements de luxe, des sacs Chanel chers comme des séjours à la montagne.

Je ne pouvais pas raconter à Margot ma Vie Parisienne d'Offenbach. Elle m'aurait crue frivole, alors qu'en vérité je me tenais à distance des garçons, je ne sortais pas et je travaillais même pendant mon temps libre. J'étais comme celles que j'avais critiquées lorsqu'elles redoutaient la vindicte de leur classe, le courroux de leurs pères. J'avais peur que Margot ne m'aime plus. Et, comme ma vieille Tunisienne lit dans les yeux des gens, elle a dit :

— Tu seras toujours ma préférée va… Et tu en profites bien hein !

Je me suis liquéfiée comme une Anglaise au soleil.

Je suis partie en eaux sur son corsage, le Damart, toujours Damart. C'est moi qui achète les vêtements de ma grand-mère. Elle, elle dit :

— Arrête la folie, voilà jte dis ! C'est DE LA GRANDE MARQUE, DAMART C'EST UNE MARQUE NATIONALE ! Arrête la dépense, garde pour toi !

Mais elle porte la journée, et même la nuit, les vêtements que je lui offre. Elle porte sur elle un peu du fruit de mon travail et ça me remplit de fierté, comme un arbre bien irrigué se couvre de fleurs aux premiers rayons du soleil d'avril.

Elle est gentille ma grand-mère, elle fait partie de ces personnes qui s'oublient au profit des autres. Sa gentillesse est le plus fort des antidépresseurs. Un jour, elle perd un enfant. Puis un autre, et encore un autre. Là où toute mère serait morte de tristesse, elle, elle a laissé la vie revenir à elle. Un autre jour, elle a eu un fou rire, elle a repris sa place de totem parce qu'elle est notre ceinture de sécurité affective. Elle est restée debout, pour nous. Pour moi, pour ses filles qui n'attendent plus le Messie depuis qu'elles ont fait la connaissance de leur mère. Pour ses garçons, qu'elle appelle mes bébés même quand, un jour, ils ont eu cinquante ans. Le temps passe mais ne l'atteint pas. Parce qu'elle vit sa vie sans penser à ce qu'il adviendra demain.

Elle a sorti des fricassées au thon, celles qui sont la réponse au problème de la faim dans le monde, elle m'a tendu une assiette, ça baignait dans le gras, je perdais peu à peu l'habitude des plats arabes, je me nourrissais de plats chinois, de sushis et de hamburgers maintenant que je parcourais le monde et que le monde s'était installé dans mon quartier de Montmartre. Je n'eus pas le courage de protester. Je savais que refuser sa nourriture revenait à cracher sur l'amour qu'elle me donnait, alors j'ai avalé, presque sans mâcher, les petites boules de pain trempées dans l'huile et j'étais tellement retournée à l'intérieur que j'ai failli vomir. Elle a vu ma grimace ravalée avec l'huile et le thon et l'harissa, et elle a dit :

— Quoi ? Ça y est ? Tu es devenue comme les Parisiennes ? Voilà j' te dis, Lili, jamais tu manges leurs choses à la vapeur, là, hein ! Ça, c'est un truc, écoute-moi bien, c'est un truc à te faire attraper le cancer ! Et tu manges pas le rhalouf non plus, ça va te faire des verrues dentaires !

Elle m'a reniflée un instant, depuis peu, je maquillais légèrement mes yeux. Elle a ajouté comme si c'était un nouveau commandement :

— Et jamais tu mets du rouge sur tes lèvres, Lili. Ta bouche, elle crie déjà assez comme ça !

Après que j'ai mangé, après que j'ai retrouvé ses bras, mon nid d'oiseau pas encore équipé pour voler tout seul, après que j'ai terminé par vider mes yeux comme on vide son sac, j'ai regardé ma grand-mère bien en face et j'ai dit :

— Yama, plus jamais tu me fais ça, plus jamais tu me bases, sinon je meurs.

Moi aussi je peux jouer les mères juives si je veux.

La *Jewish Princess*

Delphine est le pire spécimen bourgeois qu'il m'a été donné de croiser jusqu'ici. Elle est à son groupe social ce que Bernard Madoff est aux juifs new-yorkais : une mauvaise honte.

Le jour où j'ai fait sa connaissance, j'aurais dû me taper une gastro et annuler le déjeuner dans cet endroit branché où elle me conviait. Je connaissais un peu son mari, c'était un de mes collègues. Elle voulait s'assurer que je n'étais pas sa maîtresse.

Quand elle me posa insidieusement la question, je crus m'étouffer avec mon pain et cette inadaptée de la vie prit cela pour la preuve de ma culpabilité. À l'issue de ce repas, j'appris que Delphine avait pris pour amant un Libanais, qu'il avait une grosse barbe virile et un chibre de professionnel du cul, qu'il avait possédé Delphine au sens où l'entend l'Ancien Testament mais une Bible qui aurait été réécrite par Marc Dorcel. J'appris aussi que, depuis qu'elle s'était donnée sans retenue judéo-chrétienne, le Libanais la fuyait. Delphine était bien embêtée. Elle voulait que je l'aide à le récupérer. Mais qu'avaient-elles donc toutes à me demander conseil alors que, hormis dans les musées que je fréquentais désormais, je n'avais pas vu un homme nu depuis trois ans ?

À la fin du repas, elle me prit dans ses bras rue Saint-Honoré, et, alors que je sentais ses seins bas s'écraser sur mon plexus solaire, elle chuchota dans mon cou :

— Je t'aime, je t'aime, JE T'AIME.

Je me dis : « Cette fille est folle. » Vous serez d'accord ou pas, mais, souvent, les premiers mots qui vous montent aux lèvres pour qualifier une nouvelle rencontre, annoncent la vérité.

Cette fille était folle en effet. La vie fit que je devais croiser plusieurs fois sa route les années suivantes. Je pensais que mon existence en banlieue avait fait de moi une personne violente, j'appris, un peu à mes dépens, cette fois encore, que l'Ouest parisien fournissait aussi des spécimens de dingos cinq étoiles, des filles tellement amorales que leur violence faisait passer les films de Gaspar Noé pour des comptines.

Elle m'appelait souvent, je la fuyais. Je n'osais plus regarder son mari en face depuis que je voyais ses cornes plantées dans ses beaux cheveux gris et noirs. Un matin, il vint me trouver à la cafétéria de la nouvelle agence où je travaillais. Son épouse voulait m'inviter à passer un shabbat en leur compagnie. Ils étaient juifs, j'étais juive, je trouvai l'invitation sympathique mais sentis très vite le traquenard. Je refusai, prétextant un dîner familial. Je compris qu'elle avait quelque plan tordu dont seul son cerveau malade a le secret.

Delphine me rappela tant et tant, qu'elle satura la boîte vocale de mon nouveau téléphone portable. De guerre lasse, je me décidai à la revoir bien que je sentisse que cette fille allait me pourrir l'existence. Au restaurant, elle commanda un filet de poisson auquel elle ne toucha pas. Elle pleura beaucoup, elle avait rencontré un homme plus jeune qu'elle à son cours d'escrime. Delphine changeait de passion sportive tous les deux mois et d'amant avec la même régularité. Delphine avait un regard qui m'effrayait. Les yeux de quelqu'un qui aurait vu des choses horribles toute sa vie. La tête de la fausse mère dans *Raiponce* (un jour, son petit garçon de six ans que je croisais avec son père lors du Noël de l'agence dit : « La fausse mère de Raiponce on dirait ma mère »).

La tête de Morticia qui aurait fait une overdose de Botox.

Elle était mal gaulée, elle s'affamait, elle plaquait ses cheveux, frottait sa peau avec des savons toujours plus magiques, elle faisait des joggings, elle se courait après. Un matin, même, elle changea son prénom. Bref, elle se détestait.

Un jour, elle me convoqua, elle avait quelque chose de très important à m'annoncer. Elle allait quitter Jacob, son mari. Je lui dis :

— Il a compris que tu le trompais ?

— Je ne le TROMPE PAS !!!!!

— Ah bon ? Mais le Libanais, le gars de l'escrime ?

— CE N'EST PAS TROMPER ! POURQUOI TU SALIS TOUT ?! C'EST DE L'AMOUR C'EST PAS PAREIL. C'EST PAS PAREIL !!!!

— Ah bon, excuse-moi…

J'avais un peu peur de ses débordements de fleuve asiatique, j'avoue. Elle déclarait la main sur le cœur et la larme à l'œil qu'elle était la fille la plus honnête de la planète, la meilleure mère pour son enfant, un petit garçon blond adorable dépassé par la furie de celle qui l'avait enfanté. Elle mentait tellement qu'elle était certaine de dire la vérité. Lorsque, acculée, elle ne pouvait plus nier l'évidence, elle changeait de sujet, ne répondait pas.

Elle dépensait des sommes folles en soins esthétiques tant elle voulait effacer sa tête, se rappeler quasi quotidiennement que son corps était imparfait.

Elle était obnubilée par l'idée d'enfin parvenir à s'aimer, si bien qu'elle oubliait le reste autour. Elle avait insisté pour travailler alors que l'école n'avait jamais été son truc, son truc c'était la colère méchante et les redoublements à répétition. Son caractère faisait fuir ceux qui osaient l'approcher. Elle officiait au sein d'une maison de disques, elle devait promouvoir des chanteurs dont elle tombait inexorablement amoureuse, puis elle les haïssait avec la même conviction. Une mante religieuse mais avec un gros cul.

Delphine manquait tellement de tendresse et d'amour qu'elle aurait fait son lit dans la pliure de vos bras. Elle se collait à tous, en voulait à tous. J'étais au spectacle, je n'avais aucune charité chrétienne, je ne lui trouvais aucune excuse. Avoir été blessé ne justifie pas les actes salopards.

Elle m'attrapait par le bras, laissait tomber sa tête sur mon épaule alors qu'on s'était vues deux fois. Elle me faisait des confidences qui me donnaient la gerbe. On est tous l'immoral de quelqu'un mais là, franchement, elle tirait la caravane des hideux.

Elle disait qu'elle se rapprochait du Dieu des juifs avec l'âge alors qu'elle avait commencé très tôt à envoyer valser les Dix Commandements. À ma connaissance, elle n'a encore jamais tué personne, bien qu'elle ait déjà mimé, devant son fils, sa défenestration. Pour les neuf autres, ceux que mon grand-père m'a appris, elle les a tous piétinés. Moi, je crois surtout qu'elle se rapprochait du diable. Sa daronne était d'une méchanceté et d'un égoïsme peu communs, et Delphine, en vieillissant, développait le caractère de sa mère comme on reprend une affaire familiale.

Un jour, elle vint me trouver jusque chez moi ; elle me supplia de lui ouvrir la porte, ce que je fis, ce que je n'aurais jamais dû faire. Elle se répandit sur ses parents, le peu de vertu de sa maman, les voyages et la maîtresse de son papa. À l'âge de quinze ans, elle provoqua le divorce de ses parents en crevant un abcès qu'on avait de plus en plus de mal à cacher sous les tapis persans. Elle avait répété à sa mère ce que cette dernière savait déjà mais qu'elle aurait préféré continuer d'ignorer : le père de Delphine avait une maîtresse qu'il aimait. Elle s'en voulait à mort d'avoir donné à son paternel l'occasion de choisir. Il quitta sa femme et leurs trois enfants pour sa concubine sexuelle. Delphine se mit à baver sur mon canapé Ikea fraîchement acquis.

— Bouuuuuhhhh, j'ai dénoncé mon père… j'ai brisé ma famille… boooouuuuhhhh… arrrgggghhhh.

À un moment, elle pleurait tellement que j'ai cru qu'elle allait se chier dessus. Je ne savais pas quoi dire. J'osais :

— Mais c'était il y a longtemps, c'est terminé, passe à autre chose.

Je n'avais aucune empathie. Moi qui peux vider mon porte-monnaie dans les mains d'un clochard qui a froid, je restais de marbre devant son opéra de quat'sous. Je lui ai expliqué que nous n'étions que des hommes, imparfaits mais perfectibles. Nous pouvons racheter nos actes par d'autres actes plus neufs. Elle me regardait avec un regard, je vous jure, qui aurait fait peur à un champion du monde de poker. Elle était choquée :

— Je suis quelqu'un de bien, je fais les choses en conscience, moi.

Elle passait de l'hystérie au silence sans prendre le temps de la respiration. Elle s'inventait une morale, mais moi je dis, l'honnêteté c'est comme les faux seins, tu vois tout de suite quand c'est de la triche.

Elle voulut dormir chez moi, j'avais peur, je n'ai pas peur de grand-chose dans la vie, mais les gens sans limites, sans aucune culpabilité, me font frémir. Je racontai un bobard de Pinocchio, une réunion prévue à l'aube (l'aube n'existe pas dans la publicité, ou alors, c'est un crépuscule), mais elle restait. Elle alluma une cigarette de shit, et, je ne suis pas fière, mais, à cet instant, moi qui détestais la drogue, comme un Steven Spielberg peut maudire les nazis, j'ai prié très fort pour qu'elle meure sur le coup d'une rupture d'anévrisme. J'ignorais que son capital santé était garanti par sa colère toute puissante, celle qui lui faisait commettre des actes horribles. J'ouvrais les fenêtres de mon appartement en grand, histoire de lui faire comprendre que sa drogue n'était pas la bienvenue chez moi, mais elle avait été si mal élevée, qu'elle sortit sa barrette de shit pour se rouler un nouveau splif. Je l'ai tout simplement mise dehors comme on chasse une mouche à merde et je crois qu'à ce moment elle m'aima encore plus.

Le lendemain, elle me fit une drôle de proposition. Elle voulait que je couche avec Jacob, son mari. Elle voulait me passer le flambeau. Elle m'a écrit ce message :

— Je te confie Jacob, je sais que dans tes bras il sera bien.

Je lui expliquai que son mari ne me plaisait pas du tout, qu'ils avaient un enfant ensemble. Bref, j'essayais de lui faire entendre raison. Allez essayer d'apprendre Descartes aux fous. Ça ne passait pas. « Tu ne peux pas demander aux autres d'être comme toi », dit Margot…

Elle était effrayante, même le soleil avait peur d'elle. Une telle colère, si noire, si profonde. Je ne pouvais plus voir cette fille, elle me faisait croire en la fin imminente de l'humanité.

Quelques semaines après que Delphine m'a demandé de dormir avec son mari, celui-ci est venu me trouver à mon bureau. Il parlait comme quelqu'un qui n'a pas pissé depuis un an. Il me dit :

— Je vais quitter Delphine. Je n'en peux plus.

Je commence à comprendre les hommes, je dis :

— Tu as rencontré quelqu'un.

Ce n'était pas une question. Alors il répond :

— Non, pire…

Comment pire ? Tu es gay c'est ça, Jacob ? Juif et gay ? Je n'ose pas demander. Il est respectable. Cet homme est un homme bon, je l'ai vu tout de suite. Je ne dis rien. Je souffle.

Alors il devient comme les enfants qui ont fait une grosse bêtise et qui ont besoin de se confier. Il dit sans que j'insiste pour avoir la suite :

— Je suis très amoureux. Je n'ai pas couché. Je ne veux pas que ce soit moche. Elle non plus. Elle veut que je sois libre. Je me rends libre. Mais j'ai peur, j'ai peur que Delphine s'en prenne à mon fils, il est petit, il n'a pas huit ans, mon Raphaël.

Et il pleurait un peu en disant cela. Cet homme est peu affable mais il a cette qualité que j'ai détectée quelques fois chez les personnes d'une grande intelligence : il pose tout de suite le doigt sur le nœud du problème.

Oui, elle s'en prendrait à son fils, oui, elle allait se muer en diable. Elle démoderait Médée, laquelle, larguée par Jason, son mari, se met à tuer tout le monde, la maîtresse, l'époux, et même les enfants qu'elle eut avec lui, pour finir par brûler le royaume tout entier.

Jacob allait payer cher les sursauts de son cœur. Mais c'était ça ou mourir enchaîné. Un jour que nous déjeunions tous les deux, il me lâcha :

— Delphine est faible, ça la rend mauvaise et, moi, j'ai besoin d'admirer ma femme. J'ai honte de lui avoir fait un enfant. Elle est une mauvaise mère, elle insulte notre fils, il prend ma place dans la bataille, c'est injuste. Je vais y retourner. Je dois sauver mon enfant.

Il est juif, il a le sens du sacrifice et celui de la faute. Je lui donnai ce conseil qui changerait sa vie :

— La peur est mauvaise conseillère. Et puis un homme amoureux peut abattre des montagnes, c'est écrit dans les livres et montré dans les publicités pour le parfum. Tu n'as pas le choix. Fonce, mais fais les choses correctement. La vie est longue, Jacob, un jour ou l'autre il faut payer.

Il m'a regardée, incrédule. Alors j'ai dit, je me souviens, l'image est sortie par ma bouche, portée par ces mots :

— Quand ta chance vient te rouler une pelle, Jacob, ne lui mords pas la langue.

Il est retourné auprès de Delphine. Elle a continué à insulter leur fils de sept ans, même après que Jacob a payé la rançon en retrouvant sa place dans le lit conjugal bafoué par sa femme. Puis il a découvert les amants. Ça l'a anéanti. Ses couilles sont tombées par terre. Son amour propre hurlait de douleur.

Il a fini par écouter son cœur. Il ne lui restait que ça à faire. Il est parti. Il l'a laissée dans sa merde, elle a voulu le crever.

Delphine, qui prenait déjà la pluie comme une attaque personnelle du bon Dieu, fut réveillée comme le Vésuve à Pompéi. La démente débarqua un jour au bureau et j'ai vraiment cru qu'elle ferait la une du *Nouveau Détective* la semaine suivante, tellement Pol Pot c'était juste une fleur des champs à côté d'elle.

Elle insulta Jacob dans la rue, dans le hall de l'agence où nous travaillions ensemble. Les gens se penchèrent aux fenêtres, on frôla le fait divers.

Elle promit qu'il paierait cher, très cher, sa liberté. Elle jura qu'elle irait pisser sur sa tombe qu'elle fleurirait de mines antipersonnel pour que personne ne songe à aller se recueillir sur ses restes.

Ce qu'elle fit subir à ce pauvre garçon est trop pathétique pour être narré ici, ça ferait rougir de honte la page de ce livre. Mais je peux vous affirmer que, si l'adversité révèle la qualité d'une âme, elle met aussi en lumière toutes les infamies dont est capable une bourgeoise capricieuse à qui on a désobéi. Jacob était le jouet sur lequel elle passait ses nerfs, le mètre étalon (elle avait d'autres maîtres étalons mais de ceux-là, elle ne parlait jamais) qui la renvoyait à son incapacité à être une épouse convenable. Jacob avait été la meilleure chose qui était arrivée à Delphine. Il venait d'un milieu humble et honnête, et, en l'épousant, Delphine avait trouvé une famille d'accueil, elle qui avait bousillé la sienne par ses actes, largement répétés par la suite, de délation.

Elle était une *jewish princess*, ces filles gâtées par papa, qui ne font aucun effort, qui pensent que tout leur est dû. Son profil économique était programmé dès sa naissance. D'abord trouver un métier pour se donner une certaine contenance sociale, ne pas trop effrayer le futur pigeon en travaillant un peu mais pas trop puis basculer sur une pension alimentaire confortable, donc faire des enfants, un, deux, idéalement trois si le corps le permet, pour tenir jusqu'à l'héritage du père. C'était une ronde continue de femmes qui n'avaient pas appris à gérer la déconvenue, on leur avait mâché leur vie, on leur avait tracé le chemin, elles n'avaient qu'à mettre un pied devant l'autre.

Quand Jacob a quitté Delphine, il a réalisé qu'il est des mondes qui ne se mélangent pas. Des éducations incompatibles. Il la conspuait aujourd'hui qu'il était rentré sur ses terres, il ne comprenait pas qu'on puisse travailler pour l'autre. Il versait une pension astronomique parce que la bourgeoise juive sait mieux que personne vous culpabiliser sur les questions d'argent. Il s'était mis à la mépriser, elle n'en finissait pas de le haïr. Ça abîmait son visage de femme qui embrassait sa quarantaine à contrecœur tandis que des rides s'étaient décidées à lui bouffer la gueule, des morsures de bête féroce autour de ses yeux et sur ses joues.

Elle tentait de canaliser sa folie en faisant trembler ses paupières à des cours de yoga dispensés par des charlatans qui profitaient de la misère affective de ces femmes presque ménopausées.

Delphine ne comprenait pas son nouveau rôle de femme abandonnée, l'arroseur arrosé. La femme adultère qu'on quitte pour une autre. Évidemment, elle menaça de se suicider, puis elle voulut se venger en s'affichant aux bras d'hommes plus jeunes que son mari, beaucoup moins juifs, plus grands de taille, à l'héritage plus fourni… Elle s'enfonçait dans ses conneries et, ce faisant, elle enterrait chaque fois un peu plus profondément sa dignité.

Et, comme chaque jour qui passe est un jour mort, du temps en moins, je lui conseillais de passer à autre chose. Autant demander à une femme voilée de faire un strip-tease dans le hall de la gare du Nord pendant les heures de pointe. Elle ne pouvait pas. Un deuil impossible, une haine qu'elle voulait garder vivante, une colère amère qui mettait son équilibre mental déjà fragile en péril, mais ça, elle ne pouvait pas le voir.

Jacob, comme tous les hommes qui lâchent un boulet pour un nuage, tenait encore debout en regardant vers le ciel, il priait son dieu pour que Delphine l'oublie. Il savait son goût caché pour l'argent alors il payait comme pour s'excuser de ne plus parvenir à l'aimer. Le fils d'ouvrier qu'il était s'était mis sur le dos une gosse de riche à nourrir pour se mettre la pression et ainsi avancer sur l'échiquier social, puis il avait réalisé que, souvent, les mariages proléto-bourgeois sont des alliances contre nature.

Il avait maigri, au bureau on parla de lui comme le pauvre bougre qui avait réussi à coups de nuits blanches passées sur ses dossiers, et qu'une fille de famille vient assécher à coups de paires de chaussures, de voiture à changer et de caprices en tout genre.

Un jour, elle acheta un scooter comme on hisse un drapeau, c'était le signe de son émancipation, elle qui vivait accrochée à une perfusion pleine de l'argent des autres, qui suçait le fric des hommes, elle qui usait le temps des filles autour, se déclara « femme libérée ». Elle vieillissait petit à petit, elle voulait remonter le temps. Vivre une jeunesse qu'elle disait n'avoir pas vécue.

Delphine est née, a grandi et vit toujours dans le XVIIe arrondissement de Paris. Elle mourra certainement là-bas. Elle n'a pas vu le monde, elle a passé sa vie à courir après des amours mort-nés et à suer dans son club de gym huppé. Elle roule en Mini Cooper noire parce qu'elle « déteste l'ostentatôôôire ». Elle part en vacances au même endroit, elle dit que c'est un ancrage, que voyager sur d'autres continents est un truc de nouveaux riches. Elle ne mange que des mets qui sont une punition pour la bouche, elle enchaîne les relations sans lendemain. Elle court retrouver des hommes qu'elle n'a jamais vus mais dont elle pressent la richesse, dans des palaces où ils la plantent parce qu'ils apprennent, entre-temps, ses actes de sorcière. Elle prend son cul pour un tamis, se dit qu'une pépite finira bien par émerger de tous ces torrents de boue que son lit charrie.

Elle a lu les livres qui vous font croire que chacun d'entre nous renferme un trésor, parce qu'elle ramène tout à elle, tout le temps. Parce qu'elle se cherche quelque chose de bien, qu'elle ne trouve pas, enfin, je crois. Elle prend la littérature pour une expérience initiatique. Elle paye ses dix-sept euros pour pleurer sur

Paulo Coelho, appréhender l'amour en dévorant Milan Kundera. Elle apprend, sans vraiment les comprendre, les phrases des dix livres qu'elle a dû lire en cinq ans.

Depuis peu, elle boit. Elle cache son alcoolisme naissant derrière les étiquettes prestigieuses des grands crus. Elle fait la fête aussi. Elle fait tourner sa tête à défaut de faire tourner celles des hommes-à-bonne-situation qu'elle rêve d'accrocher à son paddock.

Un jour qu'elle voulut se jeter de ma fenêtre – c'était une manie chez cette fille de toujours vouloir jouer les défenestrées – je la retins en lui disant que chaque jour qui passe offre l'espoir de voir changer les choses. Que la vie se travaille, une heure après l'autre. Mais Delphine, le travail, ça n'a jamais été son truc. Je balançais des phrases toutes faites en croyant que ça la toucherait. Elle s'est retournée, m'a donné son regard de bête enragée et elle a dit :

— Qu'est-ce que tu sais toi d'abord de la vie ? Tu n'es qu'une fille de La Courneuve après tout.

La bourgeoise et la mode

Mon grand-père Moïse m'a élevée dans l'idée d'être toujours présentable. Il a vécu sa jeunesse à Tunis, à une époque où la mode parisienne était l'exemple à suivre, une période où les hommes portaient des chapeaux en biais, où les femmes mettaient des fonds de robe en dentelle et en soie, même quand elles n'avaient pas le sou.

Margot possédait des toilettes coupées à ses mesures puisque, avant de débarquer en France en 1960 et de changer de métier, mon grand-père était tailleur pour dames. Il dirigeait sa boutique, employait trois couturières, son affaire était florissante parce que la communauté juive tunisienne avait toujours un truc à fêter. Du Kippour à Hanoukka en passant par Soukoth et les bar-mitsva, les occasions étaient nombreuses de présenter au reste du groupe une nouvelle tenue.

Quand j'ai commencé à fréquenter l'école primaire, mon grand-père me faisait passer l'examen du soleil. Chaque matin, il me traînait jusque sur le balcon – même par temps de fin du monde, même quand la nuit était encore là – et vérifiait que l'astre ou la lumière du réverbère se reflétait bien sur la pointe de mes souliers. Quand le bout de mes chaussures scintillait, il disait :

— C'est bon, tu vas à l'école et tu travailles maintenant.

La dignité passait par l'allure et le labeur. C'était son truc. Ça permettait de ne pas avoir à l'ouvrir, de ne pas devoir justifier notre petitesse sociale. Mon grand-père Moïse disait :

— On a traversé la mer, c'est pas pour venir tendre la main.

Puis il est mort au moment où j'avais le plus besoin de lui, j'avais quatorze ans. Je repense souvent à cette petite tache de lumière. Je me dis aujourd'hui que c'était ma bonne étoile. Je n'ai plus jamais ciré mes pompes après ça, ni celles de personne d'ailleurs, mais j'ai toujours veillé à porter des chaussures propres, jolies.

Chez les juifs, on enterre les gens nus. Nous n'avons pas pu, il n'aurait pas aimé. On a couché Moïse dans son cercueil, paré de son plus beau costume, celui qui ne voyait jamais la lumière du jour tellement il avait été cousu dans un tissu délicat. Parfois je pense à ce complet, je me dis que c'est triste, un si bel objet qui aura passé toute sa vie dans le noir.

Et, comme l'éducation c'est ce qui reste lorsque tout dégénère, j'ai toujours choisi mes habits avec soin.

J'avais lu la vie de Coco Chanel dans un livre trouvé à la bibliothèque Forney. J'avais été épatée par cette fille qui allait dicter aux bourgeoises bien assises dans leurs conventions la loi de la mode. Je n'avais pas la vocation des ciseaux, j'aimais trop les livres et les voyages immobiles qui vont avec, mais je savais que le vêtement, chez les gens gouvernés par les apparences, est un sujet stratégique.

Aussi, j'ai d'abord passé quelques années à observer.

Il y a celles placées à la tête de petites fortunes qu'elles n'ont pas gagnées et qui n'assument pas cette aisance financière. Elles voient l'oseille comme une indécence occidentale. Elles se couvrent de guenilles mal coupées. Planquent leurs montres en or signées sous des sous-pulls H&M en acrylique, des sweaters American Vintage. Elles roulent en Fiat 500 parce qu'elles considèrent que c'est la Mini du pauvre. Elles sont en quête de sens, elles détestent le déballage. La vérité c'est qu'elles sont complexées, par leur corps, par le fait de prendre la place de leur mère dont elles vomissent – et jalousent – l'élégance innée. Elles s'habillent de noir parce qu'elles sont en deuil d'elles-mêmes.

Il y a les « moi je sais », si peu nombreuses en vérité, qui tentent les associations audacieuses en se voulant créatives, et qui, je vous jure, ce n'est pas pour être désagréable, ratent leur coup à force de trop pousser sur les mélanges indigestes. Le bon goût ne s'apprend pas dans les contre-allées de l'avenue Montaigne. Elles pensent que s'habiller comme les filles sur un catwalk un jour de défilé fera d'elles des mannequins.

Il y a celles qui se font avoir par mes frères sépharades. Ces marques du Sentier qui prétendent inventer la mode, alors qu'elles ne font que copier des modèles piqués aux défilés, digérés par de mauvais cabinets de tendances, remis en forme par des gens sans scrupules.

Des frusques fabriquées en Tunisie dans des usines souvent défaillantes. Des cachemires qui boulochent après un lavage, des robes au tombé qui finit par se péter la gueule après une journée passée sur un corps imparfait.

À cet égard, mention spéciale est donnée à celles qui rampent devant les looks The Kooples. Elles veulent du rock, elles font un doigt d'honneur muet à leur caste, parfois même, elles croient rajeunir, elles se croient *in*, elles sont… laissons tomber.

Il y a celles qui ne rigolent pas avec l'héritage vestimentaire. Elles pérennisent. Elles habillent leurs enfants chez Cyrillus ou au Verbaudet, restent fidèles à la Start Rite, la chaussure anglaise, si solide qu'elle peut aisément supporter les pieds de toute une fratrie. Ce sont les bourgeoises à l'achat raisonné. Elles sont pures et intègres. De ces bourgeoises, je n'ai pas grand-chose à dire sinon qu'elles sont de bonnes catholiques vraiment gênées par le fait d'avoir de l'argent. Leurs maris sont professeurs de droit, cadres dans l'armée, ou experts en quelque chose. Parfois elle travaillent, souvent, elles élèvent leurs enfants dans le respect de l'autorité du père et la miséricorde du Christ.

Et puis il y a les affamées du shopping. Celles qui se vengent.

À ce propos, il faut que je vous parle de Marie-Lys qui s'appelle Chantal en vérité (je tiens l'information de mon ami Stéphane, vendeur en chef d'une boutique de luxe de la rue du Faubourg-Saint-Honoré : un jour que Chantal avait bloqué sa carte de crédit, elle dut présenter un chèque et… une pièce d'identité).

Marie-Lys vient d'une famille de petits-bourgeois bordelais. Sa famille a assuré un confort matériel à ses enfants, si bien que Marie-Lys a toujours su qu'elle n'aurait pas à lutter pour survivre. Marie-Lys était très jolie. Nous avons sympathisé, un jour qu'elle attendait une retouche, assise devant un Perrier, sur la banquette de la célèbre maison de la rue Cambon. Moi j'étais là, j'observais. Je faisais tourner mon cœur devant des vestes si bien coupées qu'elles vous donnent l'air intelligent.

Marie-Lys s'ennuyait tellement qu'elle déballa ses photos. Elle avait une collection impressionnante de sacs Hermès en crocodile, fermoirs en or parfois sertis de diamants. À l'intérieur, elle baladait sa vie, ce qu'il en restait, en tout cas.

Elle achetait compulsivement la collection Chanel, toutes les collections Chanel qui, comme les vacances scolaires des enfants, se présentent toutes les six semaines. La maison a bien compris le désœuvrement de ces femmes délaissées par leurs maris qui, dans le meilleur des cas, dirigent le monde (il faut bien payer les blazers à quatre mille euros) et, dans la pire des configurations, entretiennent une ou plusieurs liaisons à côté. Parfois, même, ils font les deux.

Alors Chanel créait des rendez-vous réguliers, remplissait les agendas vides de ces femmes débordées par des déjeuners de convenance, des rendez-vous chez le chirurgien esthétique, le dermatologue, attendaient comme on attend le Messie qu'une place se libère chez le coloriste des stars, Christophe Robin.

Marie-Lys achetait tout, tout le temps. Un jour elle me lâcha ces mots à l'oreille : « C'est autant qu'Il ne dépensera pas pour sa pute », sans réaliser qu'en posant aux représentations officielles au bras de celui qu'elle détestait de plus en plus, c'était elle qui tapinait.

Le mari de Marie-Lys avait beaucoup d'argent. Beaucoup d'argent et beaucoup de pouvoir. Il avait aimé follement Marie-Lys au temps où elle était encore Chantal, une jolie blonde aux seins fermes, à la peau nacrée. Ils avaient eu des enfants, elle les avait élevés, un peu seule parfois. Elle avait été son roc, sa raison de s'accrocher au futur. Il avait bâti un empire comme on construit des pyramides, méthodiquement, consciencieusement, et il savait qu'il devait à sa femme de ne pas être tombé, parce qu'elle l'admirait, qu'elle l'aimait comme Virginie aime Paul. Elle lui avait donné une famille. L'alliance à son doigt, les photos sur son grand bureau de chef rassuraient les clients qui parfois doutaient de son humanité.

Puis, un matin, il s'était trouvé lassé parce qu'il était un conquérant. Ses fusions-acquisitions, il les menait bien au-delà des murs de ses bureaux de verre. Il aimait la jeune Géraldine, la fille brillante qui un jour dirigerait le service études de son groupe.

Il se retrouvait en elle, pas seulement quand son sexe de quinquagénaire encore vaillant se dégonflait dans son corps de femme entretenue par le sport et la rage de vaincre. Il regardait ses yeux comme on guette le retour du miroir. Il appréhendait l'image que Géraldine renvoyait de lui. Surtout après l'amour, quand il ne pouvait pas se cacher sous ses costumes Zegna, ses mocassins Massaro, occuper sa main droite avec un BlackBerry, sa main gauche avec iPhone. Elle était sa terre promise, celle qui annonçait le recul de sa vieillesse, une bataille gagnée contre le temps qui lui avait volé ses pectoraux et ses cheveux bruns.

Il aimait toujours Marie-Lys, comme on aime un aïeul. Il restait fidèle à un souvenir. Elle n'avait pas failli, elle avait été une bonne épouse, une amie sûre, une mère parfaite… mais elle avait été.

Marie-Lys se rattachait aux branches qui étaient les poignées des portes cossues des grandes maisons de couture. Maintenant que ses enfants étaient autonomes, elle avait du temps, les placards s'étaient peu à peu vidés des jouets, des cahiers d'écoliers, alors elle les remplissait avec des sacs, des vestes et des manteaux, surtout des manteaux, depuis quelque temps, elle avait toujours froid, Marie-Lys.

Elle s'offrait les cadeaux que son mari ne lui faisait plus. Elle lui tirait son irrévérence en posant, sur la console de l'entrée de leur quatre cents mètres carrés perché place du Trocadéro, les reçus de cartes de crédit qui étaient la trace de ses achats mirobolants. Une façon comme une autre de montrer sa détresse.

Il avait fait prévenir les grandes maisons de Joaillerie, avait ordonné qu'on lui interdise le moindre achat comme on interdit l'entrée aux casinos à un malade du jeu. Une humiliation supplémentaire qu'elle ravalait comme on ravale une remontée gastrique.

Un dimanche, alors qu'ils déjeunaient à leur table habituelle, dans un restaurant reconnu par le guide Michelin, son mari remarqua un nouveau chemisier. Il lui dit, comme si ça faisait partie du job, de ses prérogatives d'époux :

— Chérie, tu es ravissante. J'adore cette blouse. C'est Dior ?

— Non, rétorqua sèchement Marie-Lys, c'est Chanel. C'est plus cher.

Alors le mari eut ces mots malheureux. Je ne l'ai

jamais vu, mais je pense que, aujourd'hui encore, où qu'il se trouve sur la terre, il regrette cette parole.

— Mais ce n'est pas grave, chérie. Tu l'as bien mérité.

C'est sur le sofa moelleux d'une cabine d'essayage que Marie-Lys, à moitié nue, me raconta ce déjeuner qui marqua le début des hostilités ouvertes avec celui pour lequel elle aurait pourtant donné ses deux reins sans discuter. Elle vida ses comptes en banque autant qu'elle put. Puis, quand elle réalisa que la carte, pourtant appelée Infinite, que son mari avait mise à sa disposition était plafonnée, elle entreprit de le faire suivre par un détective. Elle voulait du divorce pour faute. Elle voulait anéantir celui qu'elle avait encouragé quand il commençait à gagner, celui à qui elle avait taillé un piédestal sur mesure pour qu'il se sente fort et assuré, cet homme à qui elle avait autrefois évité qu'il ne finisse carbonisé sur le bûcher de ses propres vanités.

Elle voulait qu'un juge jauge son malheur, évalue sa souffrance en dollars, aligne des chiffres qui seraient sa pénitence à lui, comme on débite des chefs d'inculpation avant les grandes condamnations. Dommage. Dommages et intérêts.

Pour oublier que la vengeance est un plat qui vous reste souvent sur l'estomac, la pauvresse couvrait son abdomen et le reste de son corps d'étoffes somptueuses, elle se faisait caresser chastement par les mains des retoucheuses, celles des vendeurs, toujours des homos, elle tenait à distance tout ce qui pouvait avoir une connotation graveleuse. La seule chose que Marie-Lys cherchait en entrant dans ces boutiques, c'était un peu de tendresse physique.

Stéphane, le responsable du magasin de luxe avec lequel j'avais sympathisé – je voulais le marier à l'un de mes copains, beau comme un dieu grec mais il n'assumait pas ses préférences sexuelles –, l'avait tellement prise en pitié, qu'un jour il lâcha :

— Marie-Lys. Arrêtez, vous faites n'importe quoi, là. Vous avez déjà pris ce trench la semaine dernière, et dans plusieurs coloris ! En plus ce n'est même pas votre taille ! Je ne peux pas vous vendre n'importe quoi.

J'appréciais le comportement de ce garçon ; il touchait un pourcentage sur les ventes qu'il concluait. Pourtant, il aurait mieux fait de fermer sa gueule. Marie-Lys demanda à l'un des investisseurs qui dirigeait la marque, de virer le malotru sur-le-champ. Stéphane fut déplacé, comme on bouge la population d'un pays en guerre.

Mes salaires augmentant avec le temps et mes expériences professionnelles heureuses, je retrouvais Marie-Lys de plus en plus souvent esseulée sur les banquettes des boudoirs des enseignes de luxe. Elle faisait partie d'un réseau de femmes souvent délaissées, la plupart du temps larguées sur le bord du chemin avec une prestation compensatoire que ne toucherait jamais ma mère, même en travaillant quatre cents ans. Elles faisaient la course aux chiffons, elles empilaient dans des armoires des choses qu'elles ne porteraient pas, elles se retrouvaient chez Ladurée ou chez Carette à l'heure du thé pour comparer leurs butins. Parfois elles déposaient le tout dans des dépôts-ventes, histoire de faire un peu de place, de récupérer un peu de l'oseille qu'elles jetaient maladivement dans les tiroirs-caisses de chez Versace, et ça faisait le bonheur des Africaines de banlieue qui s'offraient, pour la moitié de leur prix, les robes sur lesquelles elles bavaient en rêvant au prince charmant.

C'était à celle qui dégoterait la meilleure pièce, celle qui ferait preuve de la plus grande originalité. Ah ça, c'est sûr qu'en terme d'originalité, les bourgeoises débridées peuvent pousser très loin l'expérience. La combinaison intégrale en poil synthétique de chez Chanel, oui, oui, celle qui ferait passer le yéti pour une sylphide albinos, c'est sur le dos de Marie-Lys que je l'ai vue en vrai, un soir qu'elle me proposa de la rejoindre pour un drink avec ses copines, dans un bar branché du XVIe.

Elle trouvait ça « tordant ». Elle suait comme un pécari, suintait comme une motte de rillettes échouée sur une plage des Maldives, et moi j'avais mal à son élégance.

C'est Marie-Lys qui m'a offert ma première pièce Chanel. Une robe cousue sur elle par les ateliers de la rue Cambon. Un chef-d'œuvre de haute couture que je garde comme un trésor dans une armoire dédiée.

M'offrir ce vêtement avait été comme me refiler gratos ma première dose de drogue. Je découvrais l'envers de l'habit. Les chaînes en laiton pour lester une jupe et lui donner de la tenue. Les doublures de soie, les boutons faits à la main, les ourlets aussi. Je ne savais pas qu'une robe pouvait être comme une personne, belle à l'intérieur. Chanel, mon héroïne, de toute façon.

Le mari de Marie-Lys l'avait injustement traitée, elle ne s'en remettait pas. Son cœur meurtri avait laissé s'échapper d'elle des torrents de tristesse qui enfonçaient ses yeux dans la terre de ses cernes, creusaient ses joues. Elle, qui avait toujours fait en sorte de ne gêner personne avec ses émotions, ne se tenait plus.

Elle était empreinte d'une grande honnêteté qui supplantait les lois de son clan, lequel imposait de toujours jongler avec la vérité et les apparences trompeuses. Elle ne supporta pas d'être punie pour une faute qu'elle n'avait pas commise. Son sourire fut condamné à la perpétuité.

Marie-Lys pleurait sur son reflet et je lui dis, pour souffler un peu de légèreté, que si Narcisse avait fait comme elle, ça lui aurait sauvé la vie. Elle ne comprenait pas que le plus dur à dépasser dans la vie est l'entaille faite à l'ego. Elle ne pouvait pas admettre que celui à qui elle avait tout donné en préfère une autre.

C'est en rencontrant Marie-Lys que je compris l'enjeu de la mode. Elle a la même vocation pour chacune d'entre nous, que tu sois fille de rien ou enfant de roi : la mode sert à s'aimer. À se sentir moins conne, parfois même, moins moche. À s'estimer un peu surtout quand la vie nous fait douter de nous. L'habit fait le moine, celui que l'on rêve de devenir, celui qu'on accepte d'être pour ne pas décevoir. La vie est un théâtre, nous sommes tous des personnages que le costume définit. Je n'invente rien ; je regarde autour. Et j'ai vu que l'amour-propre que se porte une femme est souvent inversement proportionnel à la taille de sa penderie.

Chantal se voyait en Marie, la mère. Elle n'a jamais su être la putain. Elle se voulait Lys dans la vallée. Celui qui répand le parfum de sa vertu mais délicatement, sans le crier sur tous les toits. Chantal travaillait à être irréprochable, pure comme Le Jardin avant la Pomme. Elle se détournait des tentations à nuques bleues, ces dandies gominés, sans le sou, qui cherchent un sponsor pour payer leurs soirées au Mathis Bar. Je crois sincèrement qu'elle était chaste et claire. J'avais mal pour elle. J'ai appris qu'on récolte ce que l'on sème. Je ne comprenais pas le sort que la vie réservait à Marie-Lys. Petite fleur blessée. Le lys que son mari a piétiné, lui préférant l'exubérance d'une rose rouge ; il voulait du piquant, il voulait le feu au moment où ses combats professionnels s'apaisaient un peu. Il voulait la vie trépidante.

Chantal avait été le personnage principal de la première partie de sa vie. Il envisageait un second acte à ses aventures d'homme à qui rien ne résiste. Comme si changer à cinquante ans impliquait de vivre forcément cinquante autres années palpitantes. Il refusait de voir le déclin physique, la débandade neurologique qui sont à l'homme ce que la mélancolie est à Romain Gary, un élément intrinsèque et pourtant assassin.

Et moi j'aurais échangé ma vie de batailles contre ses problèmes de riche.

J'envisageais le départ de son mari comme une chance, elle prenait ça pour une condamnation à mort. Je lui disais, (j'essayais d'emprunter son langage afin qu'elle me comprenne mieux) : « Allons Marie-Lys, il faut aller de l'avant, vous avez la beauté, la santé, vous garderez l'appartement et vous n'aurez pas de temps à perdre avec les soucis financiers ! Vous êtes prête pour un nouvel amour. » J'étais complètement à côté du trou. Elle aimait son mari. Même si je savais qu'elle n'aurait pas échangé son confort matériel contre le retour de son Martin Guerre, Marie-Lys était ravagée par la peine. Des tsunamis sortaient de ses yeux et je n'osais pas l'inviter à se tenir, elle qui faisait attention à tout bien contrôler.

Je ne pouvais pas voir sa souffrance réelle parce que les apparences me trompaient. J'avais grandi dans la crasse, le manque d'un père, les coups et les cris, ç'avait été mes drames à surmonter. Je ne pouvais pas voir que Marie-Lys se noyait quand tout autour d'elle appelait au calme et à la volupté. Sa vie était matériellement rangée alors je ne parvenais pas à envisager son chaos. Je pensais sans me le formuler aussi clairement : « Ce n'est pas si grave un mec qui se barre, tant que tu peux continuer à aller chez Chanel et garder ta maison de La Baule. » Mon père s'était sauvé, ça ne m'avait pas tuée alors un mari qui s'en va... je pensais que ce n'était qu'une jérémiade de sa part, parce que le manque de sagesse vous fait voir le monde à travers les lunettes de vos expériences.

Marie-Lys n'avait pas connu la déconvenue régulière, celle qui vous fait avaler des couleuvres par choix pour vous permettre, plus tard, de connaître des améliorations qui sont comme des remèdes aux mauvais épisodes du passé.

Chantal, Marie-Lys. Les bourgeoises changent leur prénom parce qu'elles ont la flemme de changer de vie. On ne leur a pas appris la bagarre, ce n'est pas leur faute. Surtout quand on les aide à démarrer dans la vie en leur offrant un appartement. Surtout quand on leur montre le bout de leur chemin : elles héritent de maisons, de portefeuilles, de bijoux, et souvent, même, de problèmes horribles. J'ai vu des filles ne plus parler à leur mère à la mort de leur père parce que cette dernière s'était arrangée pour toucher, seule, le pactole. Les pauvres devenaient orphelines d'un seul coup.

J'ai vu des fratries se déchirer pour une maison en Bretagne, conduisant le mort à se retourner dans sa tombe, privant leurs enfants de cousins et de tous les souvenirs qui vont avec.

Pourtant j'aimais la douceur de leur quotidien, le calme de leurs logis. Elles étaient, pour la plupart, élevées dans le respect des lois républicaines, elles ne volaient pas, respectaient, au moins en surface, leurs parents.

À quatorze ans, je dérobais des Treets, à dix-huit, je rachetais des vêtements volés. J'aurais pu me contenter du trousseau Tati/mairie qui était mis à ma disposition pour que je sois convenablement habillée, mais non, je voulais de « la marque », alors je me comportais mal. Les bourgeoises n'avaient pas cette rage qui asséchait mon corps et mon visage, presque une haine malheureuse qui m'empêchait de dormir et j'avais l'impression d'être toujours sur un ring. Alors fréquenter ces filles, pourtant bien moins drôles et attachantes que Karima ou Gigi, mes amies de la cité, me reposait.

Rencontrer Marie-Lys m'a encore un peu plus ouvert les yeux. La regarder se trouver belle enlacée par un fourreau de crêpe rouge, l'observer se croire Cendrillon quand les vendeurs portaient à ses pieds des souliers de satin magnifiques, la voir navrée devant son reflet quand sa tristesse embuait les miroirs, m'a fait comprendre que, derrière une bourgeoise qui a mal, il y a souvent une petite fille qu'on n'a pas assez encouragée. Le rôle distribué avant la naissance est trop confortable pour qu'elle songe à en changer. Alors parfois, elle se retrouve piégée, étouffée dans son corset de manières.

Je découvrais la notion de « cages dorées », je n'avais voulu voir que le brillant de ce monde et je découvrais les non-dits, les obligations de façade, les mots interdits et les heures passées à serrer les genoux.

Les bourgeoises souffrent de ne pas être un sujet de discussion intéressant. Toutes les bourgeoises ? Non, bien entendu. Fort heureusement, il y a les agitées comme moi. Celles qui ont refusé très tôt qu'on les pose là. Elles ne seront jamais un meuble de plus dans le paysage convenu de leurs parents déjà figés. Elles ont fait la révolution, elles ont tranché toutes les gorges des Marie-Antoinette coincées sous leurs brushings enfarinés, bref, elles prennent leur revanche, elles décident de leur vie. Elles s'appellent Charlotte, Brigitte ou Anne. Elle s'appelle Sienne.

La bourgeoise qui voulait venger son père

Sienne.

La rencontre que j'allais faire changerait ma vie pour de vrai. J'allais trouver mon double, ma passion au travail, la fille que j'ai vue comme la moitié de moi, même si, en apparence, tout nous opposait.

Nous nous sommes mariées professionnellement à quelques jours de Noël. Elle aura été un cadeau et un cadeau empoisonné. Elle m'a réjouie autant qu'elle m'a déçue. Elle était ma Grace Kelly, j'étais son Audrey Hepburn. Ensemble nous avons fait de belles choses, nous nous sommes dit des trucs horribles aussi, comme toutes les personnes qui se sont trop aimées. On a eu besoin l'une de l'autre pour devenir quelqu'un. Notre ego ne l'a pas supporté.

Parce que j'étais la réparation à sa condition de bourgeoise du XVIe, la preuve qu'on peut croiser des gens intéressants au-delà des cours de tennis du Racing Club de France (ouah le nom !). Elle a détesté son enfance et ses copropriétaires d'arrondissement.

Elle a été ma bouée, ma porte de sortie en beauté. Elle m'a appris à regarder le monde autrement, à voir le beau, là où d'ordinaire je ne voyais qu'une pomme, qu'une femme à poil, qu'un trottoir.

Sienne et son prénom immense, une concentration de belles choses en six lettres. Sienne et Sylvie. Un nom de ville noble, le siège de ma renaissance contre un prénom de chanteuse populaire, la forêt en latin, celle qui allait lui apporter l'oxygène qui la décomplexerait.

Elle était dyslexique, je passais mes journées un stylo à la main. J'aimais triturer les mots, inventer de nouvelles figures de rhétorique. Elle dessinait bien, savait fabriquer une image. Elle était mes yeux et j'étais sa voix. Elle ne parlait pas beaucoup, je ne savais pas me taire à temps. Elle était un iceberg et j'étais le feu, le yin et le yang. Elle venait du XVIe, j'arrivais de La Courneuve. On n'était tellement pas faites pour s'aimer que l'on s'est tout de suite adorées.

Sienne et moi avons appuyé sur l'accélérateur de notre carrière d'un seul pied et main dans la main. Elle était hiératique, grande et belle. Elle diffusait un parfum de glace piquante qui faisait s'éloigner les gens, elle était une fleur. Mais en plastique. Très belle pourtant quand on prenait le temps de se frotter un peu à elle. On ne lui parlait qu'en cas d'utilité. On s'adressait à elle comme on discute avec la personne du gaz, la préposée à la Sécurité sociale. Son lien à l'autre était souvent tissé par une nécessité. Les gens ne l'aimaient pas et elle n'aimait pas les gens. Sienne n'a jamais dit de mal ni de bien de personne. Elle était là pour gagner. Sans fanfare ni grands discours. On pouvait mourir devant elle, ça ne l'atteignait pas. Elle ne voyait pas les autres. Quand elle vous adressait quelques mots, elle donnait l'impression de vous avoir élu pour ça. Elle avait très peu d'amis, elle admirait son mec qui était un petit Rastignac sympathique, elle aimait sa décontraction, son absence totale de complexes et nous avions ça en commun, lui et moi : on était à l'aise partout quand Sienne avait du mal à trouver sa place dans le monde.

J'ai tout de suite compris que cette fille avait une vengeance à assouvir comme une soif qu'on n'a pas étanchée à temps et qui vous bloque la parole. Nous avions toutes les deux une humiliation à réparer. Son désir de revanche à peine voilé était la preuve d'une blessure encore ouverte. Nous étions deux petites bêtes fauchées par la barbarie des autres. Et comme Sienne n'est pas le genre de fille à qui l'on demande des confidences, j'ai patiemment attendu qu'elle veuille bien se raconter.

Nous avons additionné nos talents comme on enrichit une formule magique. On était le team créatif prometteur, on parla de nous dans les journaux professionnels comme la jeune garde de la publicité française. Six mois après que nous nous sommes associées pour gagner le respect de nos pairs, nous avons été consacrées. Notre campagne reçut un prix prestigieux et la signature que je commis alors reste à ce jour le slogan préféré des Français.

J'étais fière d'elle, elle était fière de moi, nous pensions que c'était pour la vie cette collaboration heureuse, que rien ni personne ne pourrait jamais nous séparer. Nous vivions notre conte de fées professionnel et amical. Le métier nous offrait une belle reconnaissance et je me rappelle cette nuit passée dans une chambre d'hôtel à nous raconter nos moteurs communs, à évoquer nos chemins. Nous étions fières l'une de l'autre. Nous étions en train de nous faire un nom. Moi, je n'en avais pas, mais elle ?

Sienne me raconta son père. Un brillant entrepreneur, un homme dont elle et son frère admiraient le courage et la ténacité. Elle passa une scolarité douloureuse au lycée Passy-Saint-Honoré. Ses camarades de classe étaient enfants de médecins, de notaires, d'avocats, parfois de pharmaciens. Le père de Sienne travaillait dans le négoce de radiateurs. Un non-métier pour les gens du XVIe, au milieu des années 1980 combatives et hargneuses. Sienne me narra comment ses soi-disant amies lui expliquaient avec des mots périphériques que son papa n'avait pas de « vrai métier ».

Sienne avait du mal avec l'argumentation, alors elle se tut. Elle ne sut jamais répondre à celles qui lui disaient en substance que M. Lebel, son père, n'avait pas d'activité « notable ». Elle n'était pas intégrée au groupe, malgré la toile de Jouy dans son salon, malgré les colliers de perles de sa mère, elle était observée, testée souvent, alors elle avait pris les devants, elle rejetait ses semblables pour ne pas avoir à souffrir de ne pas être aimée par elles.

La guillotine s'est présentée à elle le jour de son passage en troisième année de son cours d'arts graphiques. Elle avait intégré une prestigieuse école privée qui, comme toutes les écoles qui se la pètent, pratique des tarifs d'Américains pour faire oublier qu'elles ne sont ni les Beaux-Arts, ni les Arts Déco. Le directeur de l'école a convoqué Sienne qui faisait partie des meilleurs élèves. Il a dit :

— Votre père ne paie plus les cotisations pour votre scolarité depuis six mois. Pourtant vous savez que l'argent est le nerf de la guerre, ma chère ? Pas d'école sans argent, vous savez quand même que nous sommes un établissement privé ? Ça ne vous a pas échappé ?

Il avait la condescendance de ceux qui se savent arrivés et qui n'omettent jamais de vous rappeler insidieusement que, sans eux, vous êtes une crotte.

Sienne n'a jamais su s'exprimer en public dans le monde réel. Dans la publicité, elle a appris son rôle, elle triche parfaitement, elle fait le show devant les clients, mais, dans la vraie vie, elle ne sait pas.

Le directeur, comprenant qu'il n'y aurait pas de joute oratoire, a envisagé son intérêt : elle était un brillant élément, elle lui offrait l'opportunité de montrer qu'il était quelqu'un de bien.

C'est devant le directeur de son école que Sienne apprit de la bouche de son père que celui-ci venait de s'effondrer professionnellement. Sa petite entreprise venait d'être mise en liquidation judiciaire, et le directeur qui jubilait frotta son menton et dit :

— Je vois, je vois. Je comprends... c'est dur. Un coup dur.

Il avait la gentillesse gluante, un truc dont le père de Sienne, Pierre, se serait bien passé. M. le directeur avait hérité de son Christ la jubilation d'être envisagé comme la solution au malheur des autres. Il leva les yeux vers Sienne qui baissa les siens :

— À chaque problème, sa solution, n'est-ce pas ? Je suis le directeur de cette école, oui ou non ?

Une vraie publicité pour l'UAP, le mec. Il a proposé à Sienne de lui offrir les frais de scolarité pour les dix-huit mois qui lui restaient à tirer dans ce bouge d'hypocrites qui laissait croire qu'il débitait sur une chaîne d'usine des Michelangelo en puissance.

Le père de Sienne a presque baisé les pieds du directeur. Lequel s'est empressé de faire circuler l'information dans tout l'établissement, dans tous les établissements. C'est à peine s'il n'a pas fait rédiger un communiqué de presse à destination du Vatican pour expliquer qu'un miracle de charité chrétienne venait de se produire en France.

La nouvelle se répandit comme un feu de Bengale dans un ciel noir et au cœur de toutes les loges de concierges que sont les grands appartements bourgeois du XVIe nord.

L'indigence psychologique dans laquelle fut projetée Sienne est indicible. Pour ma part, j'avais connu la galère des fins de mois qui gueulent, les chaussures de la mairie qui pesaient des tonnes, la pauvreté culturelle et la haine de mon beau-père. Mais on m'aura épargné la lapidation morale par les autres membres de mon village. Dans ma ville, nous riions de nos déboires.

Les bourgeoises ne pardonnaient pas l'échec social. Elles étaient les talibans des beaux quartiers, elles punissaient violemment ceux qui avaient failli parce qu'elles redoutaient la dégringolade matérielle, comme les enfants ont peur du loup dans le noir de leur chambre. Une peur viscérale, historique et primale. Elles ne voulaient pas être les prochaines victimes sur la liste de la mauvaise fortune qui frappe au hasard.

Moi, je crois que Dieu créa les hommes et tout de suite après, comme il eut peur de ce qu'il avait engendré, il les laissa s'entretuer.

Sienne survécut à la haine, mais sa rage, elle, ne l'a jamais quittée. Je compris pourquoi elle rejetait tous les modèles de filles qui pouvaient avoir un lien avec ses contrées bourgeoises, qu'elles fussent de Paris, de Bordeaux ou même de Genève.

Et puis sa mère. Une peintre allemande contrariée comme Hitler avant elle, fille de bonne famille de Bavière, des gens corrects qui détestaient les nazis et leur pantomime. Elle avait connu Pierre Lebel alors qu'il effectuait ses classes militaires près de Bayreuth qui aurait pu s'appeler Beyrouth tellement cette ville avait été saccagée par les bombardements. Pierre Lebel – que j'appelais Pierre Ponce en cachette tellement cet homme était revêche – était un fils de notables parisiens, il parlait allemand avec un accent français, il avait l'allure romantique, et Domenika, la maman de Sienne qui n'était encore qu'une jeune fille, l'imagina en Rimbaud égaré dans ses prairies. Elle avait vu en cet homme honnête et un peu court sur pattes l'occasion de fuir ses forêts monotones, son éducation rigide et son père qui l'envisageait comme un encombrant dont on n'ose pas se débarrasser. Il semblerait que la bourgeoisie diffuse les mêmes codes un peu partout dans le monde puisque, en arrivant en France, sa belle-mère, Mme Lebel mère, demanda poliment mais fermement à la jeune « Teutonne », comme elle se plaisait à l'appeler, de ravaler ses pinceaux, de ranger ses toiles. Tout au mieux, on l'autoriserait à faire tapisserie dans les salons, mais son projet de tableau devait rentrer fissa dans la case « fantasmes » de son esprit tourmenté.

Domenika, qui avait un penchant naturel pour la soumission et l'ordre, attendit que la vieille trépasse pour ressortir ses rêves, et c'est en cachette, avec la complicité de sa fille, qu'elle se planquait pour peindre une corbeille de fruits, réinterpréter un paysage de calendrier de La Poste.

Sienne se prit d'affection pour le dessin parce qu'une fille veut toujours amadouer son père et dépasser sa mère.

La publicité n'est pas une activité comme les autres. Si la musique est un cri qui vient de l'intérieur, je peux vous dire que la publicité est un bruit qui atteint le maximum d'oreilles en un minimum de temps. Les gens qui choisissent de faire ce métier sont souvent des personnes à qui on a cousu la bouche, enfant. Des gosses dont on a attaché les mains dans le dos. Sienne et moi étions habitées par un grand sentiment d'injustice. Pour moi, celui d'avoir été battue par un homme qui n'était même pas mon père, pour elle, celui de constater qu'en guise de remerciement pour ses années de sacrifices, son daron récoltait le droit de n'être même pas autorisé à s'inscrire aux Assedic.

Alors, comme moi, Sienne a tenu bon. On en a passé des heures à pleurer ensemble sur des projets qui n'aboutissaient pas, à se faire piquer la vedette par des parasites dont le job principal était de tout ramener à eux. De vacances annulées au dernier moment en week-ends bousillés par des réunions inutiles, nous passions plus de temps ensemble qu'avec nos fiancés.

Elle et moi, nous nous comprenions. Nous étions les deux mousquetaires qui se suffisent, nous étions suffisantes, arrogantes parce qu'elle était mes jambes et que j'étais sa tête. À deux, nous étions un géant. Nous avions les mêmes rancœurs, la même aversion pour les putains qui tortillaient leurs culs devant les patrons, nous détestions l'alcool et la cigarette, nous adorions le labeur. Elle allait vite, j'allais vite, chacun d'entre vous connaît un morceau de notre travail, même si nos plus belles campagnes de publicités ont fini au fond des poubelles.

Et puis, elle me présenta ses parents. Des gens droits, des gens froids. Là où les Parisiens parlent de mettre un « vent », chez nous, à La Courneuve, nous avions une image plus précise (désolée mais c'est comme ça) pour évoquer l'attitude des gens comme Domenika et son mari, Pierre : ils vous mettaient des clim'. Un air glacial parcourait leur salon quand vous osiez aborder un sujet fâcheux (et croyez-moi, chez ces gens, tout pouvait prétendre à l'engueulade muette).

Un jour Sienne m'annonça qu'elle allait se marier, je m'empressais de vider sur la table le sac de mon imagination pour trouver un cadeau à la hauteur de l'amitié qui nous liait. Son futur mari était un fils de petit commerçant de province, elle était une bourge de Paris et d'ailleurs, aussi décidai-je de constituer deux albums photo de Lord Brett Sinclair et Danny Wilde, l'aristocrate et le gueux de la série « Amicalement vôtre ».

La mère du marié, une femme sympathique et chaleureuse, trouva l'idée formidable, elle m'envoya sur-le-champ toute une série de clichés qui retraçaient la vie de son fils depuis sa petite enfance.

J'hésitai à appeler Domenika. J'appelai Pierre Lebel, le père de Sienne. Il me dit sans tourner autour des mots : « Voyez ça avec ma femme. »

Bon. Je savais que j'allais prendre froid cette fois encore, mais j'appelais quand même. J'expliquai, je fis la danse des sept voiles avec ma bouche parce que, après tout, je suis une Orientale. J'argumentais comme devant mes clients qui hésitent parfois à investir deux cent mille euros pour faire trois photos et que je convaincs quand même. Domenika laissa couler ma cascade de mots jusqu'au dernier puis elle dit :

— Non. Ce sont mes photos, je ne donne pas MES photos.

Alors j'essayais de parler de l'album Cassegrain en cuir noble que j'avais commandé, je lui dis que les photos resteraient dans la famille puisque c'est à sa fille qu'elles seraient destinées. Et là, Domenika m'assena :

— Vous n'avez qu'à passer faire des photocopies de celles qui ne sont pas collées.

Ce fut une fin de non-recevoir et moi, je gâchais mon cadeau.

Les gens avaient du mal à comprendre la froideur de Sienne. Je peux vous dire qu'à côté de sa mère elle était Brigitte Bardot qui danse sur une table pour affoler le passant.

Je l'ai amenée chez Chanel, j'ai choisi pour elle sa robe de mariée. J'ai construit sa silhouette. Dans cette robe faite de superpositions de mousselines de soie ivoire, elle paraissait un ange. La chef d'atelier a dit : « Monsieur Karl serait content » ; alors j'ai rougi de plaisir.

J'ai pleuré en la voyant si belle, perdue dans des habits de majesté. Diaphane et longue dans ce décor de miroir et de laque noire, elle est la plus jolie chose que j'aie vue dans ce monde de pacotille.

Mais, comme on reste le produit de son éducation même si on s'acharne à s'éduquer soi-même, et que les nôtres étaient superbement opposées, nous avons commencé par ne plus nous comprendre. On n'avait pas été préparées à la vie de la même façon. Elle avait du mal avec le plaisir, je voulais du beau partout, de mes chaussures au goût de ma pizza, je dépensais sans compter. Elle serrait son porte-monnaie contre son cœur, rechignait à laisser partir ses pièces comme une mère retient un fils qui s'engage pour la guerre.

Je parlais trop, elle observait beaucoup, je crois que je la fatiguais (je m'épuisais moi-même, alors…).

La bourgeoise apprend à se contenir, la juive séphararde de banlieue apprend à faire un drame de rien. J'étais le MacGyver des émotions, je faisais d'un mot malheureux, une tragédie en cinq actes.

Alors, quand un jour elle refusa de dépenser cinq euros pour acheter un magazine qui, de toute façon, lui serait remboursé par la direction financière de notre entreprise, je me fendis d'une lettre de trois pages où j'expliquai mon ressenti. Mon ressentiment surtout. Je lui ai parlé de la goutte d'eau qui fait déborder la scène et ça a noyé notre amitié. J'ai envoyé la première fléchette, elle m'a répondu à l'AK-47.

Elle m'a téléphoné, j'étais en vacances au bord de la mer. Elle a dit :

— J'ai bien reçu ta lettre. On va se séparer, c'est mieux.

La fille de sa mère.

Je n'ai pas su la retenir. J'aurais pu pourtant. Mais je ne sais pas courir après les gens, c'est une maladie chez moi. Il paraît que c'est à cause de mon père qui m'a désertée.

J'ai raccroché, il faisait beau. J'ai pensé : « Il fait beau, la mer brille, ça va aller. » Puis j'ai perdu la vue.

J'ai passé vingt-quatre heures dans le noir parce que mes yeux se sont éteints à ce moment-là et ce n'est même pas une image. Elle était mes yeux, j'étais sa voix. Elle a pris mes yeux en me répudiant. Vingt-quatre heures à ne plus voir. Un choc que je n'ai pas bien compris d'abord.

Je suis rentrée à Paris. Nous avons eu une discussion de fin du monde mais très calme. Je pesais mes mots, elle voulait que je la retienne. Comme son mec l'avait retenue quelques années plus tôt. Je ne pouvais pas. Elle m'avait blessée. Nous étions convenues qu'il fallait finir ce que nous avions commencé ensemble. Notre dernière campagne, notre dernier bébé, un enfant de divorcées.

Nous nous regardions sans parler, nous pleurions dans nos périmètres respectifs. Nous étions fières, chacune à notre manière.

Je la détestais de stopper net notre ascension commune. Elle me haïssait de ne pas la prendre comme elle était.

Nous venions de passer cinq années à partager des moments que jamais plus elle ne partagerait avec personne. Je savais que je faisais une croix sur cette façon unique et grandiose qu'elle avait de mettre en images mes idées parfois farfelues. Nous avions la même vision du métier. Nous avions les mêmes goûts esthétiques. Elle admirait la facilité avec laquelle je faisais jongler les mots, les idées qui me venaient vite et j'étais fascinée par sa capacité à faire exister les choses, leur donner un joli corps.

Elle était ma directrice artistique, j'étais son concepteur rédacteur. Nous nous rendions meilleures. Tous ceux qui sont venus après n'étaient que des approximations. Elle a fini par se paraphraser, appliquer les mêmes recettes, mettre du beau sur du creux, mais la beauté vide, ce n'est rien d'autre que du moche déguisé. Quant à moi, j'ai versé dans la médiocrité ; hormis un truc ou deux, les campagnes que j'ai faites sans elle étaient disgracieuses. Loin de son regard affûté, mon travail tombait à plat. C'en était fini de notre splendeur, elle avait passé.

La vérité c'est que nous avons tué une grande amitié.

Je me suis éloignée d'elle parce que la conscience est l'instinct de l'âme. Je savais qu'il faudrait purger cet amour, dire des choses laides pour ne pas avoir à la regretter, suicider notre couple de travail pour ne pas espérer un retour de flamme.

Elle, elle n'a pas parlé, elle s'est mal comportée. Elle a été la bourgeoise détestable qui laisse entendre qu'elle était le bon goût de nous deux, et ce ne fut pas difficile à croire parce qu'elle était naturellement belle et que j'étais évidemment tunisienne… elle a été une grande manipulatrice, elle a montré qu'elle était une fille intéressée, celle qui tire la couverture à elle alors qu'elle n'avait pas besoin de ça. La bourgeoise fait ses coups par en dessous. Les duels du petit matin sont un truc du passé.

Pour ma part, j'ai été indigne de toutes ces belles années que nous avons passées à nous bâtir une solide réputation. Je l'ai enterrée, je l'ai assassinée plusieurs fois pour justifier les larmes que je versais sur son absence. Un deuil impossible à mener puisque nous sommes restées trois années à travailler à un mètre l'une de l'autre sans ne plus jamais nous parler.

Notre patron l'a favorisée parce qu'elle était sa came, celle qu'il n'a jamais osé toucher. Elle l'éblouissait. Je crois qu'il l'a aimée en silence. Elle était son double, son âme sœur, elle était lui en fille, il la prenait pour le soleil. Il savait mon intelligence, ma force de travail mais pour lui je n'étais que l'ombre de Sienne. Ils venaient du même monde, je n'étais pour lui qu'une arriviste touchante qui avait cessé de l'amuser. Longtemps je me rappellerai ses yeux choqués quand je lui demandais, sans trembler, nos augmentations. Il ignorait que c'était Sienne qui m'envoyait au charbon comme on envoie un tirailleur sénégalais au front. Elle disait :

— Tu fais ça très bien, toi, demander l'argent.

Elle, qui hériterait d'appartements tous bien situés quand moi je serai un jour responsable de ma mère smicarde qui n'avait que dix-huit ans de plus que moi.

Un soir, le patron crut me faire flancher en nous entraînant dans le local à photocopieuses. Il dit :

— Alors, tu veux combien d'augmentation ce coup-là ? Hein ? Vas-y, fais ta Tunisienne.

Je répondis en lui plantant mes yeux tout noirs dans ses yeux tout bleus :

— Deux mille tout de suite, sinon on se casse chez le voisin.

Sienne baissa ses paupières. Encore. Et c'est comme si elle avait honte pour moi. Une discussion indigne de la princesse qu'elle a toujours pensé être sans jamais l'avouer à personne.

Je crucifiais le boss, un peu, lui que plus personne

ne peut atteindre maintenant qu'il vit sur son Olympe ; je savais son talon d'Achille. Si je partais, elle partait. Il a mis quinze minutes à nous accorder ce que je demandais.

Ces gens ne m'ont jamais impressionnée. Ils font de l'argent une fin en soi, là où je pense profondément que ce n'est qu'un moyen, la thune.

Sienne.

J'ai cru que je l'avais retirée de mon cœur pour toujours. Et puis j'ai démissionné. Trois ans sans se parler et la voilà qui s'arrête devant mon bureau :

— Tu ne veux pas qu'on déjeune ?

Nous avons déjeuné toutes les deux dans le restaurant des chefs où j'allais souvent sans elle. Elle m'a tendu un bijou de sa famille. Un bijou avec une histoire fantastique, elle n'a jamais su parler avec des mots, Sienne. Elle m'a souhaité bonne chance pour la suite. J'ai su que c'était l'épilogue à notre histoire, qu'aucun nouveau chapitre ne viendrait plus s'écrire. Alors j'ai pleuré comme on pleure à la fin du film. Elle retrouvait sa noblesse. Ce geste était la preuve de son panache. Mes pleurs d'enfant qu'on abandonne étaient la trace de l'attachement que je lui portais encore. J'étais l'exception à ses règles d'éducation : elle qui ne se laissait jamais aller, comme Marie-Lys, comme Annie, comme sa mère Domenika, se mit à verser des torrents sur la nappe blanche et irréprochable de ce bistrot chic.

Nous nous agrippions l'une à l'autre comme deux

malheureuses qui ne veulent pas finir noyées dans l'eau de leur peine si longtemps retenue.

Personne ne l'a comprise aussi bien que je l'ai comprise. Sienne qui fut à moi et que j'ai bazardée. Elle cachait une très grande sensibilité derrière des murs de La Mecque, elle était pleine de larmes qui ne veulent pas sortir. Elle était remplie de complexes qui la poussaient à être une bonne élève, à ne pas décevoir sa hiérarchie. Elle respectait la notion de rang là où je pense que les murs sont faits pour être défoncés.

Les gens la disent aigrie aujourd'hui. C'est sa tristesse qu'elle ne peut pas confier, la rétention d'eau dans ses yeux qui commencent à tomber.

Je voulais lui apprendre le plaisir, je voulais l'entraîner dans mon monde. Je l'ai peut-être violée, je ne sais pas mesurer mes actes, j'ai été élevée dans une jungle, je buvais à la bouteille, on lui enseigna les tasses de Limoges et les saveurs délicates.

Si l'on met de côté ma famille, Sienne restera la rencontre féminine la plus importante de ma vie parce qu'elle est celle que j'ai admirée autant que je l'ai détestée. Parce qu'elle a fait bouger mes opinions sur les filles de sa caste.

Je voyais l'éducation bourgeoise comme un apprentissage pavlovien, un moyen de faire lever la patte à des filles engoncées, sans comprendre que les décors dressés poussent parfois ses cobayes à traverser les parois, à dépasser les apparences tout en maintenant à la surface, ces apparences. Les bourgeoises sont aussi des poupées de porcelaine qui cachent des grenades dégoupillées sous leurs sourires de circonstance.

Sans le savoir, Sienne a brisé mes préjugés comme on arrache les barreaux d'une prison mentale. Elle m'a forcée à regarder plus loin, c'est un cadeau qu'elle m'a fait, elle qui n'a jamais versé dans l'entretien matériel des amitiés durables. On parle d'ouverture d'esprit, mais là, je dirais qu'elle a aidé à allonger mon champ de vision, elle a élargi mon cerveau. Pour autant, je ne me suis pas mise à aimer La Bourgeoise à toutes les modes. Pour tout vous dire, il y en a que j'aurais bien crevées sur place.

Le cas de la belle-mère

J'ai été élevée sous le sein tendre de Margot avec ma cousine Sarah, de dix-huit mois ma cadette. C'est une fille aussi calme que je suis mouvementée. Elle est le lac qui regarde de loin la cascade bruyante que je suis. Quand elle a voulu rejoindre Paris pour fuir l'ennui qui la recouvrait petit à petit, elle m'a demandé de bien vouloir lui faire une place dans mon nid montmartrois. Bien entendu j'ai accepté, nous avions partagé la même chaleur elle et moi. La tiédeur parfumée de notre grand-mère.

Ça faisait bientôt quatre ans que j'avais posé mes valises – et mes trois fours – dans notre belle capitale et je me sentais toujours aussi seule malgré les gens autour, les restaurants ouverts la nuit et les cinémas animés. Sarah allait, elle aussi, gagner sa place au soleil des réverbères parisiens, mettre les pieds en Bourgeoisie. Elle allait, elle aussi, devoir payer le prix de son émancipation comme j'avais payé le prix d'avoir voulu changer. Pour parfaire sa transformation, la félicité mettait sur sa route un homme juif et bourgeois depuis plusieurs générations, qui pressait Sarah de l'épouser (ma cousine est d'une beauté d'œuvre d'art, tous les hommes veulent la posséder. Elle ne voit pas sa beauté et ça la rend magnifique. Elle a les cheveux aussi noirs que sa peau est blanche, elle est belle et pas chiante, ce qui est un couplage de qualités rarissime).

Et, si l'on dit qu'avant d'épouser une fille, il faut lorgner du côté de sa mère, je dois dire qu'avant de dire « oui » à un garçon, il faut regarder la gueule de la sienne. Surtout si ce garçon est juif. Elle avait donc choisi d'aliéner sa vie à un homme qui avait une mère juive ET bourgeoise ET qui avait changé de prénom en cours de route – encore une. Sarah cherchait les emmerdes. Je me permis : « Sarah, tu cherches les noises », et elle disait que j'étais jalouse en riant et en me demandant de lui masser le dos.

Sarah était trop gentille pour attirer les mecs normaux. Elle s'est pris les pieds dans le tapis d'un homme marié pendant presque quatre ans, elle aimait, elle ne voyait pas cet homme tel qu'il était : un manipulateur de vingt ans son aîné qui s'autorisait à la traiter comme une merde parce qu'il lui parlait gentiment. En plus, il n'était même pas circoncis.

Alors, quand Sarah a largué le pervers, qu'elle nous a présenté David et ses belles manières, un juif qui avait grandi à Boulogne, et Suresnes et Neuilly-sur-Seine, Margot a fait sortir les « youyous » de sa bouche.

Moi, j'ai eu mes diplômes pour m'extraire de notre banlieue, je savais que je n'obtiendrais rien avec mon physique et mes traits grossiers.

Elle, elle aurait son visage d'été. Son caractère de sagesse. Une beauté solaire, un pot de miel pour les gars qui veulent aligner les jolies choses et les belles personnes sur leur CV sentimental.

Elle a aimé David, timidement, puis profondément. Quand il l'a trahie, elle l'a désaimé en deux secondes, définitivement. Elle n'a pas souffert. Elle dit qu'elle a eu si mal que c'en est devenu indolore. Elle est tombée de si haut que son amour pour David est mort sur le coup.

Il lui a fait une jolie petite fille, il a fait tourner sa tête autour du monde, il l'a trompée comme on se doit de tromper sa femme quand on est un gars du Sentier, il l'a traînée dans le purin quand elle l'a largué, il voulait bien fermer les yeux sur ses adultères à condition qu'elle reste. Il lui a laissé entendre que ce ne serait pas un drame si elle avait, elle aussi, quelques amants, mais, dans la famille, on ne sauce pas les plats à la merde. Elle a préféré en rester là. Le procès inique qu'il a orchestré pour la punir de le jeter comme un journal de la veille lui a fait douter pour toujours de la justice des hommes, mais, grâce à Dieu ou à Margot, Sarah n'est pas devenue nihiliste et désabusée.

Une nuit alors que nous passions nos derniers moments à dormir ensemble, ma cousine me raconta la façon dont David la demanda en mariage. Elle pleurait de joie, elle était belle, ses larmes faisaient naître des étoiles filantes dans ses yeux allumés pour l'occasion et, moi, j'étais heureuse pour elle.

La demande que lui fit David fut accompagnée d'un diamant aussi carré que ce garçon pouvait être tordu et d'une invitation à dîner chez sa maman. Elle se réjouissait à l'idée de rencontrer celle qui avait enfanté un être aussi gentil. Elle tomba sur une femme sèche physiquement, à la parole mielleuse, habillée à la dernière mode de la dernière année de la décennie quatre-vingt. Un peu comme si on venait de rouvrir le Palace la semaine dernière et qu'on retrouvait cette drôle de bonne femme continuant, un verre à la main, un pas de danse esquissé vingt-cinq ans plus tôt, au milieu des banquettes rouge jauni, des lumières tamisées par des toiles d'araignées. La mère de David avait un sourire empaillé, et les mèches trop blondes dans ses cheveux courts lui donnaient des allures de perruche.

Au cours d'un repas pris dans le calme et de la vaisselle de réception, elles évoquèrent Neuilly-sur-Seine, La Courneuve et les études qu'elle n'avaient pas faites et ça leur faisait un point commun. Ce fut bien le seul. À l'issue de ce moment tout en cordialités, Samantha, sa future belle-mère, lui fit un drôle de cadeau ; elle offrit à Sarah Mur et Musc de L'Artisan parfumeur. Un parfum. Son parfum de femme vieillissante. Que voulait-elle au juste ? Que son fils pense embrasser sa mère quand il s'abandonnait dans le cou de sa fiancée en fermant les yeux ?

Sarah me demanda ce que j'en pensais, je lui dis qu'elle était mal barrée avec cette histoire, elle qui n'avait pas l'expérience des hommes et encore moins celle de la bourgeoisie…

Samantha souriait tout le temps pour ne pas avoir à la mordre. Samantha détestait Sarah, la fille la plus aimable de la race des humains. Elle détesta sa bru dès la première seconde. Parce que son fils caressait tout le temps les cheveux bruns et bouclés de ma cousine et la servait à table, mangeait dans son assiette. Parce que Sarah travaillait dur, qu'elle gagnait plus d'argent que

David qui n'en branlait pas une, lui. Parce qu'il lui offrait des bijoux avec l'argent qu'il avait hérité de son défunt père.

Le jour où David et Sarah ont annoncé qu'ils emménageaient ensemble, Samantha avala ses dents dans un sourire crasseux et leur fit un autre drôle de cadeau : un matin, on livra un lit. Un lit large, très large, une invitation pour Sarah à ne pas se serrer contre son fils.

Quand Sarah a quitté David après trois années d'un mariage calme aux apparences trompeuses, les déménageurs ont oublié le lit à l'entrée de leur immeuble. Un acte manqué réussi. Elle n'a jamais aussi bien dormi que depuis qu'elle a dû racheter sa couche.

Comme moi, Sarah en était à ses premières années d'expériences bourgeoises, elle ne maîtrisait pas les codes et je dois dire que sa belle-mère bourge lui a tendu tous les pièges, ceux que nous n'avions pas appris à contourner parce que nous avions été élevées dans un contexte où les querelles étaient frontales, nous nous disions les choses en face, nous étions francs et bruyants, on ne gardait rien dans nos doublures.

Margot, qui a toujours voulu avoir le cœur net et la vue directe, a invité Samantha à venir dîner chez nous, à La Courneuve. Elle est arrivée habillée comme si on l'avait conviée à pousser des wagonnets au fond de la mine. Elle avait revêtu une armure de Rambo et j'ai pris ça comme une insulte, mais je n'ai rien dit. Elle s'était préparée comme pour entrer dans la ferme des célébrités. Pas de maquillage, cheveux rangés, jean et rangers achetés pour l'occasion quand elle pavanait en robe légère, même en novembre, sur les trottoirs de Neuilly. Elle se contenait, ses sourires étaient des grimaces, elle retenait ses yeux qui cherchaient la poussière, moquaient nos meubles en faux bois, elle voulait réaliser la pauvreté du décor, elle jouait les « bien élevées » mais moi je dis qu'il n'y a pas de bonne éducation, il n'y a que de bonnes ou de mauvaises personnes.

Sarah était gênée par l'embarras à peine contenu de sa future belle-mère. Mais, en fille calme et gentille, elle ne dit rien.

Mon oncle s'est approché de mon oreille, il a susurré :

— Elle est raide, putain, un coup à se péter la bite en deux quand tu la niques !

Et j'ai ri, alors Samantha m'a jeté un regard à neutrons.

Margot dit qu'on ne connaît vraiment les gens que lorsqu'on les voit faire face à leur assiette. Elle a fait passer à la pauvre Samantha le test dit « de la hasbane ». Un plat arabe qu'une personne normalement constituée ne peut avaler sans vomir : des tripes à la sauce à l'ail. Nous remémorer le visage contrit de Samantha qui regretta longtemps d'avoir accepté notre invitation nous réjouit encore les soirs de pluie.

J'ai compris que Samantha avait raté son examen de passage dans notre famille quand Margot a dit :

— Shoufa – regarde –, madame. Vous avez le droit de ne pas aimer la hasbane. C'est un plat spécial, il faut être tunisien pour comprendre, mais il faut me le dire au lieu de tordre votre bouche dans tous les sens.

Samantha a été prise d'un petit rire nerveux, comme un hoquet en accéléré. Je crois qu'elle avait peur.

Et mon oncle m'a dit tout doucement :

— T'as beau faire bonne figure, si t'as une sale gueule, t'as une sale gueule.

Après, on a sorti le couscous et les boulettes et les navets au vinaigre, les carottes à l'harissa, les fèves fraîches et la tchoutchouka aux œufs, et Samantha a dit :

— Oh, là, là, que c'est beau !

La bouffe tunisienne est bonne, goûteuse, riche en tout, pourtant on ne peut pas vraiment parler de révolution esthétique. Margot n'a rien dit, mais en partant, elle a offert à Sarah un collier en or pour la protéger du mauvais œil et elle a ajouté :

— Fais attention à cette femme. Elle est mauvaise.

Sarah a dégonflé ses joues pleines d'air en faisant pffff et, moi, je me suis assurée que le collier resterait bien attaché à son cou quand elle regagnerait sa nouvelle vie.

Margot me demandait de rester calme. Je chauffais Sarah, l'incitais à foutre une bonne tarte dans la gueule de sa belle-mère histoire de lui décrocher ce sourire sadique.

Margot disait à ma cousine qui était aussi sa petite-fille :

— C'est la mère de ton mari. C'est une kharba (une pute quoi), mais c'est sa mère.

David avait un frère et une sœur. Ma grand-mère prit la belle-sœur de David en exemple, une jeune bourgeoise immobile qui obtenait tout avec des sourires. Elle dit à Sarah :

— Regarde ta belle-sœur, elle ne dit rien et elle obtient tout.

Sarah avait beau expliquer que la belle-sœur en

question avait fait un gosse dans le dos de son mec parce qu'il refusait de l'épouser et qu'elle voulait des garanties financières, que l'autre belle-sœur trompait son mari qui n'était jamais là, Margot répondait :

— Tss, tss… tu comprends rien hein ?! Samantha elle pardonne à ces filles parce qu'elle a été comme elles, elle a fait les mêmes bêtises. Elle se retrouve en elles. Toi, elle te hait parce que tu es ce qu'elle aurait voulu être : une fille indépendante qui regarde les gens dans leurs yeux. Elle te déteste parce que toi, tu es libre *ya binti*, tu es quelqu'un de valeur, tu as ton salaire, des vraies amies et une famille qui t'aime. Toi, Sarah, tu n'as jamais fait le mal, tout le monde il t'aime.

Et Sarah, qui avait le bon sens des gens intelligents qui ne sont pas allés très longtemps à l'école, répondait calmement :

— Tu veux quoi ? Que je trompe son fils ? Que j'arrête de travailler ? Que je vive avec sa carte de crédit dans ma poche ? Elle préférerait ça, sa mère ?

Quelle mère voudrait d'une belle-fille assistée et malhonnête ?

— … Tssss… Ta tête, elle est trop dure, *ya h'biba*, a dit Margot en étalant sur la toile cirée de sa salle à manger une pâte qui reposait depuis trois heures pour en faire des spaghettis confectionnés sans machine.

Un soir, Margot nous a conduites, Sarah et moi, jusque dans sa cuisine. Son palais minuscule d'où sont sortis les plus beaux plats du monde, l'endroit où elle m'a dit les choses les plus importantes, l'endroit où elle m'a donné les bijoux de mon grand-père. Parce que je venais, moi aussi, de rencontrer un garçon des beaux quartiers. Je devais, à mon tour, épouser un gars et faire rentrer dans notre famille des gens qui allaient nous snober, nous traiter de bédouins en savates. Malheureusement pour moi, je ne l'ai compris que trop tard.

Ma grand-mère s'est adressée à moi en premier, puis elle a regardé ma cousine et elle a dit :

— Ce que je vais vous dire là est valable pour vous deux et pour toujours. Toi, Lili, tu n'entends jamais rien mais là, tu vas m'écouter *fumti 'ya'amri* ?

J'ai acquiescé. Je n'avais pas d'autre choix, elle a toujours été ma parole divine. Ma grand-mère ne s'est jamais trompée.

Elle a essuyé la farine sur son tablier qui était un vieux drap, elle a repoussé ses cheveux avec son avant-bras, et elle a dit :

— Lili, Sarah, il faut que vous me promettiez une chose.

— Quoi encore ? Je ne mangerai pas casher. J'y crois pas à ces conneries, j'ai dit comme si c'était le sujet.

— Arrête avec ça toi, *ya rhmala* ! Non, c'est autre chose… promettez-moi que toujours vous payerez votre loyer, vos factures.

— On paye déjà, Yama, j'ai dit et Sarah écoutait.

— Non, mais quand vous allez acheter la maison avec votre mari, vous insistez pour payer au moins la moitié, si vous pouvez, vous payez tout. Et vous payez l'électricité. C'est très important.

Et Sarah a enfin parlé :

— Je n'aurai pas les moyens. Je ne gagne pas ce que gagne Lili.

Et moi j'ai précisé :

— Moi, je n'aurai pas l'argent pour payer seule un grand appartement, Yama.

Elle nous a ordonné de travailler plus pour gagner plus et parfois je me dis que ma grand-mère aide Henri Guaino à rédiger les discours de Nicolas Sarkozy. Elle chuchota en serrant ses lèvres comme si elle nous dévoilait un secret d'État :

— Voilà, je vous dis, vos maris de chez les riches, ils vont vouloir payer la maison pour bien faire comprendre que c'est eux les riches, jurez-moi devant moi que vous dites non : vous payez au moins la moitié. Sinon, jamais je viens chez vous.

Sarah a promis avant moi :

— Je te promets, je paierai la moitié. Je vais prendre un prêt sur cinquante ans, mais je paierai la moitié, mémé.

Ma grand-mère a insisté :

— Et les factures, vous les payez. Jurez !

Là, c'est moi qui ai dit :

— Je te jure, ça va. Calme-toi. On dirait qu'on part en taule, on va juste se marier.

Et Margot a dit :

— Chez les riches, c'est kif-kif ils sont prisonniers les uns des autres.

Puis elle m'a prise par les épaules parce qu'elle savait que j'étais de la trempe des insoumises :

— Toi aussi tu auras ta Samantha, je l'ai pas encore vue ta belle-mère, mais ton futur mari, je l'ai vu un peu, c'est un mauvais signe de sa mère, celui-là ! Je veux que ce soit toi qui payes l'EDF, toi qui mettes la lumière dans votre maison. Je veux que sa mère, jamais elle dise : « Je suis chez mon fils. » Elle sera chez TOI, avec ses manières et son français des livres… Naa'hardina… (bon je ne traduis pas parce que vous aurez compris que ce n'est pas un mot très gentil).

— Arrête, Yama, on s'en fout d'elles, elles ne seront que nos belles-mères…, a dit Sarah pour tempérer la tempête de Margot qui a surenchéri, a mis en garde ma cousine :

— Toi, ta belle-mère, elle est pas belle dans ses manières. Elle va vouloir te casser ta vie parce que la sienne, elle l'a ratée. Voilà j' te dis, tu te tais quand elle vient, tu lui donnes un sourire et un café et wakauf (qui veut dire « suffit »).

Quelques jours après que David l'a demandée en mariage, Sarah est tombée enceinte. Elle est allée annoncer la nouvelle à ma grand-mère qui a dit : « C'est une mitzvah » – disons, une bonne action, une pierre à l'édifice juif. Elle est allée trouver le rabbin qui a dit : « C'est une mitzvah. » Elle est allée consulter notre oncle religieux qui a dit : « C'est une mitzvah », alors elle a été rassurée. Nous avons fêté ça avec ses sœurs et ce fut, je dois dire, la plus belle nuit de notre vie.

Puis un soir de pleine lune, Sarah m'a appelée en suffoquant. Elle venait de surprendre une discussion téléphonique entre David et son grand frère. Elle a eu froid dans tout le corps.

Samantha avait demandé à l'aîné de son futur mari de convaincre ce dernier de faire arriver Sarah à la synagogue avec un ventre plat. Le mariage étant prévu six mois plus tard, tout Neuilly serait là, elle ne pouvait pas lui faire ça, la petite prolo. « Je viens d'une bonne famille, moi ! » précisa-t-elle à ses enfants pour leur signifier à quel point elle désapprouvait cette union contre nature sociale. Samantha était très remontée contre ma cousine qui n'a jamais fait de mal à personne, qui n'ose pas manger de viande ni de poisson, parce qu'ils sont la conclusion d'un meurtre, dit-elle.

Sarah conclut que, soit Samantha voulait que cette dernière avorte, soit elle voulait… qu'elle avorte. Elle était consternée à l'idée qu'un être humain dit « civilisé » puisse souhaiter et organiser l'assassinat d'un enfant à venir. Sarah était dans tous ses états, en plus du reste, des nausées, de la fatigue. J'avais peur pour son bébé, je lui demandais de ne pas être triste et je pleurais beaucoup en lui conseillant cela. Je n'ai jamais été un bon exemple de sang-froid.

Quand elle a eu séché ses pleurs, Sarah voulut défier sa vieille bique aigrie de future belle-mère, mais la bourgeoise de Neuilly sait, plus que quiconque, se défiler.

Sarah a bouffé son frein et mon énergie jusqu'au dimanche suivant, jour où Samantha venait s'assurer que le ménage était correctement fait, quand elle vérifiait, l'air de rien, le remplissage du réfrigérateur, scannait le bac à linge sale…

Elle avait cette joyeuseté affichée que ma cousine détestait. Même quand vous confrontiez Samantha à ses abominations, elle souriait sans répondre. Elle prenait la posture des politiciens acculés, celle qui vous laisse entendre qu'ils maîtrisent, elle avait cette désinvolture naturelle, genre « le pire n'est pas très grave ».

Sarah lui a dit sans tortiller :

— Alors comme ça vous voulez que j'avorte ?

Le brushing de Jakie Quartz de Samantha n'a pas bougé mais sa lèvre inférieure tremblait :

— Non ! Pourquoi, tu es enceinte ?!

Elle mentait avec un aplomb de cheval de trait, mais ses mains se cachaient sous ses coudes.

Le mensonge de la bourgeoise est le meilleur moyen qu'elle a trouvé pour éviter le bruit.

Sarah est restée placide, elle a gardé ce calme que toute notre famille lui envie, et elle a dit :

— Un jour je dirai à cet enfant que vous avez voulu le tuer.

Et Samantha a répondu calmement tout en plongeant ses yeux dans sa tasse de thé :

— Mais, ma chérie, tu n'es enceinte que de cinq semaines, tu peux encore faire une fausse couche.

Sarah a mis au monde une fille de quatre kilos cinq jours après le terme. Elle a mis le fils de Samantha dans une poubelle quand il s'agrippait aux murs, la suppliait de lui pardonner ses coups de bite qui étaient autant de coups de canif au contrat moral qu'ils avaient passé devant Dieu et monsieur le maire. Sarah a vendu pour du vent les bijoux que son mari lui a offerts. Elle a perdu la bague de fiançailles et l'étoile en diamants que David lui a tendues à Jérusalem, entre les vagues du Pacifique un jour qu'elle nageait pour noyer sa tristesse. La bague a glissé de son doigt, le collier s'est détaché de sa nuque presque au même instant. Elle a jeté dans la rivière, devant lui, sous la pluie battante qui tombait sur leurs têtes et le pont de Brooklyn, l'alliance de David gravée à son prénom, son alliance en diamants gravée au sien. Elle a fait pleurer son mari, lui qui se vantait, se prétendait un homme parce qu'il avait appris à ligaturer ses glandes lacrymales. Puis Sarah a changé de vie. Cette fille a le calme et la puissance d'un dieu là où moi j'étais la force pas tranquille.

Samantha a très vite compris qu'elle n'aurait pas prise sur les décisions de sa belle-fille, sa vie et ses refus d'obtempérer. Elle craignait que sa bru reprenne les rênes du cheval qui tirait la carriole de pognon dont David avait hérité. Alors elle a d'abord tenté une approche amicale mais Sarah n'a pas pu jouer à son jeu très longtemps. Les deux femmes n'étaient pas régies par les mêmes lois morales.

Samantha tendait la main à son fils parce qu'elle voulait changer de voiture, changer de décor, changer les meubles et la peinture. Et lui, il payait parce qu'il culpabilisait d'être heureux avec ma cousine. Ça la répugnait en silence. Sarah lui a quand même dit un matin que son mari pleurait de devoir « casser un produit financier » pour assouvir les envies de maison de campagne de sa chère maman :

— Eh ! Tu ne trompes pas ta mère avec moi... Je suis ta femme. Tu n'es pas obligé de lui offrir une montre quand tu m'offres une montre... Tu n'as pas à lui offrir une maison de campagne parce que tu m'emmènes en vacances.

Mais il n'entendait pas parce qu'il est des choses qu'un fils juif ne peut pas entendre.

Le couple formé par Sarah et David n'a pas tenu parce que leurs éducations étaient trop opposées. Ils n'avaient pas grandi dans la même réalité.

Quand Sarah a largué David, il a fait demander son expulsion en mesure d'urgence du domicile familial auprès d'un collège de juges de la première chambre du tribunal civil du palais de justice de Paris. La promesse que Sarah a tenue, celle faite à Margot dans sa cuisine, lui a permis de ne pas finir dans la rue avec sa fille de deux ans. La juge a dit : « Mais monsieur, votre épouse est propriétaire de la moitié du bien, vous ne pouvez pas la déloger comme ça. »

David, dont le grand-père avait été chassé de son XVIe arrondissement en 1941 par ses propres domestiques qui étaient de bons catholiques, pensa l'humilier elle aussi, punir ma cousine d'être celle qui ne courberait pas. L'allégeance on la doit au roi, pas au bouffon. Il voulait laisser sa femme sur un trottoir pour se donner l'illusion de maîtriser alors qu'en vérité c'est elle qui l'abandonnait.

L'homme ne tire aucune leçon du passé, l'eau coule sous les ponts et charrie les mêmes drames. Le monde tourne en rond et, parfois, ça lui fait perdre la tête.

Sarah aimait bien le grand-père de David. Il n'avait aucun point commun avec Moïse, l'homme qui nous avait élevées elle et moi – enfin surtout moi, Sarah a eu un père formidable. Mais il portait, lui aussi, un prénom de patriarche.

Samuel avait échappé à la déportation en fuyant vers l'Italie, il n'en parlait jamais, mais on voyait bien que le fait d'avoir été rejeté pour ce qu'il était lui faisait mal, même soixante ans après. Il dit à ma cousine :

— Si j'avais su, j'aurais refait mon nez… mais, en 1941, ce n'était pas encore à la vente.

— À la vente ?

— Oui ! Les petits nez ! Ma fille, Samantha, tu sais, ta belle-mère…

— Oui, oui, Samantha.

— Quand elle a eu dix-sept ans, en 1961, je lui ai fait

refaire son gros nez. Quarante mille anciens francs. Une patate sémite qu'elle avait, y avait du boulot ! Après je lui ai encore donné vingt mille francs, et je lui ai dit : « Allez, tu n'es pas faite pour l'école, maintenant que tu es jolie, que tu sais lire et écrire, va te trouver un mari. Vingt mille balles que je lui ai passés pour qu'elle aille traîner dans les palaces de Biarritz et Saint-Jean-de-Luz ! C'est comme ça qu'elle a trouvé son mari. Et toi, pourquoi tu t'obstines à travailler comme ça ? Mon petit-fils, il a de la fraîche, il va te faire une vie, mais je te dis, maigris un peu, et fais-toi refaire ton nez, toi aussi, il est gros. Dans la famille, on aime les femmes à petit tarin qui savent rester à leur place. Ta place, mon petit Sarah, elle est dans ta cuisine, derrière ta bonne. »

Et Sarah riait parce qu'elle est la lumière :

— Mais ça c'était à votre époque, papi Samuel. Les femmes, elles travaillent maintenant !

— Ouais, bah, arrête de frimer avec ton métier de cuisinière… Tu vas complexer ton mari, et un mari qui se sent plus petit que sa femme il cherche à se voir plus grand dans les yeux d'une autre.

Il faut toujours écouter les vieux. David a trompé Sarah pendant des mois avec un fil de fer blond dont la principale activité consistait à porter des dossiers et à poser sur des tables de réunion des cafés pas trop chauds en prenant bien soin de laisser paraître la naissance de ses seins. Il n'y a pas de sot métier mais il y a quand même des boulots de connasse.

Sarah, qui avait la vengeance patiente, ne manqua pas de raconter l'épisode du nez refait à Samantha lors d'un dîner dominical obligatoire où étaient présents ses quatre enfants. Papi Samuel était assis à côté d'elle, il fit la sourde oreille parce qu'il avait dépassé les quatre-vingts ans. Il refusait de confirmer devant public, ce qu'il avait confié à ma cousine quelques jours plus tôt. Dans la cuisine il lui dit quand même :

— Tu en as du culot, mon Petit Sarah !

Samantha jeta à sa bru un regard de « ça y est, c'est la guerre chaude ». David, pour qui le courage est juste une notion romanesque, se servit d'une main une troisième part de rôti en souriant à sa mère, et caressa les cheveux de sa femme qu'il trompait déjà, de l'autre.

Dans la voiture, alors qu'ils rentraient chez eux, David, qui commença à tromper Sarah quand elle était enceinte de huit mois, lui dit :

— Il y a des choses qui ne se font pas, Sarah, tu comprends ?

— Genre quoi ?

— T'es complètement folle d'avoir parlé du nez de ma mère !

— Tout le monde était au courant… maintenant je comprends pourquoi elle refuse de montrer des photos d'elle enfant…

— Tu abuses, Sarah. Tu ne sais pas te taire… Ta cousine Sylvie a trop déteint sur toi… Éloigne-toi d'elle, ce sera mieux pour toi… Construis-toi toute seule… Tu deviens comme elle, une langue de pute. Pourquoi tu fais ça ? Tu ne vois pas que ça fait du mal à ma mère ? Pourquoi tu es méchante, hein ? Pourtant je te donne tout, tu ne manques de rien avec moi alors pourquoi hein ? Pourquoi ?

Sarah n'a pas répondu parce qu'elle savait que son mari n'entendrait pas. Samantha avait intrigué pour que ma cousine avorte, puis elle l'avait humiliée à la synagogue devant le chantre en prétextant que Sarah n'avait pas payé les cinquante mille francs demandés par les autorités religieuses pour célébrer leur mariage. « Somme que tu t'étais pourtant ENGAGÉE à payer !!!! » a hurlé Samantha devant nos deux familles. Mes oncles s'étaient cotisés pour payer les cinquante mille francs. Il fallut que ma grand-mère sorte le reçu du consistoire (l'équivalent du diocèse mais pour les juifs), qu'elle avait miraculeusement conservé dans un sac vide que je lui avais prêté pour la grande occasion.

Sarah dut se justifier devant trois cents personnes. Prouver qu'elle avait participé financièrement aux réjouissances que sa belle-famille voulait fastueuses, alors qu'elle était cuisinière dans un petit restaurant du nord de Paris.

Elle, qui n'a jamais détesté personne, se mit à maudire sa belle-mère. Samantha avait parlé de ma famille comme de gens stupides venus du désert, elle nous appelait « les marchands de sable ».

Quand il m'arrivait de la croiser, elle me disait, alors qu'elle savait bien que je n'avais pas eu de père, que ç'avait été une souffrance, que mon grand-père était parti trop tôt, elle racontait avec moult détails, comme il était bon d'avoir un père encore présent, que ce dernier lui avait payé les meilleures nurses, qu'elle n'avait jamais eu de taches sur ses robes à smocks – pas comme nous. Elle parlait des gants blancs qui avaient contenu ses mains alors qu'elle était une petite fille et même une adolescente. Moi, je sais que ces gants cachaient ses mains sales. Celles qui caressaient d'autres hommes en cachette de son mari, celles qui bâtissaient des souvenirs interdits pris sur le temps qu'elle aurait dû consacrer à ses quatre enfants. Et puis, elle détestait cordialement son frère, lequel, le lui rendait bien.

Le jour du mariage religieux de ma cousine avec David, la nounou principale qui l'avait élevé pendant que Samantha vivait sa vie tira Sarah par la manche, une heure avant la cérémonie. Elle devait se planquer dans la synagogue – les rituels religieux, et ceux des juifs en particulier, me dépasseront toujours. Maria-Dolorès entraîna ma cousine dans un petit bureau sombre attenant à la salle des mariées, elle se signa devant nos tables de la Loi, puis elle avoua à Sarah comment Samantha avait trompé son mari pendant toutes ces années. Elle lui dévoila les tricheries, les détournements des fonds familiaux par l'ingrate, la revente des bijoux offerts par l'époux pour financer les escapades dans des hôtels avec des hommes pas sérieux. Maria-Dolorès était une vieille Espagnole rugueuse et loyale. David avait été le fils qu'elle aurait rêvé de donner à Monsieur. Sarah ne voulait pas savoir, pas maintenant, ce n'était pas le moment. Mais Maria-Dolorès parlait, elle parlait, comme si notre Dieu juif l'écoutait, comme s'il fallait balancer la vérité dans un lieu saint pour qu'enfin l'Éternel punisse sa patronne qui avait été « *una puta, una marrana* » – et elle se signa à nouveau devant nos Textes parce qu'elle avait prononcé des mots honnis.

Sarah est passée sous la houpa (l'autel des juifs) en étant convaincue que ce mariage tournerait court. Je lui tenais la main, je souffrais avec elle, elle dit : « Je suis en train de faire une connerie », et je lui répondis : « Trop tard, fallait y penser avant. » Nous avons divorcé à peu près au même moment elle et moi, parce que nous avions fait le même choix débile, celui dont on pensait qu'il nous mettrait à l'abri des besoins matériels et affectifs pour le restant de nos jours.

Le premier mariage, on le fait pour les autres, on le fait parce qu'il faut ; c'est le fardeau judéo-chrétien qui pèse autant qu'il apaise. Sarah se mariait pour rassurer ses parents, dire à son père alors malade, c'est bon, tu peux passer le relais. Et puis elle avait toujours voulu attirer le regard de notre grand-mère, qui, je peux bien le dire maintenant, n'avait d'yeux que pour moi. J'étais le seul membre de cette famille nombreuse et criarde à ne pas avoir eu de père, alors elle a doublé sa ration d'amour pour moi.

Un matin, Sarah a divorcé de David. Quand elle a appelé Samantha pour lui annoncer que son fils la trompait, celle-ci n'a pas réagi. Elle a balancé à ma cousine comme on file une baffe à un gosse insolent :

— Vous venez d'acheter un appartement ensemble, les travaux ne sont pas terminés, réfléchis. Tu vas perdre beaucoup d'argent. Tu as voulu jouer la bourgeoise, tu te sauves à la première péripétie. Tais-toi et fais pareil, t'es pas mieux que les autres. C'est tacite. Tu sais ce que veut dire le mot « tacite », Sarah ? Reste. C'est la seule façon que tu auras de ne pas finir toute seule. Si tu divorces, ne crois pas que mon fils paiera pour toi. L'argent de notre famille restera dans notre famille.

Sarah a répondu avec ce calme qui était sa force :

— Vous ne changerez donc jamais ?

Alors Samantha a violemment raccroché au nez de ma cousine qui pissait des larmes.

Quelques mois après le divorce de Sarah, Samantha a porté plainte contre son ex-belle-fille parce que celle ci essayait de joindre au téléphone sa fille que David, occupé par ses copines joyeuses, avait confiée à sa mère pour la semaine.

Sarah a été convoquée au commissariat de Neuilly pour « appels malveillants ». Sa fille n'avait pas quatre ans, elle a hurlé cinq jours durant parce qu'elle voulait voir sa mère. Et Samantha de lui dire : « Demain, demain… elle dort là, ta mère. » Même à 10 heures du matin, même à 16 heures, elle refusait qu'une petite fille en larmes parle à celle qui lui avait donné la vie alors qu'elle la suppliait.

Les histoires d'amour finissent mal en général, mais la bonne nouvelle, c'est qu'un amour qui meurt laisse la place à la chance. Celle de tout refaire. En mieux.

La fin du monde avait une suite

Sarah avait tenté d'épater Margot en lui présentant un homme bon sous tous rapports et elle s'était brûlée à la glace. Elle n'a pas vu venir le diable et moi, j'ai voulu faire comme elle, j'ai voulu la vie sucrée, de la poudre aux yeux des miens pour faire la course avec ma cousine. Faire tourner les yeux de notre grand-mère dans ma direction. J'ai connu les mêmes pièges, j'ai diagnostiqué la paille dans l'œil de Sarah, je n'ai pas vu que mon premier mari enfoncerait mes yeux à la foreuse.

À ma décharge, je sortais d'une histoire compliquée avec un garçon métis dominicano-américain, élevé chez les jésuites. Ma grand-mère m'a dit au bout d'un quart d'heure :

— Il va te faire souffrir celui-là.

Et je lui avais répondu :

— Raciste va ! Tu dis ça parce qu'il est noir !

— Je ne suis pas raciste, tu sais bien ! Mais voilà, Lili, il faut regarder les choses en face, ce garçon, c'est un doudou !

— Un doudou ?

— Oui, un doudou dis donc, là ! Ceux-là des îles

qu'ils dansent leurs danses de « hum hum » ! (Ma grand-mère ne prononce pas le nom de Dieu ni le mot « sexe ».)

— Hein ?! Mais il n'est pas antillais, il est dominicain !

— C'est kif-kif bourricot ! avait-elle conclu en se servant un nouveau café afin de garder ses nerfs bien au chaud.

Vous préciser, quand même, qu'on n'est pas racistes chez nous, et d'abord, comment le pourrions nous avec nos origines bigarrées ? À La Courneuve, on se moquait des Noirs, lesquels se foutaient de la gueule des Arabes qui raillaient les Portugais qui cognaient sur les Espagnols qui montraient les juifs du doigt, mais on s'acceptait tous avec nos bruits et nos odeurs. On aimait bien attaquer les mères et les pays d'origine parce que ça faisait des sujets de conversation. Mais, la vérité, c'est que ça nous rassurait toute cette différence dans si peu de mètres carrés. On était une petite planète avec tellement de cultures dans si peu d'espace que l'on faisait le tour du monde sans avoir à quitter nos rues.

J'ai ruminé un instant et j'ai dit :

— Et la danse du ventre, c'est pas une danse sexuelle peut-être ?!

— Moins, je vais te dire. La danse du ventre tu la fais toute seule. Leur zouk, là, ils se frottent tellement qu'à la fin de la chanson, la dame, elle a plus qu'à aller faire le test de la grossesse ! Jamais tu te frottes comme ça à lui hein ?! Jure-moi sur la tête de ton grand-père, *ya meskin* – le pauvre… – que jamais tu te laisses frotter ! (Je n'ai pas juré. L'amour avec John était un truc à vous faire aimer la vie pour toujours.)

Puis elle a soufflé :

— … Heureusement, le pauvre homme, il n'est plus là pour voir ça.

Et elle essuyait ses yeux avec son poignet en évoquant celui qui avait fait d'elle une femme heureuse, une mère comblée, son mari, le seul homme dans son lit, sa moitié qui était partie trop tôt mais qui lui avait légué des fils qui la chérissaient, des filles qui ne se sont jamais détournées d'elle.

J'ai toujours dit à ma grand-mère : « Ne t'inquiète pas, j'aurai un mari juif, des enfants juifs, ils auront un nom juif » et ça l'a rassurée je pense.

Trois mois après Sarah, j'ai présenté Mickaël à ma famille. Un juif, un bourgeois avec des parents suspicieux qui nous voyaient venir de loin, nous les maramouches, comme ils se plaisaient à nous appeler en secret.

Mes oncles ont dit : « Encore un bourge dans la famille ?!!! » et c'était une intuition, leur rejet amical.

J'ai pris mari comme on choisit de se repentir. Je me prenais pour Jésus, je pensais sauver l'humanité en rattrapant les erreurs de ma mère. Elle qui m'avait conçue dans une voiture en fleuretant maladroitement avec un Kabyle repris de justice.

J'ai mis, à mon tour, un juif bourgeois dans notre famille colorée. Et j'ai mordu la poussière. C'est Élie, mon second mari, qui m'a ramassée. Sarah aussi, qui s'était vite remise comme je me remettrai vite.

Je me mariai avec un garçon au compte en banque moelleux et accueillant parce que je ne voulais pas que mes enfants connaissent mon sort de fille énervée, revancharde et impatiente. Je ne voulais pas qu'ils manquent de viande, de chaussures et de voyages. Je voulais leur montrer le monde parce que, enfant, c'est la mairie qui m'amenait en vacances.

J'ai eu une fille blonde et brillante à l'école. Je lui apprends les gros mots. Je lui apprends à ne pas se laisser faire par les autres. Je lui montre les livres. Kipling et *Les Misérables*. Zola aussi, le fils d'un immigré italien pauvre qui inventa le naturalisme parce qu'il avait appris le français en regardant sa mère, en écoutant les gens. Je lui montre La Courneuve. Le dimanche, Margot sort un billet de son soutien-gorge, elle dit : « Tu achèteras des bonbons. » Dans ma chambre d'enfant, ma mère a dressé un cénotaphe de mère juive à la mémoire de l'enfant que je fus. Elle a accroché mes gros diplômes, repassé au Stabilo les mentions, encadré les bulletins de notes du CP, du CM1, la lettre qui dit que je sauterai une classe, les tableaux d'honneur et les billets de satisfaction. Elle a disposé les récompenses, les coupes obtenues lors de petits concours hippiques. Ça impressionne mes petits. Aujourd'hui ça rassure Élie, mon second mari qui dit :

— Ah, voilà, je n'ai pas épousé une paresseuse inculte !

Et ça fait sourire Margot.

J'ai eu une belle-mère qui m'a fait la misère. Elle me méprisait, détestait mon côté bling-bling, vérifiait à chaque instant que je ne dépensais pas l'argent de son fils. Quand j'ai quitté Mickaël, elle a organisé une fête. Margot l'appelait « Mme Vapeur » parce que la vieille retapée au scalpel avait dit à ma grand-mère que la nourriture orientale était dangereuse pour la santé. Elle refusait de toucher à nos gâteaux. Un jour, elle m'a offert un cuiseur à vapeur en me mettant en garde : il n'y a pas de gros dans la famille. Le surpoids est le signe d'une origine sociale modeste, m'expliqua-t-elle un jour en faisant des circonvolutions, en tortillant son cul avec ses mots comme des insultes enrubannées.

Mon divorce a été apocalyptique. Non pas parce que je perdais un être cher – j'ai, tout comme Sarah, raisonnablement aimé mon premier mari –, mais parce que je réalisais à quel point ces gens qu'on prétend éduqués peuvent avoir des manières de démons. Le monde s'est fracassé sous mes yeux, je me suis pris une décharge de Taser devant un juge qui écouta patiemment Mickaël expliquer combien j'avais été une mauvaise mère pour nos enfants. Une mauvaise épouse. Une mauvaise personne. Une voleuse. Une menteuse. Un Danger Psychologique pour les miens. Quand la juge m'a interrogée, j'ai dit : « Euh… c'est un bon père. » Et c'est tout. J'ai omis de dire qu'il n'était jamais là. Je n'ai pas mentionné les maîtresses, les débordements, le soir dans le salon. Il était le père de mes enfants. La magistrate a insisté. J'ai enfoncé le même clou : « C'est un bon père. On s'entendait bien. Je ne comprends pas pourquoi je suis là, madame le juge. » C'est consigné. C'est gravé dans le marbre. Je ne sais pas mentir aux Instances. C'est l'éducation que j'ai reçue de mes grands-parents : on respecte les lois, qu'elles soient morales ou légales.

Le monde bourgeois, que je croyais contrôler de loin, m'a sauté au visage. C'était une grenade dont je pensais maîtriser les sursauts. J'ai rampé jusqu'à un autre qui m'a rattrapée alors que je me noyais. Élie n'a pas fait tinter les cloches ni réveillé les tambours. Il n'a pas déroulé de beaux discours. Il m'a doucement ouvert ses bras, il a pansé mes blessures, un jour après l'autre. Nous avions les mêmes origines sociales, il m'a ramenée chez moi. J'ai découvert un nouveau monde, le mien, j'ai planté mon drapeau sur une autre planète. L'étendard où j'ai écrit un nouveau nom, le sien.

La pierre, elle ne se soucie pas d'être toujours immobile, jamais il ne lui vient l'idée de changer de paysage. La pierre, elle vit sa vie tranquille sans penser au lendemain. Mais l'enfant empêchée, celle qui découvre à la télé un autre monde plus beau, d'autres petites filles mieux habillées avec un parent dans chaque main, la gamine à qui on tend un théâtre fastueux, des tentures dorées et pourpres, elle est comme Hansel et Gretel, elle cesse de réfléchir parce qu'elle a fait une overdose de moche et de privations et elle se jette en souriant dans cette vie nouvelle faite de papier et de friandises glacés. Quitte à verser des larmes de sang après, quitte à payer au prix fort son erreur, celle d'avoir convoité l'herbe plus verte du voisin pour mettre du doux sous ses pieds nus. Avant de devenir un Homme, il faut avoir été un âne.

Comme Sarah avant moi, j'avais voulu être la petite sirène qui échange sa queue poisseuse et incommodante contre une paire de jambes fuselées et rutilantes en croyant que ma vie s'améliorerait miraculeusement. J'ai embrassé Mickaël parce que je pensais être le crapaud qu'il transformerait en princesse. Je voulais devenir une autre en pensant que ça ferait de moi quelqu'un. J'ai lié mes jours et mon ADN à cet homme, comme ma cousine a mélangé son sang à cette belle-mère diabolique à la beauté bien réelle mais trépassée.

La vie était si douce, jamais une engueulade, toujours des cadeaux. Je n'ai pas voulu voir, pas pu m'arrêter à temps et j'ai trébuché, je n'avais pas le cœur assez flexible, il s'abîmait, le pauvre, tombait dans mon estomac et j'avais toujours envie de rendre.

Sarah a pardonné ses fautes à David. Elle est demeurée loin, mais elle continue d'offrir ses sourires. Ça l'a tué. Chaque jour qui passe et l'éloigne désormais de leur histoire lui rappelle la douceur qu'il a perdue.

Moi, je n'ai pas pu. Je pense qu'on ne peut excuser que ce qui est excusable. Mickaël n'a pas supporté que je refuse de fermer les yeux sur ses coups de bite hors contrat, il faisait des heures sup dans le corps d'une autre, je l'ai congédié pour faute lourde. Je n'ai jamais su faire semblant, mon premier mari dit que c'est la preuve de mon immaturité.

Et lui, pour se venger, m'a poussée au suicide en m'arrachant mes enfants, en mentant devant un juge. Mais la vie veillait, elle a été la plus forte. Je ne suis pas morte. Je ne lui ai pas fait ce plaisir. Margot dit que la vie, je la porte dans mon prénom.

J'ai refait mon nid, j'ai repris mon existence là où je l'avais laissée. Je payais pour mes mauvais calculs mais j'ai choisi de reprendre ma marche sur le côté lumineux du trottoir. Parce que comme chantait Julio Iglesias : « C'est permis d'aimer la vie et d'aimer l'amour. »

Je reste énervée, tendue, même si, en me mariant à nouveau, j'ai trouvé un homme qui mérite son grand H.

Sarah, quant à elle, a retrouvé le calme. Aujourd'hui elle se laisse bercer par les chansons que lui chante un homme qui n'a pas d'autres richesses que sa gentillesse et son sens du devoir. Il est doux comme elle est douce, leurs enfants sont la douceur personnifiée. J'appelle leur fils Minidoux parce que je suis une publicitaire après tout.

Sarah a réalisé son rêve : elle a ouvert un petit restaurant qui ne désemplit pas. Elle a fait quelque chose de sa vie et je suis fière d'elle. Elle a refusé les clignotants bourgeois, elle donne une partie de son argent à des associations juives pour s'excuser d'avoir eu d'autres enfants avec un catholique – qui n'est pas juif donc, mais qui a le mérite d'être un garçon normal et mesuré, ce qui, vous en conviendrez, est assez rare chez les membres masculins de ma communauté.

Margot qui aime bien la façon dont les choses ont tourné a dit à Sarah l'autre jour : « Tu as réussi tout ce qu'elle a raté ta belle-mère », et Sarah a rougi parce que ses enfants ont souri, alors.

Ma mère, qui a les fulgurances de ceux que la folie n'a pas épargnés, me dit un jour :

— Ce n'est pas l'adultère que tu n'as pas pardonné à ton mari, c'est sa mère ! Je la maudis, la pute de bourge ! Je lui souhaite… je lui souhaite… euh… de perdre tout son argent, tiens !

Margot demanda à sa fille de contrôler sa langue, laquelle ajouta :

— Qu'elle crève la gueule ouverte et les yeux fermés… ça va, là, maman ? J'ai pas dit de gros mot ?

La fille au père

Lorsque vous épousez la cause bourgeoise, vous recevez, dans la corbeille de la mariée, des rites et quelques passages obligés.

Quand j'ai eu mon premier enfant, mon mari, celui d'avant, m'a offert Angie, une employée de maison philippine, fourbe comme Scapin et dévouée comme une vieille Corse devant son Christ.

Puis, comme ce n'était jamais assez (ou peut-être parce qu'il avait envie de se taper une nana qui n'avait pas encore eu d'épisiotomie), il m'a proposé de mettre une fille au pair dans notre décor bourgeois.

Nous vivions dans un loft immense avec un studio attenant. La fille au pair vous donne quelques heures de son temps contre un logement et un peu d'argent.

C'est ainsi que j'ai rencontré Mélissa.

Mélissa était la fille d'un ami du défunt père de mon époux. Je l'ai donc reçue chaleureusement mais, elle, elle n'était pas là pour rigoler.

Elle s'est assise sur mon canapé d'angle et a remarqué qu'elle avait le même dans sa chambre, à Nice, où elle venait de passer sa vie. Le canapé faisait déjà douze mètres carrés alors j'ai pensé que sa chambre devait être grande, sans réfléchir plus avant.

Elle a posé sur une chaise, « parce que par terre, c'est sale », un sac Fendi d'une valeur de quatre mille deux cents euros dont je connaissais le prix par cœur puisque je possédais le même. Elle était petite, toute riquiqui, une poupée magnifique, la peau dorée, les cheveux blancs à force d'être blonds sous le soleil, les yeux vert clair, un nez comme une rumeur de nez, une bouche longue et fine et des dents blanches et carrées comme des dragées de chewing-gum. Ses lèvres étaient roses sans qu'elle ait besoin de les aider à l'être. La peau de ses épaules était nacrée et couverte d'une multitude de petites graines de soleil couleur caramel.

Je lui expliquai qu'elle serait là le soir pour donner son dernier biberon à ma fille – je me couchais tôt depuis toujours, ce n'était pas un bébé qui changerait mes habitudes – et que je la solliciterais quelques heures le samedi matin, pendant la sieste de la petite, afin que je puisse aller faire mon marché.

J'ai cru que je venais de l'insulter. Elle m'a regardée en biais et en tordant sa bouche et elle a dit :

— Ahhhh heeeeinnn non, j'crois pas, non…

Je l'ai encore regardée en pensant que si j'insistais avec mes yeux elle me comprendrait mieux, mais on ne peut pas forcer un tronc d'arbre à faire des claquettes. Elle a ajouté :

— Je ne travaille pas le week-end, ni le vendredi soir. Le vendredi soir, je sors. Sinon à quoi ça sert d'être venue sur Paris ?

Cette fille était tellement convaincue par ce qu'elle disait que vous n'aviez pas d'autre choix que de ravaler vos objections.

Elle demandait quinze euros de l'heure parce qu'elle avait eu son bac du premier coup (???) et là c'est moi qui ai gentiment expliqué que je voulais bien être prise pour une conne mais pas tout le temps.

J'ai voulu achever l'entretien, la renvoyer sur sa terre cagole, mais mon mari, le premier, m'a demandé d'être moins radicale. Il s'occuperait du biberon du vendredi soir.

On obtient tout avec un sourire vitrifié et des seins qui flottent au vent comme des drapeaux.

J'ai reçu Mélissa chez moi comme on accueille un invité de marque. Je lui ai demandé quels étaient ses goûts en matière de literie car je pense qu'on travaille bien quand on dort bien. Elle a entortillé ses genoux :

— Pitié, pas de draps foncés, ça fait des taches.

Je n'ai pas prêté attention à cette phrase parce que je trouvais qu'elle n'avait aucun sens.

C'est après que j'ai compris. Quand mon employée philippine s'est plainte. Elle devait s'occuper du ménage du studio qui abritait Mélissa. Elle devait changer les draps et, un jour, elle m'a fait « non » de la tête. Elle s'est signée en langage catholique, et, avec son menton, a fait des « non, non, non » en accéléré.

Je suis entrée dans le studio qui m'appartenait encore et, en soulevant la couette, j'ai vu que le cargo de la banque internationale du sperme avait échoué dans son plumard. Une marée blanche assez impressionnante. J'ai changé les draps en mordant ma lèvre et j'ai laissé un petit mot sur la commode qui supportait le téléviseur que j'avais acheté pour elle.

Elle a débarqué le soir même dans mon salon, c'était une tornade du mois de juillet à Miami, elle hurlait à l'intrusion, prétendait que j'avais violé son intimité. Il ne restait plus grand-chose à violer chez cette fille ouverte de partout mais j'ai quand même essayé d'argumenter.

Elle a menacé d'appeler son père qui avait le bras long, il s'étendait jusque dans la publicité, m'assena-t-elle en fronçant son minois joli. Il était un client potentiel. Je n'étais pas payée pour ramener des clients à l'agence, sa menace était comme elle, déplacée, mais son attitude, son ingratitude plutôt, m'a rendue hystérique, alors je l'ai dégagée de chez moi à coups de statue de bronze jetée à sa belle gueule et c'est comme ça qu'elle est allée calmer ses nerfs entre les draps frais que j'avais pris la peine de changer après une lourde journée de travail.

Il faut éviter d'être trop gentille avec les filles à papa. Après, elles vous chient sur la gueule. Après, elles vous font sentir sans parler que ce serait bien si vous pouviez vous occuper un peu de vos gosses tout en continuant à les rétribuer.

Le père de Mélissa m'a téléphoné un matin que j'avais quarante de fièvre. Il était un homme poli, il a demandé :

— Je ne vous dérange pas ?

J'étais malade, j'ai dit :

— Si, un petit peu, j'ai la grippe, puis-je vous rappeler demain ? mais il n'a pas attendu ma réponse. Il m'a tenu la jambe qui était mon oreille rougie par la fièvre et le contact prolongé avec un téléphone portable qui me chauffait l'esgourde. Il m'a parlé pendant cinquante minutes de sa fille qui n'avait pas d'autre ambition dans la vie que de dégoter des places pour le concert de Madonna, ou se faire offrir en avant-première le dernier kit beauté Shu Uemura et j'ai dit qu'elle était jolie, qu'elle devrait peut être envisager une carrière de chanteuse alors qu'en vérité, je pensais qu'elle aurait fait un chiffre d'affaires honorable en louant son cul aux Chinois pétés de thunes qui traînent leurs guêtres sur les Champs-Élysées.

Le père de Mélissa m'a dit : « Vous êtes sa dernière chance », et j'ai objecté mollement qu'elle n'avait que dix-huit ans, qu'il ne pouvait pas jeter sa fille, qui n'était encore qu'un bébé, avec l'eau du bain, et il a soufflé pour me signifier que je l'excédais. Puis il a inspiré fort. Il a soufflé deux fois. Il y eut un silence et il a dit : « Écoutez, ça me gêne de vous dire ça… voilà… je voulais vous proposer de vous dédommager. Je vous paierai ses heures de baby-sitting et le loyer du studio. »

J'ai refusé. Il m'a d'abord suppliée puis il a menacé de tout répéter à ma belle-mère. Je n'ai pas bronché. Enfin il a proposé : « Mille cinq cents euros pour le studio et les heures », alors j'ai cédé parce que le bon sens m'a rappelé que ça paierait le salaire de mon employée philippine.

Je lui ai quand même demandé de cadrer sa fille et il a dit : « Mais ce n'est pas ce que je suis en train de faire là ? » Non, monsieur le papa de Mélissa. Là, tu triches, tu payes pour avoir la paix, mais moi je sais que la dernière connerie à faire avec une bourgeoise comme Mélissa, c'est de raquer pour qu'elle vous laisse tranquille. Ce type de bourge est le pire placement financier qui soit. Plus tu dépenses pour elle, plus tu dois débourser.

Ma fille de trois semaines s'est donc retrouvée avec deux baby-sitters. Une étudiante infirmière que j'avais recrutée à l'arrache parce qu'elle avait le sens du devoir et encore plus celui du travail bien fait, donnait son dernier biberon à mon bébé pendant que Mélissa répandait des odeurs de vernis à ongles dans la chambre de ma petite.

Au bout de huit jours de ce régime, j'ai renoncé. Je suis allée trouver Mélissa, lui ai demandé de rester dans sa chambre, de se mettre en disponibilité des fois que la petite étudiante du corps médical soit frappée d'une crise cardiaque (il fallait bien que je trouve une excuse pour continuer à la payer). Elle m'a embrassée pour me dire merci et, le soir même, des cris de jouissance orgasmique sont revenus faire trembler les murs de sa chambre (je suis sûre qu'elle simulait, on ne peut pas mettre autant d'énergie à signifier un plaisir si personnel). Ses hurlements faisaient passer les murs porteurs de mon loft pour des cloisons japonaises si bien que le voisin de soixante-dix ans se mit à faire cligner son œil quand il me croisa dans l'escalier. Il me traita de petite coquine aussi.

Un peu plus tard, Mélissa me présenta l'homme qui lui faisait l'amour comme on cherche du pétrole, celui qui creusait jusqu'à son for intérieur et je compris pourquoi les garçons de ma cité disaient des filles pas farouches qu'ils allaient leur « mettre une cartouche ». Le mec de Mélissa était le genre de gars à tirer des balles avec sa bite. Il faisait l'amour comme on punit, histoire de bien rappeler qui était le plus fort pendant la joute. En le voyant me broyer la main pour me dire bonjour, je réalisais que Mélissa criait parce qu'elle avait mal, pas parce qu'il lui faisait du bien… Il était massif. Il avait des doigts… énormes. Des saucisses.

Les bourgeoises et le cul… Pas besoin d'être Michel Foucault pour comprendre qu'elles ne savent pas mettre de limites quand la lumière s'éteint et que le drap se referme sur elles. On leur a appris à tout cacher, à ne jamais se plaindre. On leur a montré que la vie réussit à celles qui se taisent, savent *prendre sur elles*. Alors, quand elles se retrouvent dans le noir, elles dévoilent leur part animale honteusement cachée. Elles hurlent, elles se lâchent. Elles rééquilibrent.

La sexualité, quand elle n'est pas le moyen de s'assurer une rente financière, de convaincre un homme correctement salarié de signer un papier devant monsieur le maire, est le biais qui permet à la bourgeoise de s'autoriser ce qu'on lui a toujours interdit : être une chienne qui aboie.

Je rappelai le père de Mélissa. C'était à mon tour de le supplier. J'étais fatiguée. Je rembourserais tout et il a dit que j'étais égoïste, que je ne pensais qu'à mon confort bourgeois et je tentais de lui expliquer que je voulais juste dormir normalement, profiter un peu de mes journées avec mon bébé. Je n'allais pas devenir la mère d'une pétasse de dix-huit ans alors que j'avais accouché seulement cinq semaines plus tôt.

Le père de Mélissa me demanda sincèrement :

— Mais qu'est-ce que je vais faire d'elle ? Elle n'est pas faite pour le travail.

J'ai répondu :

— Vous savez, a priori, personne n'est fait pour travailler… Puis je le rassurais : – Ne vous inquiétez pas, elle est jolie, elle trouvera un bon mari qui fera ça pour elle.

Enfin je le questionnais sur sa femme, la maman de Mélissa :

— Une catin. Pas un exemple à suivre, me dit-il.

C'était sans appel. Je poursuivais :

— Elle ne pourrait pas la prendre chez elle ?

Et c'est comme si j'avais parlé d'un chien qu'il fallait caser pour les vacances. Le père s'insurgea comme un juif résistant à Varsovie :

— Quoi ?! Ça va pas ?!!! Elle va me la pourrir ! Déjà qu'elle n'est pas courageuse, ma fille, je n'ai envie qu'elle devienne en plus malhonnête !

J'avais beau lui dire que ce serait peut-être bon pour Mélissa de renouer avec sa maman mais il avait autre chose à faire, il avait une réunion importante, il me dit :

— Débrouillez-vous après tout, c'est votre employée, pas la mienne. Je continuerai de payer. Si vous ne déposez pas mon chèque, j'en conclurais que vous l'avez remerciée. Au revoir, madame.

Quand les bourgeoises se retrouvent dans l'impasse, souvent, elles provoquent un dîner. Quand elles veulent obtenir quelque chose de vous sans oser le demander, elles vous invitent à leur table.

La belle-mère de Mélissa, une femme à laquelle je ne m'attendais pas, m'a ouvert la porte de son pied-à-terre parisien, un soir de novembre. Elle s'est excusée pour la petitesse et le chiche de l'endroit, puis elle m'a installée sur un sofa de grand hôtel. C'est une femme élancée de partout malgré sa cinquantaine, ses cheveux sont longs et noirs, ses mains sont longues, ses yeux s'étirent comme des petits poissons de friture. Elle joue les Georges Marchais scandalisés quand elle croise une poussière ou quand la bonne fait tomber une cuiller sur la laine précieuse qui reçoit nos pieds qu'elle ne demande même pas de déchausser.

Elle est là pour contrôler un monde parfait alors elle s'agite comme un chef d'orchestre et ça me donne le tournis.

Elle tient déjà un verre de Campari et elle sourit aux murs, aux tableaux et même à la moquette qui, pourtant, n'a rien dit de drôle.

Le papa de Mélissa sort de derrière une porte et, sans attendre, se jette sur moi comme si j'étais le sauveur, il me prend les mains comme c'est l'usage quand un miracle s'accomplit. Il me regarde fixement pour me faire taire : « Merci, merci, merci », dit-il comme si la messe venait d'être dite, alors qu'il ne m'a pas encore convaincue de garder sa fille encore un peu. Je ne sais jamais comment me comporter lors de ces pantomimes enrubannées, alors je provoque.

Mon mari a honte de mon manque d'éducation et moi je jubile à l'idée de les voir se forcer à être aimables pour que je continue d'être docile. Je dis :

— Bon, on a quelque chose à me demander, je crois ? alors que l'apéritif n'est pas encore servi. Je mets les pieds dans le plat pour éviter d'avoir à subir les manipulations qui sont la spécialité de ces gens-là, bref, je prends les devants et Perla, la femme argentine du père de Mélissa, me répond du tac au tac :

— Oui… On aimerait bien que tu gardes Mélissa encore un peu. On vit à Nice sept mois par an, le reste du temps, nous voyageons, nous ne voulons pas qu'elle soit livrée à elle-même.

Je cherchais une nounou pour ma fille et voilà qu'ils me demandent de devenir celle de leur gamine.

Mélissa devient rose, le père de Mélissa est écarlate, mon mari est muet, les baies vitrées sont hautes, si on ajoute de l'eau à ce tableau, on voit un bocal noyé de poissons rouges.

Je pensais qu'elle mettrait plus de temps à cracher sa Valda alors je dis :

— Je pensais que vous mettriez plus de temps à cracher votre Valda.

Mon mari qui vient de leur monde de triche me serre la main pour me faire taire.

Perla sourit même quand elle n'est pas contente.

Mélissa se colle à son père pour l'attendrir ou le forcer à réagir.

En guise de réponse, le père change de sujet. Il est choqué par la nouvelle discipline du peuple : le *street golf*, du golf, certes, mais dans la rue, loin des greens magnifiques de son enfance. « Le golf du pauvre ! » s'offusque-t-il. Mélissa attend toujours que son dab m'en colle une, mais lui, il continue à parler de tout et de rien. De rien surtout. Il meuble avec du bruit.

Ces gens sont donc incapables de dire les choses simplement ?

Perla sourit encore. Elle parle en souriant, comme les poupées Barbie. Elle paraît intelligente, elle aborde à nouveau le sujet qui l'a amenée à provoquer ce dîner. Elle est impatiente de se débarrasser de sa belle-fille. J'écouterai ce qu'elle a à me dire. Mais pas maintenant, pas devant Mélissa, qui ne montre même pas sa tristesse alors qu'elle est un poids pour les siens, que l'on cache tout dans cette maison parfaite, sauf l'essentiel. On aime Mélissa, mais de loin.

Le papa se tait. Les hommes de pouvoir ont du courage quand ils sont cachés derrière de grands bureaux et des responsabilités, mais, dès que tu les lâches dans la vraie vie, ils deviennent placides et maladroits.

Comme personne ne semble vouloir préserver la victime qui consent à ce qu'on la méjuge, je me justifie :

— Mélissa perd son temps chez nous. Elle est feignasse, elle fait du bruit la nuit… et puis… j'ai vendu le studio, il faut partir à la fin du mois, Mélissa.

Je dis ça sans la regarder mais en m'accrochant aux yeux de mon mari pour qu'il ne me laisse pas tomber.

Quand je ne sais plus quoi dire pour me faire entendre, je fais comme les gens médiocres, je mens.

Mon mari me dévisage comme s'il me voyait pour la première fois. Il fait de sa bouche un anus tout contracté, il met ses yeux sur orbite, et il dit :

— Mais qu'est-ce que tu racontes, Sylvie ?

Et je pense, bien que je n'aie aucune preuve, qu'il doit être responsable, lui aussi, des taches laissées sur les draps du lit de Mélissa.

Je sais que le repos de mon corps viendra avec le départ de cette fille inutile alors je maintiens :

— Si, je l'ai vendu, j'ai signé la promesse la semaine dernière au gars du troisième. Une offre qu'on ne pouvait pas refuser. Tu étais absent, j'ai dû décidé seule, je t'ex-plique-rai ! je fais en ouvrant de grands yeux.

Tout le monde voit la baliverne mal assumée et je sens, à ce moment précis, que je remonte dans l'estime de ces gens parce que j'emprunte leurs façons : j'essaie d'obtenir ce que je veux, sans froisser personne. Ainsi, j'apprendrai que le mensonge est le navire amiral qui mène la bourgeoise à destination tout en évitant les remous et les vagues. L'hypocrisie est ce qui maintient leurs mœurs à flot, leur donne une contenance et une valeur sociale.

Mélissa recevait en pleine gueule une déclaration publique de désamour, mais ça passait parce que les verres étaient pleins, les sourires restaient hauts. Le père de Mélissa caressait les cheveux de sa fille chérie alors qu'il me suppliait, quelques jours plus tôt, de l'en débarrasser.

Perla me dit :

— Vous êtes dure en affaires !

Et j'eus pitié de la pauvre Mélissa qu'on envisageait maintenant comme une voiture d'occasion. L'hypocrisie comme ruban d'emballage à la méchanceté jamais nommée comme telle.

Je n'ai pas pu m'empêcher.

J'ai encore laissé passer ma bêtise par ma bouche. Et Margot dit tout le temps : « Tais-toi ! Ravale ta langue, un peu ! Qu'est-ce que tu veux prouver à parler comme ça des choses qui dérangent des gens que tu n'aimes même pas ? »

Je n'ai pas pu m'empêcher, je vous dis. C'est comme si quelqu'un parlait à ma place, comme si on avait loué ma bouche.

C'est sorti tout seul.

J'ai regardé Perla sanglée dans sa robe Jean Paul Gaultier aux imprimés qualifiés pour donner des migraines aiguës à un Doliprane, j'ai détaillé ses mains, ongles manucurés, aucun bijou, même pas d'alliance, j'ai regardé sa bouche, fine, un peu rayée de petites rides verticales, son rouge à lèvres faisait de minuscules rivières de sang autour de ses lèvres, j'ai observé sa nuque, peau bronzée, détendue par endroits, le soleil qui n'avait pas pu se frayer un chemin avait laissé des traits blancs dans les pliures de son cou. Et j'ai lâché :

— Vous me donnez envie de gerber.

Perla a ravalé son sourire d'un coup, ça l'a presque étouffée tellement elle ne bougeait plus. Elle a difficilement tourné la tête en direction de son mari :

— C'en est trop, a-t-il éructé en se levant pour paraître plus grand.

Il m'a sorti le couplet numéro vingt-quatre, celui qui est à la page douze du manuel du parfait petit con :

— Qui êtes-vous pour nous juger ? Qui vous permet de nous insulter, et chez nous avec ça ? Qu'avez-vous fait de votre vie pour vous permettre de nous faire la leçon ? Petite conne de parvenue ! Vous avez fait un mariage heureux, n'oubliez jamais cela ! Notre fille ne restera pas une seconde de plus chez vous ! Qui vous a éduquée ? Je serais votre mère, j'aurais honte de vous ! Je serais votre père, je vous fermerais ma porte au nez !

Je n'ai rien dit. Mon époux de l'époque n'a pas pris ma défense, et ça, je m'y attendais un peu.

J'ai obtenu ce que je désirais mais je n'ai pas su faire selon leur méthode. J'ai essayé pourtant, mais ma nature m'a rattrapée.

Le père de Mélissa m'a traitée de fille des rues, de parvenue. Les bourgeois oublient un peu trop rapidement que, il n'y a pas si longtemps, ils étaient raillés par l'aristocratie et je pensais, en me voyant échouer, qu'on a beau se forcer à faire bonne figure, on est tous, à un moment donné de notre existence, le bougnoule de quelqu'un.

Et le bonheur dans tout ça ?

Quand j'étais enfant, ma mère mettait des prix sur tout ce qu'elle me donnait. Le tee-shirt, huit francs, le cahier, un franc vingt-cinq, l'écharpe, onze francs, la semaine en colonie de vacances cent cinquante francs. J'avais l'impression d'être le cochon tirelire où elle plaçait ses économies. Elle donnait toujours le prix de mon steak si bien que j'avais le sentiment de manger des pièces. Aujourd'hui j'ai du mal avec la viande, je n'en mange pas, n'en donne presque jamais à mes enfants.

Notre rapport à l'argent est conditionné par la façon dont nos parents se sont comportés face à lui. Ma mère arrivait d'un autre pays où ses propres parents avaient dû tout abandonner. Elle avait peur de manquer, tout le temps, alors elle comptait pour se rassurer. Elle donnait tout ce qu'elle avait mais en tenant un registre mental. Comme pour se rappeler qu'il fallait sans cesse remplacer les deniers dont elle s'allégeait sous peine de finir clocharde. Et, comme la peur n'évite pas le danger et qu'elle l'attire, un jour, nous avons ouvert la porte à un huissier de justice qui a collé des sceaux rouges à notre entrée.

Les problèmes d'argent deviennent vite des bâillons qui vous empêchent de respirer, de vivre normalement. Et moi, je voulais être heureuse, je voulais réussir ma vie parce que je ne savais pas ce que donnerait la mort. Je pensais que le luxe suprême revenait à ne pas avoir à compter. Travailler, travailler dur, gagner plein de sous, et se faire plaisir. Le bonheur c'est une paire de pompes, un sac pas assorti, des nuits passées au Plaza en semaine, les plus belles plages du monde avec mes enfants sur mon dos, leur apprendre à nager dans les piscines des palaces, des diamants sur mon cou, à mes oreilles, sur mes doigts, les bijoux signés, toujours, la boulimie matérielle après l'anorexie mentale.

Oui, j'ai été heureuse, la consommation de belles choses m'a fait du bien. Ça fait mal aux yeux de lire ça, hein, ça choque la bourgeoise à qui on a appris la modération et le détachement ? Ça met en rage la banlieusarde qui se retrouve comblée – mais frustrée quand même – quand elle a passé sa commande « créateurs » à La Redoute et s'est enchaînée trois semaines à sa location Pierre & Vacances ? Il faut arrêter l'hypocrisie, c'est le masque de la lâcheté. L'argent quand il est gagné honnêtement est un satisfacteur de taille. Mais, comme je suis une folle raisonnable, j'ai vite compris qu'il ne suffisait pas d'aligner des sacs à main sur des étagères en bois blanc, d'empiler des bijoux dans des coffres à la banque pour gagner sa place au pays du bonheur.

Alors, un jour, j'ai tout vidé, les coffres et les armoires, et j'ai fait le bilan. Ombeline était là. Ombeline est la fille de l'homme qui inventa le sachet de thé qu'on essore sans se mouiller les doigts, la petite fille du gars qui mit au point le moulinet des cannes à pêche, l'ennemi juré de la truite et des poissons en général.

Ombeline est fière des siens, elle est complexée de n'être pas un inventeur alors qu'elle écrit des poèmes qui démodent les vers de Verlaine et de Bataille (au moins).

Je lui avais demandé de venir pour me cadrer un peu : je ne jette pas, j'éradique. Je me défais de tout, tout le temps, je ne garde rien, comme si je ne voulais pas laisser de traces.

Nous avons vidé les placards. D'abord les armoires à accessoires. Après les habits. Le piège H&M. On achète, on entasse, on entasse, et puis un jour, on ouvre une porte et là, sans prévenir, les étagères se mettent à dégueuler sur le parquet luisant des kilos de vêtements. On fait des additions rapides et on s'aperçoit que la somme versée pour des vêtements portés une ou deux fois paierait une semaine de vacances aux Maldives.

J'ai gardé sept vestes Chanel, sept sacs Chanel, sept paires de souliers Chanel aussi, trois semainiers pour me rassurer, les souliers Hermès, les Louboutin, les premières Weston, celles de 1987, deux paires de UGG. Et c'est tout. J'ai rempli de grands cabas bleu, blanc, rouge en plastique de sacs magnifiques, chers comme des gosses de mères porteuses, et j'ai vendu le tout à un dépôt-vente. Ombeline retenait mon bras :

— T'es sûre, Sylvie ? T'es sûre ? Tu ne vas pas regretter ?…

Je suis trop orgueilleuse pour regretter quoi que ce soit.

Les armoires étaient blanches de peur, vidées. Elles pensaient que je les détruirais à leur tour.

J'ai fait repeindre les armoires, les voir vides, aujourd'hui que j'ai quarante et un ans, me rassure. Marie-

Lys. Je ne serai jamais la pauvre Marie-Lys, étouffée par ses étoffes.

Après que j'ai passé des heures à tout empaqueter, à tout revendre pour un tiers du prix d'origine, des robes neuves, des sacs encore emballés, après que j'ai fait des heureuses, je me suis assise à une terrasse pour souffler. Il faisait chaud. Ombeline me regardait et moi je rêvais sur mon verre plein de glaçons qui, comme moi, suait des gouttes. Ombeline a dit :

— Ça va ? Tu ne regrettes pas ? T'es contente ?

— Oui, oui, je suis contente.

— Tu as l'impression de guérir ?

— De quoi tu veux que je guérisse ? Je ne suis pas malade, Omb'.

— De la fièvre acheteuse…

Ah oui, la fièvre acheteuse. Alors j'expliquais à mon amie, qui, elle, n'avait jamais manqué de rien, que j'avais été une jeune fille que l'école sort de taule, que je devais passer par là, et elle m'a coupée :

— Tu as fait de la prison ?!!

— Non, c'est une image. J'ai été privée de vêtements, de tout (je ressortais mon couplet habituel).

— Mais les vêtements ce n'est pas la liberté, Sylvie.

Ah oui ? Admettons. Ombeline, merde, tu me perturbes, là.

Je restai silencieuse, cette conne venait de me clouer le bec. On m'aurait menti ? Ma mère qui mettait un point d'honneur à s'être sacrifiée pour que je reste propre et présentable avait distillé dans ma pensée l'idée que la réussite d'une vie passait par les objets accumulés. Quand vos rêves vous échappent c'est humain de se rattacher au concret. Ce ne sont pas les bourgeois qui font la richesse des centres commerciaux débordant de tout et de rien. Ce sont les gens modestes, ceux qui ne rouleront jamais dans des voitures à cinquante mille euros, ne boiront pas dans des verres en cristal baccarat hérités d'une grand-mère quasi inconnue. Les prolos mettent du nouveau dans leur existence pour oublier qu'ils ne dépasseront pas un type bien précis de paysages, une catégorie de mets, qu'ils n'auront pas des dizaines d'expériences, ils tentent d'oublier la monotonie de leur vie en mettant du neuf sur leurs commodes, dans leurs salons et sur leurs épaules.

Une compensation comme une autre. J'ai compris que j'avais été bernée le jour où j'ai fait mes courses chez Hédiard. Il y avait du saumon, des fruits, des amendes et des confitures. Comme chez Lidl. Mais, quand on a eu en bouche une tranche de poisson naturellement orange de chez Hédiard, on réalise que chez Lidl, le saumon a un goût de pied, le jambon est rose parce qu'on l'a un peu maquillé, les fraises sont trop rouges et pas assez goûteuses. Je découvrais les denrées que je croyais avoir mangées toute mon enfance, je comprenais qu'on avait mis l'hologramme de ces aliments dans mon assiette, que mon plaisir de goûter la bonne chère avait été une illusion.

Ombeline scrutait mon visage, cherchait un truc qui l'aurait éclairée, et elle répéta pour la troisième fois :

— Sylvie, tu es sûre que tu ne regrettes rien ?.

Alors je pivotai sur moi-même pour lui faire face, je mis mon regard en mode « vas-y, je t'écoute » et je dis :

— Qu'est-ce que tu regrettes, toi, Ombeline, pour me demander de façon si pressante ce que je regrette ou pas ?

— Rien, je ne regrette rien.

— OK. Tu m'épargnes la vie en rose, et tu me dis.

Ombeline savait écrire comme personne, elle savait peindre aussi. Dans sa famille on faisait les choses, on créait. Mais elle ne voulait pas qu'on la prenne au sérieux, ç'aurait été la porte ouverte à la déception en cas de ratage, de médiocrité. Alors elle dessinait des livres pour enfants parce qu'elle n'osait pas écrire un livre juste fait de mots, peindre un tableau. Ombeline, je l'avais connue dans le VIIIe arrondissement de Paris, alors que je venais d'acheter un grenier à retaper. Elle vivait seule au troisième étage, dans l'appartement immense de sa grand-mère, alors enfermée dans un hospice. Trois cents mètres carrés poussiéreux et c'était un cadre à vous faire passer vos envies d'avenir. Je n'ai pas tout de suite reconnu les peintres accrochés au mur, mais je sais qu'il y avait leurs noms inscrits en toutes lettres sur les dépliants du musée d'Orsay. La bibliothèque était pleine de photographies de Boris Vian, de Jean-Paul Sartre, Jean Giono et Jean Genet (les deux). Des photos de famille puisqu'on voit Ombeline assise sur les genoux d'Isaac Asimov, puis avec sa mère et sa grand-mère, attablée chez Lipp au côté d'Henri Michaux.

Dans le café où nous nous sommes posées après l'effort, je rappelais à Ombeline qu'il devait être difficile de se mettre à peindre ou à écrire dans un décor tel que le sien. Je lui dis :

— Les impressionnistes, ça impressionne, c'est normal.

Et elle me dit que j'avais des jeux de mots pourris, qu'elle espérait que je poussais le jeu linguistique un peu plus loin quand je débitais mes accroches débiles. Je cherchais à la faire parler d'elle, je voulais qu'elle m'explique pourquoi elle s'interdisait le bonheur de faire des choses pour lesquelles elle était compétente et qui l'auraient rendue heureuse. Alors, pour que je change de sujet, elle me provoquait. Elle me chambrait sur mon métier qui était la soupe dans laquelle je n'ai jamais pu cracher.

À 16 heures, nous commandâmes un déjeuner et elle, elle voulait toujours une salade avec la sauce à côté. Elle ne touchait pas à la sauce et je lui dis :

— T'en as pas marre de manger de l'herbe ? T'es pas une vache…

— Sylvie, si je mange autre chose que de l'herbe, je serais une vache…

— N'importe quoi… Regarde, je mange des pâtes à la crème et je ne grossis pas. Le poids, c'est dans ta tête.

— Je suis sûre que tu te fais vomir.

— Non, plus maintenant. Et depuis longtemps.

Elle ne m'a pas crue. Elle m'a demandé de ne pas quitter la table après les pâtes. Je n'ai pas quitté la table, j'ai commandé une tarte Tatin pour faire taire ses envies de rumeur, et je suis restée encore une heure à deviser avec elle.

Ombeline n'avait pas d'embonpoint. Elle avait de beaux cheveux qui avaient dû être blonds dans les premiers temps, un corps souple et gracieux. Elle avait des mains à mettre sur un piano. Elle ignorait son talent, elle le laissait passer et je me dis qu'un peu de forfanterie aurait peut-être aidé cette fille à déployer ses ailes. Moi qui avais croisé tellement de connasses pleurnichardes qui se prétendaient être mais qui n'étaient rien, je voulais qu'elle ouvre les yeux sur son miroir et qu'elle y découvre celle qu'elle était vraiment : une fille intelligente et pleine de capacités inexploitées.

Ombeline préférait regarder les autres pour ne pas avoir à se voir. Elle me considéra longuement. Je distinguais ses yeux noisette un peu trop grands, et je croyais voir une enfant qui découvre Noël et ses cadeaux. Elle était émerveillée par des choses minuscules. La couleur des cheveux d'une fille qui passe sous un rayon de soleil, le rouge du vernis qui s'écaille d'une autre. Le nuage que fait le lait quand il plonge dans une mer noire. Pas ravie de la crèche pour deux sous : Ombeline prenait juste le temps de regarder la vie autour. Et je pensais, voilà, c'est aussi ça être une bourgeoise, pouvoir s'offrir le luxe d'observer ce que personne ne prend le temps de voir.

J'oubliais que c'est là l'apanage des gosses, le privilège des mômes, de tous les mômes, d'envisager le monde tel qu'il est. Être une bourgeoise, ce serait donc avoir le droit de rester enfant. Elle dit :

— Le blanc de ton œil est vraiment blanc. Tu es en bonne santé.

J'ouvrais mes yeux en grand :

— Mais pourquoi tu n'abordes jamais les vrais sujets, Ombeline ?

— Ben toi, tu fais ton parcours de la banlieusarde qui se prouve qu'elle peut jouer les bourges pour finir par te débarrasser de tout, et moi, je n'ai pas l'énergie de faire un grand détour pour finalement revenir à moi, à ce que je suis.

J'osai :

— Et c'est quoi ce que tu es ?

— Une fille moyennement douée en tout, donc bonne à rien.

— Tu es malheureuse, Ombeline ?

— Et toi, Sylvie, est-ce que tu es heureuse ?

J'aurais voulu lui dire que je n'avais pas cette prétention, mais Karl Lagerfeld l'avait déjà dit avant moi, alors je me suis tue.

— Tu dis rien. Tu vois, a continué Ombeline, moi aussi je peux te poser des questions stupides.

— On ne répond pas à une question par une question, ou alors, c'est qu'on est le Talmud.

— Me fais pas ta réponse de juif, Sylvie. Dis-moi, pourquoi tu as fait tout ça ce matin ? Pourquoi tu as foutu les preuves de ta réussite matérielle à la benne ?

— J'ai gardé les bijoux.

— Tu rigoles ? Tu as gardé ceux de ta grand-mère, tu as balancé tous les autres !

— Je les ai vendus, c'est pas pareil ! Je ne veux pas garder les cadeaux de Mickaël, j'efface les traces de son amour.

— Les traces de son amour ce sont vos enfants, idiote. On ne se fait pas des vies sur commande. On ne décide pas un jour qu'on va être une bourgeoise, un autre qu'on va vivre leur vie en se croyant au-dessus d'elles.

Mes yeux se sont mis à couler comme une poche d'eau qu'on éventre. Mon visage est resté immobile et j'ai ressenti un grand froid malgré les trente-cinq degrés affichés par le thermomètre. C'est mon cœur qu'elle a percé à jour.

Ombeline, son prénom comme le son laissé par la main qui caresse une harpe. Douce, un peu mélancolique mais aiguisée comme un jugement dernier.

Elle était déterminée à ne pas être la prochaine gloire de son arbre généalogique. Son acuité, son refus de faire ce que sa famille attendait d'elle me troublaient. Elle avait du talent, elle préférait l'ignorer parce qu'elle ne voulait pas qu'on la compare aux siens. Elle renonçait et je pensai : « Il en faut du courage pour cesser d'avoir des aspirations. »

Cette fille ne se laissait pas endormir par son confort matériel. Elle avait l'intelligence de ceux qui voient le monde de loin. Elle avait du recul quand, moi-même, je ne cessais de courir, le nez dans mes godasses en comptant mes pas pour me rassurer. J'avais fait ma tapisserie, j'avais défait ma tapisserie. Et après quoi Pénélope ? Refaire la tapisserie encore en attendant que la jeunesse dorée d'Ithaque se prosterne à mes pieds pour me montrer qu'ils peuvent bander mon arc ? Celui laissé à terre par mon mari congédié ? J'étais triste et dépassée par le monstre que j'avais engendré, ma vie Frankenstein, un peu de ci, un peu de ça, un jour à Miami un autre à la cité. En réunion à faire des phrases avec des mots compliqués pour avoir l'air de dire des choses précieuses et puis, le soir, retrouver Karima et mettre des « sa mère » à la place des points et des virgules.

J'étais affligée par mes atermoiements, je ne savais plus qui j'étais. Voilà que moi aussi je me mettais à faire bonne figure quand il fallait. J'en étais à la phase critique de ma transformation. J'avais connu le bonheur de posséder, j'étais l'enfant qu'on lâche dans un magasin de jouets et qui tire sur ses bras pour en emporter plus. Et puis quoi ?

Alors, comme je ne sais pas m'arrêter pour contempler ce que la vie m'a donné (parce qu'il m'est souvent arrivé de lui forcer la main), je me suis mise à avoir d'autres désirs. Je ne suis jamais satisfaite. Je cours après les bravos de Micheline, je veux faire plaisir à

Margot, je veux que mon père voie ma photo dans le journal et qu'il regrette. Je veux que mon beau-père voie ma photo dans le journal et qu'il regrette. Je veux que Moïse, mon grand-père, revienne de chez les morts, qu'il me prenne dans ses bras et qu'il me parle, je veux qu'il m'embrasse en me disant : « Lili, c'est bon, je ne suis plus mort. Je suis si fier de toi que j'ai décidé de revenir. »

Je voulais baiser la fermière, lui prendre son beurre et l'argent de son beurre. Je réalisais qu'à avoir tout voulu, la vie dorée, les réjouissances en même temps que les amies sans masques et sans manières, la maison mère comme un refuge et les tapis dans l'escalier, je n'étais plus chez moi nulle part. J'étais l'étranger rejeté par sa terre d'accueil et qui n'est plus vraiment le bienvenu chez lui.

— Tu n'as pas pu séduire ton père alors tu séduis la terre entière, Sylvie !

Ombeline parlait comme on tire des balles à blanc. Pas pour me faire mal, mais pour me bousculer. Ce n'était plus le doux son de la harpe, c'était le clairon qui sonne une ère nouvelle. Celui qui veut mon réveil alors que je voulais continuer à rêver en priant pour que ça ne tourne pas au cauchemar, ces envies de Mieux.

Elle n'était pas gentille, elle n'avait pas de méchanceté non plus. Je crois qu'elle était juste ; elle me dit :

— Pourquoi tu pleures ? T'en as pas marre de gesticuler ? Tu ne veux pas essayer le calme pour une fois ? C'est bon, t'as acheté ton grenier dans le VIIIe, tu ne retourneras pas à La Courneuve, Cendrillon, arrête de flipper.

En parlant de Cendrillon, je réalisais que je n'avais plus de prince charmant. J'étais seule entre les hauts murs de mon appartement sublime et la ville de mon enfance me manquait. Le bruit ME MANQUAIT. Moi qui avais fui pour trouver la sérénité et l'harmonie, pour allonger mes perspectives, me donner une chance, je me sentais de nouveau prisonnière d'un monde que, pourtant, j'avais choisi. J'avais tellement appris à ne me laisser faire par personne que personne ne me faisait plus rien.

Ombeline, qui a vite compris le *modus operandi* de la race des hommes, avait vu avant moi que les mouvements de vie trop amples vous donnent immanquablement des envies de retour. On reste attaché à ses racines, quoi qu'on dise, c'est ce que j'appelle le syndrome du jokari.

J'enviais le calme intérieur de cette fille. Et, elle, elle admirait ma capacité à relever les défis, à oser, à ne pas avoir peur du ridicule qui met en lambeaux les bourgeoises en manque de confiance. Elle me dit :

— Il faut que tu thésaurises, que tu te reposes un peu sur tes acquis, maintenant, tu repartiras plus tard.

Et moi je répondis :

— Ça t'arrange bien de parler des autres hein… et toi, Ombeline, quand est-ce que tu le fais ton tableau ?

— J'ai déjà les plus beaux tableaux.

— Alors quand est-ce que tu écris un livre en vers ? Tu as déjà les plus beaux livres, je sais, j'ai vu… mais si tu ne le fais pas, comment tu sauras ce que tu vaux ?

— Je ne suis pas monnayable… Arrête de mettre des prix sur tout (elle a vraiment dit ça, je resterai la fille de Micheline). Je me suffis à moi-même.

— Tu te fais pas chier, sérieux ?

— Pourquoi faudrait-il toujours être occupé ? Je ne m'ennuie jamais parce que tout m'emmerde.

— Ça se peut pas de vivre sans un truc à attendre.

— Ben si… moi, je n'attends rien, a conclu Ombeline en tirant fort sur sa cigarette roulée.

Je me suis mise à fredonner les paroles de la chanson « J'attends l'amour » de Jenifer parce que j'ai toujours eu des goûts musicaux qui ne vont pas avec mes goûts littéraires, et Ombeline a dit :

— Même pas…

— C'est pas possible de vivre sans amour.

— Qui t'a dit que je ne faisais jamais l'amour ?

— Si tu retires l'amour à l'amour il ne reste rien. C'est mathématique.

— Arrête de mettre de la publicité dans tes phrases, Sylvie. Arrête de jouer avec les mots…

— Ce n'est pas de la publicité, c'est la vérité.

— Qu'est-ce qu'on t'a appris ? Qu'un mec viendrait te chercher en te jurant que tu serais son soleil jusqu'à la fin des temps ? Qu'il t'alignerait des gosses et des sourires pour te rassurer ? Ton mari t'a trompée pendant un an, il est arrivé en retard à ton accouchement parce qu'il était coincé dans sa maîtresse, et tu veux me parler d'amour ?!

— Les mecs ont deux cerveaux. Un qui baise et un qui aime, j'ai dit pour ne pas lui montrer que j'avais mal.

— Ben voilà, moi, c'est pareil. J'ai pas besoin d'aimer pour baiser, a chuchoté Ombeline qui s'amusait de me voir si peu stable, qui se laissait bercer par mon vague à l'âme et ça donnait raison à son immobilisme que je prenais pour une névrose alors que, si ça se trouve, c'était juste un choix.

Et quoi ? Je lâche ? Je suis le chat assis au bord de la fenêtre qui n'attend plus rien des autres ou je continue à chercher le bonheur en essayant de concilier ce que je suis avec mon récent cadre de vie ?

Il fallait que je me calme. Mais la paix, elle vient quand tu déposes les armes.

Quand on cherche la solution à un problème, c'est souvent quelqu'un qu'on trouve. Un soir qu'Ombeline me montrait un manuscrit original de Romain Gary (j'en ai pleuré des larmes de joie), on a sonné à la porte. Je suis allée ouvrir parce que Ombeline vivait au ralenti et que le couloir faisait vingt mètres de long.

J'étais une brebis égarée, j'ai rencontré un mouton perdu.

Elle a dit :

— Salut, je suis Tasaadit, mais on m'appelle Tassadit. Je suis la copine d'Ombeline.

La Bourgeoise Pure Beure

Elle a les cheveux marron clair, les yeux délavés par trop de larmes versées, elle a la peau mate, elle est ronde sur les bords mais pas trop. Elle est… beige.

Tasaadit entre dans l'appartement en soufflant parce que « les immeubles bourges ils ont vraiment trop de marches à leurs escaliers » et c'est comme ça que je comprends que cette fille n'est pas d'ici.

Elle se pose sur le canapé qui a dû en voir passer des culs tellement il est affligé, et elle dit :

— Elle est pas là Omb' ?

Ben si, elle est là, puisqu'elle réapparaît dans la pièce toute pomponnée, elle qui ne se lave que les jours de fête a mis de la couleur sur ses joues et sa bouche, et je pense, merde c'est un traquenard lesbien. Je n'ai rien contre l'homosexualité, notez. J'aurais adoré être pédé pour qu'Elton John m'écrive « Your Song », pour pouvoir coucher avec Oscar Wilde aussi.

Ombeline marche doucement jusqu'à la fille beige et elle lui roule une pelle de film d'auteur qui me fait brusquement tourner la tête dans l'autre sens. Je pense encore plus fort, merde c'est un traquenard de gouines et Tasaadit me dit :

— Eh, ça va, respire… on va pas te violer !

Alors je tente de jouer les meufs cool, genre, je ne suis pas du tout choquée mais, comme chez moi le corps crie quand la bouche parle, elle ne me croit pas une seconde.

Je commence à mettre mon manteau en jetant un œil mauvais en direction d'Ombeline et Tasaadit dit :

— Tu vas où ?

J'ai décidé de ne pas être heurtée par ce que la vie me montre depuis que j'ai vu ma mère ordonner à mon beau-père de me péter la gueule, alors je réponds :

— Ben, je vais chercher la caméra. On fait un boulard c'est ça ?

Tasaadit rit. Elle dit :

— On ne couche pas ensemble. Elle ne veut pas. Elle m'aime trop. Allez, assieds-toi.

Et je me pose pieusement sur le fauteuil en velours moutarde en évitant de parler. Parfois je maudis mon inconscient qui va plus vite que ma raison : je ne m'entends pas fredonner « Une femme avec une femme » du groupe Meccano. C'est quand Tasaadit se met à chanter : « Ce qu'ils en disent ou pensent ne pourrait rien n'y faaaaaire, qui arrête les colombes en pleeeeein voooool » que je comprends ma bêtise.

Je souffle : « Pardon », parce que c'est toujours ce que les cruches disent pour qu'on les excuse.

Elle me demande :

— Tu viens d'où ?

— Du sixième étage. On habite le même immeuble avec Ombeline.

— Nan, mais tes origines ?

— Ah… Le nord de Paris, La Courneuve.

— Non, mais tes origines de race !

— Aaaaahhhhh, je fais lourdement. Ben ma mère est juive et mon père est kabyle, mais je ne l'ai pas connu.

— Ah, c'est ça. T'as un côté montagnard du bled.

Merci Tasaadit. Merci pour le compliment… Moi qui fais désormais le tour du monde à la recherche de la crème miracle. Celle qui sauvera mon teint de l'amertume. Je tente :

— Mais Tasaadit c'est berbère aussi comme prénom, non ?

Si, si, c'est berbère.

Je lui demande sa vie. C'est toujours ce que je fais avec les gens. Je me fous de savoir combien ils gagnent par mois, où ils habitent et qui ils baisent (quoique…). Je veux savoir leur enfance, je cherche les filles sans père pour avoir d'autres exemples, pour partager la douleur de l'absence, le sentiment d'insécurité jamais guéri par personne. Je veux connaître les parcours. J'aime les filles qui ont marché longtemps, qui ont mangé des murs mais qui les ont digérés.

Tasaadit a trente-cinq ans. Elle a grandi dans un Algeco à la lisière du parc de La Courneuve, mais du côté de Stains. Son père l'a violée quand elle a eu six ans, elle me dit : « Je m'en souviens parce que c'était l'époque où je perdais mes dents de lait les unes après les autres. Il passait me voir dans mon lit, il disait : "C'est la petite souris !" puis il tirait sur ma culotte que je retenais, alors la culotte se déchirait, ma mère m'en collait une à chaque fois, le matin, après. Il mettait de l'huile d'olive sur son sexe, pour que ça glisse mieux, disait-il, je ne savais pas ce que c'était, je pensais que c'était un bâton qu'il avait collé au corps, je pensais qu'il me punissait, je disais à ma mère : "Papa me met des coups de bâton", et ma mère riait en disant : "Mais qu'est-ce que tu racontes, tu regardes trop le Guignol", et je n'ai plus rien dit après ça, parfois je saignais, j'avais peur de salir le drap, et mon père prenait soin de tout essuyer. Il disait que de son bâton sortait une crème pour que j'aie moins mal, il massait mon vagin avec ses doigts pour étaler la crème, et, quand il retirait son bâton, j'avais moins mal alors je le croyais puisqu'il était mon père. Quand il avait terminé, il glissait une pièce de cinq francs sous mon oreiller en disant : "Voilà, la petite souris est passée", et c'est comme ça qu'en grandissant je me suis dit que j'avais été le tapin de mon père pendant toute mon enfance. »

La première phrase qu'elle m'a dite en me regardant dans les yeux est :

— Respire, on ne va pas te violer.

Cette fille avait grandi dans un décor plus moche que le mien, elle avait subi le diable et n'avait pas flanché. Elle a monté son affaire, seule, une marque de vêtements pour enfants, rachetée depuis par un grand groupe. Elle aussi a couru pour ne pas tomber. Puis, quand elle a senti que c'était le moment, elle a vendu son entreprise, gagné quelques millions et est devenue une bourgeoise assumée sans jamais se renier. Elle n'a pas changé son prénom comme c'était souvent la coutume dans le XVIe où elle demeurait désormais (cela dit, vu la laideur du sien, elle aurait peut être dû…). Elle a décidé, à l'âge royal de trente-deux ans, de placer judicieusement ses sous et c'est ainsi que je découvris qu'on pouvait être rentière de soi-même.

Avec ma vie moins dramatique et mes réussites moins éclatantes je me sentis immédiatement toute petite à côté de cette fille que le malheur avait encouragée à devenir quelqu'un de remarquable. Je croisai mon reflet dans un miroir de cheminée et je me suis vue petite fée Clochette aux ailes brûlées par sa vanité.

Tasaadit expliquait :

— La petite beurette qui a réussi c'est moi. Je suis goudou, je m'habille chez Givenchy et je roule en Cayenne et tu ne peux pas savoir comment j'emmerde les feujs du XVIe et les vieilles cathos et leurs six gosses.

Je n'avais pas pu séduire mon père, elle se serait bien passée du sien. Elle avait traversé la mer sans palmes tout en gardant le sourire. J'avais envie de lui faire confiance. J'avais envie qu'elle m'aide à me sortir de cette schizophrénie qui ne me quittait pas.

Je lui racontais mes copines d'enfance que je voyais le week-end et dont je m'éloignais peu à peu (nous n'avions plus les mêmes aspirations, elles avaient cessé de rêver, je m'obstinais à voir mon rêve encore plus grand). Je lui dis les « fausses meufs » de Paris et elle me donna la solution, avec une image très simple parce qu'elle avait le sens du réel.

Elle avait aussi la dureté des Kabyles, celle dont j'ai hérité sans avoir eu de modèle, celle dont mon fils a hérité après moi. Elle a dit :

— Quand tu fais tes courses à l'hyper, tu prends le meilleur que tu peux prendre ? Tu passes devant le rayon casher, après tu passes devant le rayon jambon, pas vrai ? Tu trouves pas ça choquant la cohabitation, hein ? Faut de tout pour faire plaisir à tout le monde ?

— …

— Ben, ta vie à plusieurs étages, c'est pareil. Tu prends le meilleur des deux mondes et « rhlace » (qui veut dire : « et ça suffit » en arabe). Tes meufs des 4000 si elles sont pas contentes, si elles te critiquent c'est qu'elles sont jalouses et la jalousie, me dis pas le contraire, c'est le poison de l'amitié, ça la tue sur le coup. Tu les dégages. Les autres, celles de ton quartier, t'as pas à complexer devant elles. Si elles t'emmerdent avec leurs regards de pute, demande-leur ce qu'elles ont fait de leurs vies, elles, OK ? On va pas se laisser emmerder par des connasses que leur seul traumatisme c'est d'être allé en pension en Suisse !

Je n'ai pas rectifié sa faute de français parce que j'ai mes politesses.

Je restai muette.

Je regardais Ombeline caresser la main de Tasaadit, et je comprenais mieux pourquoi elle m'avait dit : « Je baise sans amour », c'était une façon de me dire : « J'aime sans baiser. » Il y avait de l'admiration dans ses mirettes qui ne la quittaient pas des yeux.

Après plusieurs mois passés en sa compagnie, je compris qu'Ombeline avait besoin de multiplier les partenaires pour ne pas être tributaire d'une seule personne, elle laissait le choix à son corps pour donner à son cœur l'impression qu'il décidait pour lui. On s'arrange comme on peut avec ses peurs et ses dépendances.

Un gros nuage noir passa sur le front de Tasaadit. Elle suait un peu.

Je m'enquis de sa vie à elle :

— Mais toi, comment tu fais ? Comment tu vis dans le XVI ? Tu ne te sens pas rejetée ? Pourquoi t'as voulu t'installer là-bas ? Pourquoi pas le Marais, Montmartre ?

— Parce que le XVI ça fait pas semblant d'être cool. C'est pas cool. Les bourges, elles aiment pas la différence. C'est comme ça. Mais les appartements sont immenses, c'est calme, il y a des commerces et des jardins. Pourquoi j'irais me faire chier le cul dans le Marais qui est un centre commercial à ciel ouvert, comme Saint-Germain, comme les Halles ? Pourquoi j'irais là où c'est pollué ? J'assume. Il faut que tu assumes sinon ça va t'empêcher le désir.

Alors je dis sans réfléchir parce que je n'ai pas été équipée, à la naissance, d'un filtre entre ma tête et ma bouche :

— Et ton père, t'y penses des fois ? Il ne te manque pas ? Et ta mère, elle a fait quoi ? Tu la vois toujours ?

Tasaadit baissa la tête d'un coup. Comme la peluche qu'on ôte de la main du ventriloque, et je me demandais si tout son discours n'était pas un truc de politique, un truc appris par cœur et récité avec ferveur. Cette fille avait mal. Encore. Je crois qu'on ne guérit jamais d'une souffrance qu'on traîne depuis l'enfance, on s'accommode, on lui fait une place, mais on la garde en soi jusqu'à la tombe. Ombeline parla à sa place :

— Sa mère a tué son père. Elle est rentrée au pays, et, depuis, ses frères ne veulent plus lui parler.

Je dis en tremblant :

— Comme si c'était sa faute ! C'est pas juste !

Tasaadit a relevé son nez, comme le superhéros fait

au moment où trop c'est trop, et j'ai presque eu peur. Son œil beige était noir et elle a crié :

— La justice n'a aucun mérite ! Elle vient quand c'est trop tard, N'ATTENDS RIEN DE LA JUSTICE TU M'ENTENDS ! VIS TA VIE, AUTANT QUE TU PEUX PUISQUE DE TOUTE FAÇON TU VAS MOURIR !

Elle avait glissé sur une colère acide, celle qui vous fait prendre les mauvaises décisions, et je me rassurai en pensant que Tasaadit n'était pas plus épanouie que moi malgré la réussite et les montagnes abattues. Ombeline lui tendait sa main pour en faire un mouchoir et c'est à cet instant que je compris qu'il en faut de l'amour pour essuyer avec ses doigts la morve de l'autre qui n'est même pas son enfant.

Tasaadit se calma un peu parce que la douceur de quelqu'un qui vous aime accomplit des miracles (j'en sais quelque chose).

Ombeline lui roula une cigarette. Tasaadit s'en saisit, elle aspira longuement puis recracha la fumée avec les yeux tellement elle était un taureau en colère qui se retient. Elle retira un brin de tabac au bout de sa langue et elle dit en plissant son œil :

— Tu vois, il faut de tout pour faire un monde. Du tonnerre du ciel jusqu'à la douceur du soleil de mai. Tes petits problèmes ne sont pas de vrais problèmes. Tu voulais un monde meilleur ? Tu l'as eu. Tu as deux salles de bains, je parie ?

— Non… trois. On est trois… Et trois toilettes aussi. Un par cul.

— Ah ouais… quand même… Bon… tu es née dans la merde, tu veux du propre, je comprends. Tu as dû te battre, tu as eu ce que tu as eu toute seule. Personne ne peut te retirer ça. C'est fini, tu es passée à autre chose.

C'est maintenant qu'il faut avancer. Ce n'est pas parce que tu as eu le cancer que tu es le cancer.

— Je ne serai jamais une bourgeoise, je dis pour me défendre.

Tasaadit souffla encore, elle avait l'haleine douce, un léger parfum de rose malgré le tabac, elle sentait Lux, le savon des stars devenu le savon des pauvres.

— Tu es une bourgeoise, bien plus que moi, bien plus qu'Ombeline qui est tombée dedans quand elle était petite. Tu es une bourgeoise, Sylvie, parce que tu travailles avec ta tête et que tu adores l'argent. Tu as l'*esprit* bourgeois.

— N'importe quoi. J'ai toujours aimé l'argent et j'ai toujours lu des livres. Même avant.

— Ben tu vois ! Tu étais déjà une bourgeoise dans ta cité mais tu ne le savais pas encore !

Ombeline a applaudi avec ses cils tellement elle était fière de l'intelligence de sa copine. Maintenant je savais pourquoi elle n'avait pas besoin d'avancer, elle avait Tasaadit. C'était sa moitié, celle qui la complétait. Toutes les deux, elles étaient le lièvre et la tortue réconciliés. Elles ont mis en commun leurs forces pour devenir invincibles. J'ai avoué :

— Mais je suis triste, encore. Je suis triste tout le temps. Je ris fort pour cacher ça, j'achète des diamants et des meubles signés pour rattraper, je sais… je mets des objets pour combler le vide laissé par mon père, je sais, je sais, j'ai lu les auteurs.

Ombeline me demanda de m'éloigner un peu de mes bouquins que je prenais pour la parole divine, elle balança : « Les écrivains ne sont pas Dieu », et moi, je vous ai déjà dit, je pensais le contraire.

Tasaadit me dit que j'étais une nature :

— Tu dépasseras tout ça parce que la nature est forte en toi.

La nature, celle qui accepte les injures et les bassesses parce qu'elle est au-dessus de ça. Les fleurs ont fini par repousser sur les charniers d'Auschwitz. Et moi, quelques mois après avoir rencontré cette âme vaste et accueillante, j'ai retrouvé un mari. Moi qui n'ai pas eu de papa, j'ai retrouvé un homme qui est mon père, mon meilleur ami, mon frère et mon amant. Un homme qui est un parvenu comme moi, qui a une famille solide comme j'ai une famille solide. Tasaadit, en deux heures de discussion, m'a évité dix ans de divan. Je profite de ce livre pour l'en remercier.

Tasaadit, une nature, elle aussi. Même si son père, un Attila, était passé par là et qu'il avait cramé tous ses paysages. La vie ne l'avait pas quittée. Elle avait eu la force de continuer à croire en elle alors qu'on l'avait saccagée. Je maudis son père et tous les pédophiles de la terre. Qu'on ne me parle plus de tendre enfance.

Un soir que je racontais ma rencontre avec Tasaadit à Margot, celle-ci remarqua :

— Y a un truc que ta copine, là, elle t'a pas dit. Toi, tu es venue jusqu'à Paris, tu as fait le trajet. Mais les Parisiennes là, celles-là qui te prennent de haut, jamais elles font ton trajet en inversé, jamais elle prennent une location à Barbusse (une barre des 4000). Toi, tu circules dans les deux sens. C'est toi qui es supérieure du coup, voilà j'te dis ! Ça, ta copine, elle te l'a dit peut être ?

Et, parce que plus de dix ans après je n'avais pas digéré l'épisode de Lisa, vous savez, ce jour où ma grand-mère a coiffé la fille du chanteur dans son salon en me regardant en biais, j'ai répondu en souriant :

— Mais parole, Yama, tu es jalouse ?

La dame de fer avait un cœur tout tendre

La vie paraît plus longue quand on a quelqu'un à aimer. Plus riche aussi. J'ai renoué avec l'amour physique et ça m'a donné de l'assurance. On n'a pas échangé des colliers de promesses. On a passé à nos doigts deux anneaux d'or que nous nous sommes engagés à ne jamais retirer. Mon second mari avait jeté sa première alliance dans les toilettes, le jour où il comprit qu'il s'était trompé de mariage.

Je voulais me jeter des choses au visage tout le temps parce que je m'étais un peu laissé avoir par mon rêve.

J'avais voulu être le pont qui relierait les deux rives, la ville de mon enfance, et celle où je voulais terminer mes jours. Je finissais le cul dans l'eau. Le nouvel homme de ma vie m'offrait un autre cadre, moins clinquant, plus spirituel. Il était fier de mon travail, il était fier de la mère que j'étais pour mes enfants, de la belle-mère que j'étais pour sa fille, il était fier de mon couscous, de la façon que j'avais de plier le linge, de faire des classeurs de tout et ça me changeait de mon connard de père qui avait oublié de m'aimer.

Je m'étais laissé bercer par la vie bourgeoise en épousant un premier homme choisi sur des critères objectifs

– physique agréable, haleine fraîche, argent facile –, je m'étais pris un mur des lamentations dans la gueule parce que j'avais fait un choix, sinon malhonnête, au moins de facilité et la vie s'était chargée de remettre mes pendules à l'heure. Quand je suis sortie de la mairie le jour de mon premier mariage, ma grand-mère a soufflé :

— Il y aura l'homme avec qui tu feras des enfants et celui avec lequel tu termineras ta vie.

Elle dit que c'est à cause de notre génération qui vit trop longtemps, qui a vu trop de choses, elle dit :

— Il y a trop de chaînes à la télévision, ça rend le cerveau fou.

Elle dit qu'on ne sait plus s'arrêter et se contenter de ce que l'on a. Elle dit que les enfants, pour les couples d'aujourd'hui, nous rappellent qu'on n'est pas là pour s'amuser et ça nous met des envies d'ailleurs dans le cœur.

Je réfléchis longtemps aux paroles de Tasaadit, au calme affiché d'Ombeline qui semble avoir trouvé ce qu'elle ne cherchait même pas.

Je pensais à Moïse, pas mon grand-père, l'autre, celui dont on parle depuis maintenant presque six mille ans, je me disais que lui, le juif pauvre adopté par une riche famille arabe, ennemie de celle qui l'a vu naître, et moi la fille partagée entre deux mondes, on avait les mêmes interrogations. La question des origines, celle de la fidélité, la loyauté. Je voulais la liberté. Moïse sauva son peuple pour s'excuser d'avoir eu de la chance. Il rattrapait sa faute. Je n'avais pas ses épaules, évidemment, je n'avais personne à sauver, je n'ai pas été missionnée par le divin. Je ne pensais qu'à ma gueule.

Margot avait raison, j'avais un truc en plus, je pouvais voyager d'un monde à l'autre, je connaissais les lois et les rites tellement opposés de ces deux groupes qui s'ignoraient, qui faisaient tout pour se détester. Mais j'étais triste. J'avais tout pour être heureuse comme disent les mamans sages, mais je demeurais mal à l'aise ici et là. Vraiment. Je pensais à l'argent, je comprenais le vrai sens de l'expression : « Il te brûle les doigts. » L'argent c'est comme le feu. Ou bien il te réchauffe ou alors il te dévore. J'en gagnais beaucoup, je dépensais tout. Je ne voulais pas nous mettre à l'abri, mes enfants et moi. J'avais payé mon toit pour être certaine de ne plus jamais devoir retourner vivre dans une cité, mais pour le reste je me mettais en danger tout le temps. Je ne voulais pas me laisser endormir par le parfum rassurant d'un compte en banque bien garni.

J'étais un puits sans fond dans lequel je jetais des choses et des expériences qui ne me comblaient même pas.

Je pensais à Moïse, encore. Son chemin, long, et pas de récompense, au final. Dans la vie, il y a ceux qui sèment, ouvrent la voie, et ceux qui récoltent les fruits. Ce sont rarement les mêmes.

La colère du grand barbu avait été punie. J'étais en colère depuis l'enfance, moi aussi. Je resterais en colère jusqu'au bout parce que j'en voulais aux filles que je rencontrais de ne pas avoir à souffrir mes batailles intérieures. Je voulais trouver ma terre promise, je ne voulais pas finir comme lui. Moïse, cueilli par Bithiah, sœur de Pharaon, n'eut de cesse de rentrer chez lui retrouver sa place. Des fois je me dis qu'il a fait tout ça juste pour s'excuser d'avoir mieux vécu ailleurs, d'avoir eu la belle vie, tandis que les siens suçaient des pierres mouillées pour survivre encore un peu. La nuit je rêvais que je retournais vivre aux 4000 et c'était… un cauchemar. J'aimais trop mon nouveau confort, j'aimais trop la diversité de mon quotidien, mais j'étais triste.

Mon second mari m'a envoyé un texto, un soir que je lavais le parquet avec mes larmes : mes enfants étaient chez leur père, ils me manquaient. Mon travail m'épuisait, je me sentais inutile au monde.

Le texto, je l'ai gardé, il dit : « Chaque chose a une place. Chaque chose doit être à sa place », et ça m'a donné à penser que des yeux sont plus beaux sur un visage que nageant dans une sauce au milieu d'une assiette.

Élie est un homme pas facile d'accès. Il ne sait pas les bonnes manières, il ne tient pas la porte au restaurant et mange comme on se bat. Il n'a aucune délicatesse et pourtant c'est l'homme le plus raffiné que je connaisse. Le plus intelligent aussi. Il comprend avant les autres. Il est instinctif et intuitif. Il sait ce qu'il faut faire quand, vous-même, vous ne savez plus quoi faire. Ce soir-là, il a dit :

— Ça suffit. Tu arrêtes tes conneries d'ascension sociale. Tu as fait ce qu'il fallait, maintenant, tu vas faire ce que tu veux.

Je ne me suis jamais laissé guider par mon bon plaisir, c'est pour moi une notion bourgeoise, et je n'ai pas été élevée dans les idées des riches. Il connaît mon goût pour la langue. Pas celle qu'on roule dans les bouches des autres, comme le suggérait ma mère, mais l'autre, la langue de mon pays. Il sait mes poésies cachées, il connaît ma difficulté à m'intégrer dans cet univers de bourges qui est désormais le mien. Parce qu'il est naturalisé français, parce qu'il a grandi au Maroc dans une famille humble, qu'il a dû changer de pays en cours de route. Et puis il vit depuis quinze ans dans les quartiers chics de Paris lui aussi. Il me comprend.

Il organise une fête pour mes quarante ans. Il appelle mes copines de La Courneuve, il dit : « J'ai réservé une suite dans un hôtel, on fera une fête avec vous, son enfance, et toutes ses nouvelles copines. » Elles sont polies, elles lui disent : « Oui, oui, on viendra », mais elles ne viennent pas. Elles m'appellent, elles disent :

— Qu'est-ce qu'on va aller dans un grand hôtel, on n'a pas les sapes qui vont avec ! Et c'est quoi tes copines en bois, là, les fausses meufs en skaï, vas-y, viens on se voit au Quick des Six Routes (un quartier de La Courneuve).

Je leur explique qu'elles ne seront pas montrées du doigt, que mes nouvelles amies sont cool. Elles ne veulent pas entendre. Elle restent dans leur monde, elles ne quitteront pas la cité, et encore moins pour aller frimer dans une suite d'hôtel. Puis Karima ajoute :

— Mais tu peux pas faire plus simple, sérieux ? Viens on se voit chez ta reum, on met de la musique et ta grand-mère elle fait les gâteaux au lieu d'aller faire *nzarma* avec les guillaumes, là ! (Les guillaumes est le nom que nous donnons aux Français de pure souche.)

Je la traite de conne bornée, elle me traite de vendue aux bourges et je me retrouve à fêter deux fois mon anniversaire.

C'est à ce moment que mon mari palpe ma détresse. Je maigris bien que je mange comme quatre. Il a peur de l'anorexie, il a vu les photos d'avant, il a eu peur, vraiment. Il a dit :

— Tu sortais d'un camp.

Il ne veut pas d'un squelette dans son lit. Il a eu la haine avant, il ne veut pas la tristesse dans sa nouvelle vie. Il dit :

— Je t'ai aimée pour ton sourire, souris.

Alors il fait ce que peu de gens auraient fait pour un autre. Il me force à arrêter de travailler, il m'enferme six semaines dans une chambre d'hôtel de New York, il m'offre un nouvel ordinateur tout neuf et tout petit et il me dit :

— Ta place, elle est derrière ton stylo. Écris. Je m'occuperai d'amener tes enfants à New York. Je m'occuperai de la maison (je pense que la vie est bien rangée quand les tiroirs sont bien rangés), ne te soucie de rien. Écris, après, tu verras.

Mon second mari m'a dit que ma place était derrière un stylo, là où moi, la conne, je pensais géographie et migration sociale.

J'ai pris mon stylo qui était un clavier.

Une source d'eau claire s'est ouverte en moi. Les mots ont jailli comme des rires sortent d'un enfant contenté. La lumière a transpercé le voile noir qui entourait mon corps et ma tête, m'interdisait la respiration. Soudain, je me suis mise à cracher des étoiles. Les premiers jours, seule à New York, à ne parler qu'à mon écran et à la dame du room service. Les plus beaux jours de ma vie, depuis bien longtemps.

Ma page n'est pas restée blanche très longtemps.

J'étais avide, j'étais le poisson prisonnier d'un verre d'eau qui retrouve son lac. Je me suis sentie libre, parce que écrire libère.

J'ai écrit un premier livre remarqué. J'ai rangé mes souvenirs. Puis j'ai été draguée par une autre maison d'édition. J'avais pourtant signé un contrat qui m'engageait avec la première, celle qui, avant tout le monde, a cru en moi.

Une grande maison me proposait autre chose, un truc plus juteux, plus pérenne. J'avais signé avant de découvrir le pont d'or, je n'étais pas libre de changer d'avis. Mon mari a dit :

— Un contrat ça s'honore. Tant pis pour les sirènes. Mets de la cire dans tes oreilles et passe ton chemin.

Un soir, je suis allée trouver Marie. Une femme journaliste qui avait aidé à faire connaître mon livre. Je voulais qu'elle me conseille, qu'elle trouve pour moi la formule magique : celle qui aurait le pouvoir de me rendre ma liberté, de me laisser le choix de m'offrir aux sirènes. Je voulais ce nouveau contrat, plein de jus de fric, d'années d'écriture garanties. Marie me dit :

— Ton éditrice est une femme intelligente, elle saura t'entendre.

La patronne de ma maison d'édition est une femme dure, je l'ai vu tout de suite. Mais elle a quelque chose de moi en elle. J'ai quelque chose d'elle en moi. Je ne sais pas quoi. Elle paraît vingt ans de moins que son âge, elle a un joli corps, elle s'habille de façon chic, elle est la Parisienne comme Inès de la Fressange se plaît à la décrire, mais sans la mise en scène lourdingue. Il y a de la subtilité dans son allure.

Elle n'est pas très grande, elle est une main de fer dans un gant de fer. C'est une dame de la haute, elle allonge ses *a* quand elle parle. Elle dit : « N'est-ce pas », c'est une locution bourgeoise, une phrase de Giscard d'Estaing.

Elle me regarde bien en face, elle me fait le plus beau compliment qu'on puisse faire à quelqu'un qui aspire à être reconnu pour son écriture (j'ai été grassement payée pour mes formules publicitaires, mais on ne peut pas vraiment parler de reconnaissance littéraire). Elle dit un truc auquel je n'aurais jamais eu l'audace de prétendre, elle me dit une chose que la pudeur m'interdit de nommer ici – ou la modestie, mais c'est moins sûr. Je suis un peu cynique, c'est de l'autoprotection mal gérée, je pense : « C'est ça, fais-moi ton couplet du renard. Je n'ai pas de fromage à lâcher, moi. Je ne lâcherai pas. » Je lui dis :

— Je veux partir, je suis ingrate, je sais, mais je veux encore plus alors laissez-moi partir.

Elle est coriace. C'est une femme rigide. Je fixe ses yeux. Elle me prend de haut, d'abord légèrement, puis franchement.

Elle dit que je me décris comme un produit marketing, que la seule chose qui m'intéresse c'est de faire de l'argent avec mon talent. Je ne nie pas. C'est ce que je fais depuis quinze ans, me louer au plus offrant. J'ai gagné des blindes avec un talent minuscule, celui de faire parler les marques tout en évitant de prendre les gens pour des cons. Mon métier de publicitaire c'est « concepteur-rédacteur ». On me paye pour que je conçoive. Si on regarde la racine latine de ce mot, on réalise qu'il y a de quoi se prendre pour un dieu. Je prends le monde et je le réécris. Rien que ça.

La publicité m'a grassement payée pour que je m'amuse avec les concepts, pas ceux de Kierkegaard ou de Foucault, non… Elle m'a honorée pour que je laisse des phrases au peuple, des signatures, mes citations d'auteure, toujours accolées à un nom de marque. Et la patronne dit, offensée :

— Mais la publicité ce n'est pas la littérature !

Je n'avais pas réfléchi aux choses dans ce sens. J'ai côtoyé tellement de tocards qui se sont enrichis sur le dos de clients en racontant n'importe quoi – et en pleurant, avec ça –, que j'ai perdu la valeur de la vérité. Dans la publicité, l'imposture est un talent. Parce que de la posture à l'imposture, il n'y a qu'un pas que bien des gens peu scrupuleux se sont mis à franchir sans y penser.

Elle parle encore. Elle parle en me regardant. Ses yeux ne clignent pas, elle contrôle, elle savoure la correction qu'elle est en train de m'infliger. Ses mots sont des gifles à mon visage. Parce qu'elle est une femme respectable, ses phrases me font mal.

Je n'en peux plus. Je suis Rambo qui se défend des Viets et je dis :

— Stop. Ça suffit maintenant. Oui, j'aime l'argent. L'argent gagné honnêtement. Et de l'argent, je vais en avoir besoin. Vous, plus tard, si ce n'est déjà fait, vous hériterez de maisons, de bijoux, de PEP, PEL, PEA. Vous êtes tranquille, vos parents vous ont bien laissé quelque chose ? Moi, je vais hériter d'une mère qui m'annonce en fanfare que ça y est, elle touche la « brique », quand, après quarante ans de bons et loyaux services, il est écrit « 1 500 euros » en bas de sa feuille de paie. Et elle n'a que dix-huit ans de plus que moi… Son loyer est de 600 euros, elle a son frère malade et sa mère à charge. Je vous fais un dessin ou c'est clair ? Je suis responsable de quelques personnes pour encore longtemps, vous pouvez comprendre ça ?

La patronne ne se laisse pas démonter. Elle dit :

— Et alors ? Soyez patiente. Vous voulez tout bouffer, vous allez finir par vous écœurer et, de fait, vous écœurerez les autres.

Alors j'explique le plus sincèrement possible, parce que je réalise en le disant que c'est la vérité :

— Je suis insécure depuis l'enfance, madame, j'ai toujours peur que les gens disparaissent. Ce contrat offert par un concurrent m'assure un contact avec le monde des lettres pour plusieurs années, c'est pour moi la possibilité d'entretenir une relation suivie avec une maison d'édition. Plusieurs livres d'affilée. L'assurance de rester liée par contrat à l'engagement de l'autre. L'argent n'est pas la chose la plus importante, ce qui compte, c'est le lien.

Il y a de la douceur qui est montée au bord de ses yeux verts. Mais elle est une femme de fer :

— C'est pour cela que vous êtes prête à ne pas répondre à vos obligations auprès de nous ? VOUS avez signé un contrat que vous me demandez de déchirer en m'expliquant que ce sont les engagements écrits qui vous rassurent ? elle dit, la patronne, avec son intelligence au bout de ses mots.

Alors je réponds pour la blesser :

— Vous êtes une bourgeoise, nantie, gâtée par la vie, il y a des choses que vous ne pouvez pas comprendre.

Quelques jours plus tard je raconte cet épisode de ma vie d'artiste à Marie, la journaliste.

C'est là que je découvre ma stupidité, mes jugements trop pressés pour être justes.

L'autre me raconte le parcours de la patronne.

Pas des parents bourgeois, ça, non, on ne peut pas dire.

Presque pas de parents du tout, même.

Elle se fait toute seule.

Des murs, elle en a pris. Des vrais.

Elle se redresse.

Elle tombe à nouveau.

La mauvaise fortune vient l'embrasser dans le cou.

Elle nique la mauvaise fortune.

On la jette à terre.

Elle en profite pour semer. Elle se redresse encore.

Plus forte. La bouche cousue. Le sourire jamais pris en défaut.

Elle a mal. Elle ne dit rien.

Elle reste calme.

La force elle vient quand tu restes calme, dit ma grand-mère.

Elle travaille dur.

Elle élève ses enfants. Honnêtement.

Elle ne se laisse pas abattre.

Elle avance. Coûte que coûte.

Elle sort grandie de son histoire.

Elle n'est pas une bourgeoise. Elle est une femme cultivée qui a vécu plusieurs vies. Et moi, j'ai confondu. Parfois, ma fureur me fait emprunter les chemins de la bêtise qui n'est que la paresse de mon intelligence souvent prise en défaut.

J'ai osé lui parler de mon insécurité due à l'absence d'un père et à la légèreté de ma mère. Je l'ai traitée de nantie – car ce jour-là, oui, c'est bien une insulte que j'ai balancée à son visage encore beau.

Je l'ai cataloguée sans réfléchir parce qu'il fallait bien que je me donne une contenance. Je me cherchais quelque chose de mieux. Je l'ai jugée sur sa posture, son vêtement, sa façon de s'adresser à ses employées, j'ai détesté ses petits mouvements de main, sa façon de demander son café à son assistante. J'oubliais que c'était une femme qui n'a plus vingt ans. Je ne voulais pas voir qu'elle pouvait enfin se reposer un peu. Le calme après toutes les tempêtes.

Quelques jours plus tard, elle me donna la preuve de son humanité. Mais, surtout, elle déposa sur mes joues un baiser qui scella nos nouveaux accords et ce fut un coup de baguette magique qui me rendrait meilleure, j'en étais sûre.

Elle tendit son oreille à mes pleurnicheries. Elle entendit ce que j'avais à lui dire. Elle changea d'avis et je pense qu'il faut une grande intelligence pour modifier son point de vue après avoir écouté l'autre. Devant cette femme toute petite je me suis sentie minuscule.

Et, depuis lors, je me suis juré de ne plus jamais m'arrêter à la surface des gens. Je me suis promis d'arrêter de pleurer sur ma vie désormais dorée.

J'exerce le plus beau métier du monde. Je parle aux gens, et ils me répondent. Ils me disent leur vie, leur chemin. Parfois, même, ils me disent merci et ça vaut de l'or. Être autorisée à écrire des livres est le plus beau cadeau que la vie m'a donné.

Tout le monde a une enfance à raconter. Moi, j'ai eu

la chance de pouvoir la dire au plus grand nombre. C'est un poids que j'ai partagé avec les autres, ça a allégé mon fardeau. C'est impudique de narrer son histoire mais parfois ça peut vous sauver du désespoir, alors…

Je dois à Élie, mon mari, et à Alex, le fait d'avoir osé écrire – il faut que je vous raconte Alex. Ils m'ont poussée. Je les aime, je sais leur bienveillance alors j'ai obéi, moi qui n'obéis qu'à moi-même, j'ai dépassé ma peur du ridicule, j'ai écrasé ma honte comme on met fin aux trajets d'une mouche qui met du bruit dans vos oreilles. J'avais lu les grands auteurs, ça m'impressionnait, tétanisait ma main. Mais j'avais tellement souffert que je n'ai pas eu d'autre choix que d'y aller. Maintenant, je baisse les yeux quand je croise les œuvres de mes auteurs chéris. Dans ma bibliothèque, j'ai rangé mon premier ouvrage au milieu des guides touristiques, bien loin des livres qui m'ont tant apporté.

Je ne lis plus que mes contemporains ; ça m'aide à supporter les imperfections de mon langage, mon écriture toute cabossée et mon manque de poésie.

Écrire comme on se souvient, en pleurant souvent. Ça fait mal de se livrer, ça heurte puis ça soulage. Écrire pour revivre les événements, pour les comprendre et enfin les oublier. Écrire pour ranger les douleurs dans un dossier, classer les traumas au rayon des choses à oublier. Écrire ses mémoires pour qu'elles deviennent amnésie.

Écrire sans se contraindre. Me nourrir de mes livres, ne pas attendre d'eux qu'ils me nourrissent.

Raconter encore et encore, être un mouton qui se

rêve en licorne, écrire pour grandir, faire le trajet en lignes, et enfin trouver *sa* place.

Faire et refaire le chemin, se dire qu'un jour on a été.

L'écriture a d'abord agi comme un médicament puis elle est devenue une nécessité. Pas une addiction, une nécessité. Elle calme le bruit autour, elle remplit d'un peu de sens des journées qui n'ont ni queue ni tête, elle rend la vie meilleure. Tourner sept fois sa plume dans sa main puis écrire pour devenir humain. Écrire pour soi en priant pour que ça parle aux autres.

Écrire pour ne plus avoir à crier.

La Bourgeoise qui vivait sa vie sur Facebook

Elle s'appelle Sandrine. Elle a honte. De son héritage qu'elle touchera bientôt. De son métier qui n'en est pas un, dit-elle. Elle a honte de ses fesses, de la couleur de sa peau, trop foncée, de ses cheveux, trop noirs. De ses boucles, pas assez nettes. Elle tire sur ses cheveux, parce que sa mère les lui arrachait, enfant, la scalpait en hurlant quand elle ne pouvait pas s'en prendre à son mari qui la délaissait. Sandrine fait des brushings pour mettre un semblant de rectitude dans sa vie trop plate. Elle complique tout, le genre de femme à ouvrir une pochette d'allumettes avec un ouvre-boîtes électrique. Elle n'a pas de problème majeur alors elle se dit qu'elle n'a pas de vie. Les palpitations du monde l'ont vite oubliée. L'amour aussi. Elle a eu un mari il y a des années, il s'est lassé, dès le début. Mais, comme elle tombe enceinte pendant les premiers jours de leur mariage, il reste.

« Tu es trop compliquée », lui dit-il quand il la quitte pour une femme plus jeune, plus blonde, plus de seins et tout. Les hommes quittent pour une autre. Ils trouvent des excuses bidons, mais la vérité, c'est qu'ils quittent leurs femmes comme on quitte un boulot : pour plus de fric et des conditions de vie meilleures. Les hommes font avec les femmes comme avec leurs voitures, ils changent pour encore plus d'adrénaline. Ils sont des conquérants quand ils ne sont pas des lavettes. Ils veulent les nouveaux territoires.

Sandrine pense qu'il l'a quittée à cause d'elle. Ça fait bouillir une laine de verre piquante au creux de son ventre.

Elle dit qu'il la quitte à cause de la blonde qu'elle n'est pas.

Elle dit tout et son contraire. Elle se ravise, se dédie sans jamais avouer ses erreurs de jugement.

Elle me demande d'être son amie sur Facebook. Elle dit : « Tu as l'air d'avoir pas mal de contacts. Je connais Untel qui connaît Untel qui connaît machin qui te connaît. » La théorie des six degrés de séparation ; on se connaît tous un peu au fond et tous si peu en vrai. Je la branche avec des amis mâles. Mâles intentionnés. Ils disent Fesses Book. Je comprends vite pourquoi. Ça se sent, ça se respire par écrans interposés. Parfois ça se croise dans la vraie vie, ça couche très vite ou alors ça ne se revoit plus. Ça, c'est pour les relations, disons, intéressées.

Je lui présente mes copains comme on présente un cheval à une jument les jours de grande saillie. Ils disent : « Elle est noire, son cerveau est peint en noir. » On n'attire pas les mouches avec de la merde, quoi qu'en disent les expressions toutes faites. Elle couche un peu, plus trop, elle a usé son calepin de contacts et puis elle n'a pas le goût de l'amour. On lui a montré les convenances, on lui a appris que le matériel suffit à faire un bonheur.

Évidemment, elle s'en défend.

Elle est attachée de presse dans l'industrie du luxe. Son truc c'est de faire reluire les statues d'hommes qui se prennent pour des dieux. Elle astique, guette la fumerole qui fera sortir au grand jour le génie de ces messieurs. Elle a cette prétention : grâce à elle, on dit du bien d'autrui. Elle fait le bien des autres. Ils brillent parce qu'elle le veut bien. Elle n'est pas une déesse mais elle fabrique des Rois-Soleils. Elle se dit qu'elle les fait exister, elle qui n'est pas douée pour la vie. Ça lui donne une raison de vivre.

Elle n'aime pas son métier. Elle dit, je vaux mieux que ça. Je lui dis : « C'est un métier plus que nécessaire. C'est avec des gens comme toi que d'autres gens accèdent à la notoriété, font valser le tiroir-caisse. » Elle n'écoute pas. Elle déteste son quotidien, elle aime les *Inrocks* et Ibiza, elle veut de l'authentique, elle déteste les sophistiqués qu'elle croise au bureau. Elle hait aussi tout ce qui se rapporte à elle. Je la soupçonne de cracher sur ses miroirs.

Son métier fut un choix par défaut, comme son mari. Elle aurait voulu être écrivain, se voyait bien en Marguerite Duras. Cacher son corps derrière une grosse machine à écrire. Elle fait du sport en salle à défaut d'en faire dans une chambre. C'est son drame, le manque d'amour. Elle écrit des pages, elle me les montre. Je n'ai rien à en dire. Elle écrit sa vie comme on écrit des communiqués de presse. On a beau dire, on est ce qu'on fait et on fait avec ce qu'on est. Elle fabrique douloureusement des phrases qu'elle voudrait inspirées, là où elle ne fait que paraphraser des lettres types aux formules académiques. Elle s'oblige à mettre des mots savants dans ses lignes, elle voudrait tellement qu'on l'aime pour son intelligence puisque plus grand monde, aujourd'hui, ne s'intéresse à son derrière.

Elle me raconte sa vie, elle noircit les pages de son ordinateur. Chaque jour, je reçois un long message via mon compte Facebook. Elle me dit tout jusqu'à son enfance. Je ne la connais pas, je la laisse parler. J'aime son impudeur, c'est la trace de son désespoir. Ça lui fait du bien de se livrer, elle a le sentiment qu'on s'intéresse enfin à elle.

Un jour elle me dit qu'elle veut mourir mais qu'elle n'ose pas, alors elle dort, elle dort, pour oublier qu'elle respire encore.

Elle dit : « Ma vie c'est un livre », alors que l'histoire de sa vie, objectivement, tiendrait sur une page. Elle est née riche, ses parents ont divorcé quand ils ont jugé que sa sœur et elle seraient en âge de comprendre. Elle n'a pas fait d'études, elle a des lacunes, elle s'est mariée par dépit, a fait un enfant sans y penser puis elle a divorcé. Elle touche une pension alimentaire, un salaire moyen, son ex-mari lui a laissé l'appartement en guise de dédommagement, elle n'a pas de problème matériel. Elle élève son fils comme on fait semblant, elle prend la pose de Mère Courage alors que tout va bien. De courage, il ne sera jamais question dans sa vie arrangée depuis le départ. Son appartement est joli, l'argent rentre en quantité, son fils travaille bien à l'école, son travail lui laisse du temps, les magazines s'entassent correctement sur la table de son salon. Elle part au Club Med deux fois par an parce que le Club est connu pour faire se rencontrer les gens. Elle met son fils au Club enfant, ça lui évite les tête-à-tête glauques de mère célibataire, elle lie connaissance avec des pères célibataires, eux aussi. Ils partagent leur expérience. Elle reluque les nuques mouillées des GO mais ils ne répondent pas à ses œillades ; il y a trop de grimaces sur son visage. Elle cherche des amis tout le temps parce qu'elle épuise vite les autres. C'est du monde autour qu'il lui faudrait pour aller mieux. Mais le monde s'approche et se sauve aussitôt. Elle n'est pas la fille cool qui se raconte sur ses statuts Facebook. Elle est agressive en vrai, elle vit dans une cage immense, le XVIe arrondissement, et ça la rend colérique.

Lorsque son mari la largue pour une femme plus jeune avec des yeux plus bleus, elle décide d'une garde alternée pour son fils de huit ans. Elle décide de tout pour se donner l'illusion de contrôler ce qui, pourtant, lui échappe. Son ex-mari a peur qu'elle se flingue, il dit qu'elle EST la dépression. Elle en profite, elle choisit de garder l'appartement, bien fait pour toi, connard, fallait pas avoir le zizi qui frétille pour une autre ! Elle croit le faire plier, il est déjà ailleurs. Il est lâche, comme souvent les hommes ; il pense à la suite. S'il n'avait pas d'enfant avec elle, elle pourrait mourir, il oublierait d'y penser.

L'homme est un loup pour l'homme et un chacal pour la femme.

Elle continue de dormir dans la chambre où elle a passé dix ans auprès de son mari. Sans le vouloir, elle s'interdit une vie nouvelle. Elle repeint les murs, mais les murs, même repeints en rose, te rappellent chaque jour la vie que tu as perdue.

Elle dit qu'elle aime son statut de mère à mi-temps, elle dit que ça lui laissera du temps pour vivre sa vie de femme :

— Une semaine en prison avec le gosse, une semaine à profiter de la vie !

Elle s'égare. Elle fait les mauvais choix. Elle se dit vertueuse quand elle est abusée.

Quand arrive le temps des vacances scolaires, elle fait des crises d'urticaire géante. Elle ne peut pas passer de temps en tête à tête avec son gamin : ça lui rappelle qu'elle n'a pas de mec. Alors elle dort avec son fils pour se donner l'illusion d'un lit moins vide. Mais, quand elle se réveille dans la nuit, elle se met à le détester un peu, elle en veut à cet enfant de prendre la place d'un autre alors que c'est elle qui le supplie de ne pas la laisser seule dans son grand lit tout froid.

Un jour elle m'écrit : « Je veux te voir. »

Je ne réponds pas. Elle insiste. Longtemps, des jours. Je suis encore en proie à une curiosité malsaine, ça me rassure de voir le dedans pauvre des riches au-dehors.

Je la retrouve dans un café du XVIe arrondissement de Paris. Elle ne quitte que très rarement son quartier. Elle est née ici, elle a grandi ici. À dix-huit ans, elle a pris son indépendance en investissant un studio de la rue de la Paix. Elle n'a pas supporté la solitude.

Aussi, c'était la garçonnière de son papa. Un jour, dans un placard, elle retrouve un Photomaton de son père enlaçant une jeune femme sur le lit de la chambre où elle dort désormais.

Ce jour-là précisément, à l'âge où les rêves de princes charmants sont encore permis, et sans vraiment se l'avouer, elle se met à haïr les hommes. Elle les détestera jusqu'au bout.

Elle a passé sa jeunesse à courir les soirées, ça lui a fait rater ses études. Elle redouble son bac, elle dit que c'est la faute à l'administration.

Elle me raconte tout cela en pleurant sur la table du bistrot chic où je n'ai pas envie d'être. Elle commande un café. Sans sucre, c'est mauvais pour la ligne. Elle n'est pas grosse. Elle est épaisse, mais elle n'a pas d'embonpoint. Elle refuse de s'alimenter correctement, elle fait des cures de régime, elle mange un avocat et dix graines par jour. Des litres de café serré. Elle grossit, elle maigrit, mais, quel que soit son poids, elle reste indésirable. Je lui dis, allez, pour fêter notre trouvaille, partageons une religieuse, elle refuse, elle me croit le diable. Je joue au soleil pour compenser son ombre, mais je ne peux pas. L'amertume de cette fille est trop vaste. Ce serait comme jeter un sucre dans la mer pour lui donner le goût du miel. Il est des tendances impossibles à inverser.

Et puis, je suis frappée par la tristesse qui ronge ses yeux. Les yeux d'un chien qu'on abandonne, deux feuilles fanées qui peinent à se défaire d'une branche plus très solide.

Sur son Facebook, il y a des photographies d'elle qui rit, qui sourit, elle qui bronze, les paysages bretons qu'elle visite. Toujours les mêmes, elle aime Saint-Malo, elle trouve la plage à pleurer de beauté, les embruns comme la sueur de l'océan, la pluie lourde comme les larmes du soleil… Pourtant, elle a des origines de Méditerranée, comme moi. Son père est un juif d'Algérie. Elle déteste les manières sémites, elle qui a un visage à mettre dans une exposition morbide du style : « Le Juif, sachez le reconnaître », connaît la haine de soi et je me dis que ce doit être une drôle de punition de devoir se regarder vivre un jour après l'autre.

Sur le mur de son Facebook, il y a plein de gens pour lui souhaiter un « bon anniversaire » et de « l'amour » et des « 365 jours de soleil », mais moi je pense que les gens qui vous aiment vous appellent pour vous le dire. Parfois, même, ils vous le disent en face.

Quand on sait par ailleurs que Facebook prévoit une petite fenêtre pour vous rappeler le jour de naissance de vos « amis »…

Elle est attachée de presse, elle peut servir, on ne sait jamais. On reste poli. Plus les gens ont de messages de ce type sur leur « Mur », moins ils fréquentent de personnes dans la vraie vie.

Je suis frappée par la différence entre la femme encore jeune dont je suis les mouvements sur la toile blanc et bleu, celle qui demande un pouce en l'air si vous aimez ou pas, et la pauvre fille que je trouve assise en face de moi.

Facebook est l'endroit rêvé pour se fabriquer une vie idéale. Cette fille oscille entre un narcissisme démesuré et une haine palpable de soi.

Ainsi, je sens une schizophrénie entretenue par le réseau dit social. Elle se montre autre sur le mur de son profil, elle fait tapisserie sur des plages grises, toujours cadrée de sorte qu'on ne voie pas les rides au coin de ses yeux, le bas de son corps épais. Elle offre un sourire immense, on croirait presque à son bonheur. Pourtant, si l'on observe bien, on remarque que son regard ne répond pas à sa bouche.

Elle échange des messages savants avec des types inconnus. Elle est Christian de Neuvillette qui emprunte ses phrases à son pauvre Cyrano du web : Evene, le site qui cite…

Dans ce café du XVIe, elle m'explique que la vie est trop vache, que c'est trop dur de vivre sans personne à aimer. Elle dit :

— Même aller faire caca m'est pénible, c'est un véritable accouchement chaque fois.

Puis elle ajoute :

— Ben quoi ? T'es choquée ? Vous ne dites pas « caca » en banlieue ?

Je suis troublée par ce malheur librement infligé ; je suis choquée, oui, de voir une fille en bonne santé se croire le chanteur abandonné parce qu'elle n'a plus de mec, et se punir pour cela. Elle court des marathons pour faire battre son cœur plus vite alors qu'il lui suffirait d'être gentille pour qu'on s'intéresse un peu à elle, qu'on lui ouvre les bras et qu'on réveille enfin son palpitant. Je lui propose un peu de gâteau, à nouveau. Je lui dis :

— Allez, un peu de douceur, ça te fera du bien.

Elle ne veut pas, elle veut perdre du poids, elle se voudrait supprimée, ectoplasmique. Plus tu maigris, plus tu t'aigris j'ai envie de lui dire, mais la phrase est moche alors je souris et j'ajoute de la chantilly sur mon café pour oublier son amertume.

Elle me reparle de Facebook, elle dit que c'est un pays fantastique – elle dit « un pays » –, celui de la liberté d'être celle qu'elle veut. Elle voyage en regardant les photographies postées par d'autres, les traces de leurs vacances. Je lui dis :

— Mais tu as de l'argent, du temps ! Voyage, vois le monde au lieu de vivre ta vie par procuration comme dans la chanson de Jean-Jacques Goldman !

Elle dit que j'ai des références affligeantes. Elle dit que les voyages c'est pour les cons, que les gâteaux, c'est pour les faibles. Elle dit : « Tu ne sais pas ce que c'est, toi, de dormir seule ! » (euh… je lui dis que je suis restée trois ans sans toucher la peau d'un homme ?). Elle dit que je ne suis qu'une pauvre qui pense que l'argent est un dieu. Elle dit que l'amour est enfant de bohème, qu'il n'a jamais connu de lois et qu'elle, elle n'en connaît pas le mode d'emploi. Elle parle à l'envers de la raison et ça me donne le tournis.

Alors, puisqu'elle semble tout savoir sur tout, je lui demande :

— Pourquoi voulais-tu me voir puisque j'ai tort tout le temps ?

— Ben justement, dit-elle, sans se démonter. J'ai appris par d'autres de Facebook (je précise : des personnes que je n'ai jamais croisées) que tu n'avais aucun complexe, que tu osais tout – sûrement parce que tu n'as pas eu d'éducation – et que, bon an, mal an, tu avais toujours eu un homme pour t'aimer… (euh… non mais bon)… Bref… comment tu fais pour garder les mecs, Sylvie ? C'est pas pour ton héritage qu'ils te choisissent et, excuse-moi d'être franche, je suis superhonnête, c'est dans ma nature… mais… ne le prends pas mal… tu es bien moins belle en vrai qu'en photo…

Je reste calme. Cette fille est faible. Elle ne s'aime pas. Elle cherche un plus petit qu'elle pour se sentir grande. Elle n'atteint pas le mètre cinquante-cinq. Au-dedans, elle est ratatinée comme le nez d'un poilu qui raconte ses exploits de guerre au journal télévisé de l'an 2000.

Je pourrais lui dire ma peur d'être lâchée qui me pousse à larguer mes mecs au moindre de leurs frémissements. Je pourrais lui dire mes larmes quand je perds mes clés, le sentiment de honte qui m'étreint quand je me mets à penser qu'elles m'ont abandonnée comme mon père m'a abandonnée avant mon premier jour.

Je ne dis rien. Je songe à ce que ma grand-mère m'a appris : le pouvoir est l'héritage des calmes. J'ai encore du boulot côté apaisement de mon caractère, mais je pense que cette fille ne vaut pas la peine de s'énerver. Elle insiste :

— Bon, dans tous tes potes, là, y en a pas un que je pourrais intéresser ? Philippe, là, c'est ton copain ?

Oui, oui, c'est mon copain. Il l'a sautée. Il a eu peur. Elle ne sait pas que je sais. « Elle a les seins qui pleurent jusqu'à son nombril », me raconte-t-il un soir. Elle ignore que les gars qui la sautent en la « pokant » sur Facebook me font des rapports réguliers. Un autre encore, me dit : « Elle a les seins qui fondent. » Deux garçons qui ne se connaissent pas me rapportent le même détail. Pourtant, sur son profil, on peut voir des photographies de la donzelle en maillot de bain. Sa poitrine a l'air normal. Facebook, miroir aux alouettes, fenêtre derrière laquelle on colle les paysages qu'on veut.

Je pourrais lui sortir deux phrases qui la mettront en miettes, là, tout de suite, l'achever sur cette table en faux bois où elle ne finit pas de chialer.

Je pourrais lui dire que mes copains la sautent juste pour lui faire plaisir, pour voir derrière le rideau aussi, parce qu'elle est une invitation au salon du Cul à elle toute seule tellement elle met de rouge sur ses lèvres et des coussinets gonflables sous ses nibards. Mais je ne dis rien.

Elle veut que je l'accompagne fumer son clope sur le trottoir. Elle maudit les lois contre le tabac. Elle maudit tout ce qui ne va pas dans son sens.

Elle demande du feu à un homme qui passe et c'est comme si elle attendait qu'il allume sa chandelle. Elle voudrait sa lueur dans les yeux d'un mec qui passe. Cette fille est perdue.

Elle est avide, à vide aussi, béance énorme, faille à combler. La mère égoïste, le père absent. Toujours le même scénario.

Elle croit que l'amour vient quand on ouvre ses fesses. Elle se prend pour un étal, madame joue les primeurs, goûtez mes melons, admirez mes pastèques, allez, allez, essayez, vous finirez bien par vous faire à ma saveur ! Ils goûtent, le goût est âcre, ils n'achètent pas, ça la tue alors elle devient méchante pour ne pas mourir.

Elle me regarde sans parler, cinq secondes infinies à enfoncer ses yeux tristes dans mes yeux qui s'excusent. J'ai peur de son malheur.

Elle réitère :

— Non mais, sérieux, dis-moi. Comment une fille comme toi a réussi à trouver un mari comme le tien ? C'est un hold-up !

Puis elle rit, elle est son propre public.

Je précise, sans bouger un cil :

— Deux maris. J'en suis à deux maris.

Elle ne voit pas son impolitesse, elle ne fait pas exprès. On lui a appris que l'argent dirige le monde. On lui a appris à tenir correctement ses couverts aussi, à dire s'il vous plaît et merci, sauf à sa domestique. Sa nounou, qui n'est qu'un chien pour elle, en vérité. Elle dit :

— Oui, deux maris. Tu as eu de la chance. Ou alors tu dois faire des trucs de dingue au lit.

Voilà, c'est ça.

Elle prend l'amour physique pour une performance acrobatique. Elle se croit forte parce qu'elle fait du sport. Beaucoup de sport. Anormalement. C'est pour les endorphines qui l'apaisent de moins en moins.

Un jour, je rentre du travail, mes enfants sont chez leur père, j'allume mon ordinateur, me place devant mon profil Facebook. Je reçois un message. Il vient d'elle.

Elle m'explique qu'elle va mourir si je ne la rappelle pas tout de suite. C'est horrible mais je pense : « Heureusement qu'elle n'a pas mon numéro de téléphone. »

Elle dit que Farid, un ami que JE lui ai envoyé – elle a insisté des semaines pour que je les mette en relation –, l'a traitée comme une moins que rien. Elle dit : « Pourtant a priori, je n'ai rien contre les Arabes de banlieue, ce sont des personnes comme les autres. » Elle dit qu'on ne juge pas les gens d'après leur pedigree bancaire, elle a même payé le restaurant. Deux fois.

Une autre fois, elle dit qu'il l'a baisée sans capote, elle prend ça pour une preuve d'amour. Elle ne comprend pas que Farid ne rappelle pas.

Je ne réponds rien.

J'appelle Farid.

— Farid, c'est Sylvie. Qu'est-ce que t'as fait avec l'autre dingo ?

— Rien… C'est une folle. La meuf, tu lui prends la main, elle pleure. Tu lui roules une pelle, elle dit : « Non, pas comme ça », j'ai bu une gorgée d'eau avant que son café n'arrive – la meuf, elle boit que du kawa, elle mange pas ! – elle m'agresse du style : « Ça va ? Tu ne te demandes pas si j'ai soif moi aussi ?! » Elle a commencé à me chauffer, tu vois ?

— Et ?

— Et rien ! La meuf, elle veut qu'on aille à l'hôtel. J'ai pas les thunes moi, chuis au R'mimi amélioré, en plus elle a un appartement vide dans le SEIZIÈME !!!! J'ai jamais dormi dans le SEIZIÈME, moi !!! La meuf, elle veut pas que je vienne chez elle, elle a peur que je la vole !

— Bon… et vous avez fait quoi ?

— Ben rien, elle dit, je veux aller au Maurice. Je lui dis : « C'est qui Maurice », tu vois ? Elle rigole, je lui dis : « Vas-y, reste tranquille, tu te moques de moi, là. » Elle me répond, c'est un hôtel. J'lui dis : « Tu crois que je vais payer pour te faire l'amour ? » Tu sais pas ce qu'elle dit, cette kharba ?

— Non…

— Elle dit : « Ça se mérite d'être mon homme. » Je veux pas être son homme moi ! Je veux bien la bouillave, tranquille, mais c'est tout.

J'inspire. J'en ai assez des bourgeoises qui pensent se créer des émotions en mettant dans leur souvenir un jeune gueux de la race des interdits.

Farid est beau comme un dieu, inculte comme un clavier sans lettres. La peau claire et les yeux noirs, il est fier de son torse, de ses bras magnifiquement dessinés. Farid qui se fait appeler Fred quand il passe la barrière du périphérique.

Farid est le genre de mec à mesurer son pouvoir au nombre de clés pendues à son trousseau qu'il porte à la ceinture. Il travaille occasionnellement pour une société de climatisation, il vit toujours à La Courneuve. Son caractère de feu fait qu'à trente-quatre ans il est toujours célibataire. Il est gentil, mais, comme tous les gars de mon coin, il pense que le respect qu'on vous porte détermine la valeur d'un homme. Il veut sauter Sandrine pour se dire qu'il a baisé les riches qui ont niqué ses parents. Sa mère était gouvernante dans une famille du XVIe, justement. Une famille catholique qui pensait faire acte de courage et d'ouverture en exploitant douze heures par jour, et pour un salaire dérisoire, une mère de famille nombreuse.

Sandrine abreuve mon compte Facebook de messages tous plus longs les uns que les autres. Je la signale à la compagnie américaine comme « indésirable », ce qu'elle est quand « tu la vois nue debout.

Couchée, ça va, sauf les seins, ils pendent sur les côtés », me racontera Farid, un peu plus tard.

Elle rentre sur mon compte en s'inventant un nouveau profil. Cinq jours après ses premières menaces de suicide, elle réitère sa demande :

— Je veux te voir, je veux te parler de Farid. Il a quitté le Meurice sans payer alors que j'ai laissé l'empreinte de ma carte de crédit au check-in, il m'avait juré de payer la chambre en liquide. Il me doit sept cent vingt euros. Je vais déposer plainte contre lui, j'ai besoin de son nom de famille. Je n'en peux plus d'être prise pour une merde, je suis un ÊTRE HUMAIN, rappelle-moi sinon, je n'aurais pas d'autre solution que de me supprimer.

Je ne réponds pas. Ou plutôt, si, je réponds. Quelques jours après le dixième message où elle menace encore de mourir, j'écris ce mot :

« Crève. »

La bourge de banlieue

Elle s'appelle Alex.

Elle arrive du Raincy, la Suisse du 93. Une ville sans tours ni cités. Des pavillons comme dans les banlieues chic, mais plantés au milieu du marasme. Un village d'Astérix qui résiste au béton et à la saleté.

Elle est allée à l'école avec les habitants des cités des villes autour, mais le soir, c'est dans une maison qu'elle rentre se coucher. Elle a vu ses parents trimer pour lui offrir des vacances au Club Med quand les autres, à l'école, partaient en colonies ou restaient pour servir de cale aux murs qui font leurs barres. Elle est la bourge de la banlieue. Un modèle particulier qui porte les stigmates du beauf mais enveloppé dans du papier de soie imprimé. Elle s'énerve, elle ne veut pas être celle-là, pas moi, dit-elle, les bourges de banlieue restent en banlieue, moi j'ai bougé sur Paris.

Ses parents avaient deux voitures, son père roule en Porsche. Elle dit : « Et alors ?!!! Il ne l'a pas volée ! » Elle n'est pas allée très longtemps à l'école, elle refuse de lire les bouquins sans images que je lui tends, elle se défend d'être complexée, Dieu sait pourtant si elle l'est. Il manque des mots à son vocabulaire, pourtant sa pensée est claire mais elle peine parfois à l'exprimer. Je lui dis : « Il n'est jamais trop tard pour commencer à lire », elle résiste, elle ne comprend pas l'utilité des livres, elle veut réussir, sans fougue ni théâtralisation, elle ne se raconte pas d'histoires, elle veut la vie dorée, elle aussi. Elle évite de tortiller du cul parce qu'elle ne veut pas rater le trou. Elle veut mettre dans le mille.

Quand elle est mal à l'aise, elle tire nerveusement sur une mèche de ses cheveux. Je connais le langage de son corps.

Elle ne sait pas décider. Elle se gratte sept cents fois le cul avant de s'acheter un manteau. Elle n'ose pas faire de choix, même anodins. Elle contrôle tout, elle aussi. C'est la marque de ceux qui ont peur. Elle a des yeux clairs étirés, comme s'il fallait que son champ de vision soit plus étendu que celui du commun des mortels. Elle scrute, tout, tout le temps, parfois ça la perd un peu en chemin, mais toujours elle retrouve sa route.

Je sais son intégrité même quand elle prend la pose.

Elle fait semblant de se laisser éblouir, mais elle a conscience de son jeu, elle s'arrête à temps. Je me moque d'elle, de ses manières empruntées, elle joue son rôle, c'est un costume qui garde au chaud son authenticité, parce qu'elle est une vraie personne.

Elle dit : « Être ton amie ça se mérite ! » Je suis dure avec elle. Je ne laisse rien passer. Mais je la rattrape par le col quand elle flanche. Elle a toujours peur que je me détourne d'elle. Elle dit : « Je te préviens, si tu me bases, ce n'est plus la peine de me rappeler. » Je ris à tomber par terre, parce qu'elle sait que je ne rappelle pas, j'assassine mes amitiés sans bouger un cil. Elle connaît mes radicalités. Elle m'a vue me détourner de personnes sans donner d'explications. Elle dit : « Tu es dingue, on ne peut pas fréquenter les gens pendant des années et ne plus vouloir les connaître du jour au lendemain. » Je suis inconstante, attachée à peu de chose, en vérité. Ça la déstabilise. Elle veut tout contrôler. Elle a une peur bleue comme ses yeux que sa vie lui échappe.

Elle veut des gages de mon attachement, tout le temps. Elle ne croit personne. J'ai mis dix ans à gagner sa confiance. Même après que j'ai donné les preuves de ma loyauté, elle doutait encore.

Elle a vécu dans une banlieue molle et ça a fait d'elle une personne tendue. Elle a grandi entre deux parents aimants et courageux et, pourtant, elle n'a pas confiance en elle. Elle veut que ça brille, vite, parce qu'elle comprend la vacuité de l'existence. Elle veut finir sa vie en beauté, alors elle travaille dur.

Elle choisit un métier glamour. Elle vit du travail des autres, elle vend des artistes. Elle se nourrit de leurs efforts alors qu'elle a quelque chose de précieux qu'elle s'obstine à cacher.

Quand elle cherche un appartement, elle rêve sur des hôtels particuliers à six millions d'euros parce qu'elle est une princesse. Une princesse qui retrousse ses manches. Sa grand-mère l'appelait « Princesse Sarah » parce qu'elle avait le visage de la petite reine du dessin animé. Elle n'a pas la vie qu'elle aimerait avoir, alors elle est nerveuse. Je lui demande d'être patiente et, venant de moi, ça s'apparente à une insulte.

Elle m'entraîne dans ses « Fashion-Weeks ». Elle tourbillonne d'un palace à un autre, elle prend des drinks avec des « fashion artists », elle change ses manières, elle parle anglais, ça la soulage, le langage comme un masque. Je suis la seule à la voir tirer sur sa mèche. C'est la marque de sa gêne. Le soir, elle rentre épuisée par son jeu d'actrice.

Je la pousse à changer de métier. Son truc à elle, c'est la cuisine. Quand elle vous fait à manger c'est une déclaration d'amour. Elle est une VRAIE PERSONNE, elle se doit d'être utile aux autres. Sa bouffe fait du bien. Elle y viendra, elle fait toujours ce que je lui conseille, mais elle prend des détours, tout le temps ; elle veut expérimenter des choses sans intérêt, je lui dis qu'elle perd son temps, elle me répond : « Ta gueule, chacun son rythme. »

Je ne comprends pas ses zigzags, ils sont un frein à sa course. Je me tais, parce que je réalise en vieillissant que prendre les gens comme ils sont est un pas vers la sagesse.

Elle m'a forcée à écrire, elle aussi. Elle a comploté avec Élie. Ils m'ont prise en étau. Pour mon bien. Ils ont été les parents idéals qui poussent leur petite vers son destin.

Elle a été présente, chaque jour qui a suivi mon divorce dramatique. Elle m'a fait à manger. Ses casseroles cohabitaient avec les assiettes de ma grand-mère. Elle est entrée dans ma famille par la porte de la cuisine. Margot a prié pour sa délivrance quand elle mit sa fille au monde. Elle a une place chez nous. Alex me disait :

— Mais, pleure, merde, pleure ! Purge un peu !

Et moi je répondais :

— Je ne peux pas me payer ce luxe. Si je pleure, tout le monde coule avec moi.

Quand c'est vraiment dur, la vie, ma grand-mère dit :

— C'est pas le moment, tu pleureras plus tard.

Alex m'a poussée vers Élie parce qu'elle sut avant moi qu'il était ma moitié d'orange, le pot à mon couvercle. Elle m'a dit :

— On ne peut pas vivre sans amour, c'est trop dur la vie toute seule. Laisse-toi faire pour une fois. Arrête de vouloir contrôler jusqu'à ta souffrance.

Elle sait mieux que moi ce qui est bon pour moi. Ça me bouleverse. Elle a le bon sens de ceux à qui on ne la fait pas. Elle ne se laisse pas abuser par les autres. Elle prend ce qu'elle a à prendre et ça la rend égoïste. Elle sait choisir entre deux routes. Elle est honnête. Honnête et un peu vicelarde. Elle déjoue les mauvais tours. Elle sait éviter les pièges. Elle sait ce qui est bon pour elle aussi parce qu'elle refuse de se mentir. Un jour, un type plus vieux qu'elle mais encore jeune lui propose La Grande Vie. Le riche est fou d'elle, il veut l'épouser, il a tout l'attirail qui fera d'elle une vraie princesse en toc. Ça la tente, elle est jeune, c'est normal. Il est riche, il est gentil. Elle me demande mon avis, je lui réponds : « Pourquoi pas ? » Je me laisse avoir par les apparences, les sourires, les portes des voitures de luxe tenues par ses mains manucurées d'homme qui n'a pas fait l'armée. Elle se laisse aller à lui, elle a mon aval. Elle essaye, mais elle ne sait pas tricher. Elle lui dit : « Je ne t'aime pas, je ne t'ai jamais aimé, je ne t'aimerai jamais, tu sonnes faux. » Mais avant ça, pour le punir de l'avoir convaincue de goûter à son miel, elle va lui faire la misère. Elle le traite comme une merde et lui, il ne demande qu'à demeurer l'ombre de sa main, l'ombre de son chien, l'ombre de son rien, alors qu'elle le jette comme un yaourt périmé.

Il n'a pas de dignité, ça la pousse à encore plus d'ignominie.

Elle me montre les lettres d'amour écrites avec des flammes, elle les passe au broyeur, toutes, elle en fait du fromage râpé tandis que je suis horrifiée, on ne jette pas la prose qu'un autre aura écrite avec son cœur. Elle me répond que ce garçon n'a pas de cœur, il ne sait pas l'amour : « Il me voit comme un tableau, pas comme une femme. Sa mère a oublié de l'aimer ; il connaît pas j'te dis ! » Des années plus tard, je m'aperçois qu'elle dit vrai.

Après qu'elle l'a diminué (il n'était déjà pas très grand), lui, l'homme de quarante-cinq ans, s'est acheté une fille de vingt ans pour mettre dans son salon design, une fille laide comme Javotte, plus con qu'un balai, qui, au moins, a le mérite de servir à quelqu'un. Petit à petit, il devient mort. Il ne s'est jamais remis d'Alex. Il a toujours fait semblant alors il est devenu un mensonge.

Et puis, un jour, je découvre la photographie du père d'Alex accrochée à son frigo. Mon cœur fait un bond comme quand on descend une pente un peu trop rapidement. L'homme qu'elle vient de mettre en miettes est le sosie de son papa. En piétinant le riche, elle a tué le Père.

Elle veut les grands décors, Alex, elle rêve de tutoyer Anna Wintour. Mais elle n'est pas prête à vendre son âme à un possesseur d'Amex noire fluo pour parvenir à ses fins. Elle est trop lucide. Elle m'a vue faire les mauvais choix, elle m'a vue battre ma coulpe en public, regretter mes erreurs d'aiguillage, elle a soigné ma superbe quand Mickaël a sali mon amour-propre, elle a massé mes épaules et m'a tendu les siennes quand j'avais peur d'aimer à nouveau. Elle a été compréhensive et patiente parce qu'elle n'est pas une fille de cité. Mais elle possède la loyauté des filles de banlieue. Mes copines de La Courneuve ont mis des coups de pied à mon cul. Les gens de ma ville ne vous tendent pas de mouchoir pour essuyer vos larmes, ils vous interdisent de pleurer.

Alex aurait pu se contenter de sa Suisse du 93. Ça ne lui va pas, elle veut Paris, elle veut la lumière. Elle a du mal à avancer parce qu'elle est ralentie par ses scrupules, ses calculs silencieux. Elle ne veut pas foncer. Elle a peur des murs.

Pourtant, elle mange avec les doigts, elle finit les assiettes de toute une tablée au restaurant, elle se bat dans les cinémas. Elle est toujours prête à en découdre. Mais elle hésite à prendre des décisions qui engagent son existence. Elle attend que sa petite sœur fasse un bébé pour voir ce que ça produit sur ses parents qu'elle adore. Quand elle est rassurée, elle fait un enfant.

Moi, je décide vite, après j'ajuste. Elle, elle prend son temps alors ça la rend nerveuse parce qu'elle se retient tout le temps. Elle me dit : « Tu t'exposes trop, Sylvie, apprends à te protéger. » Je ne sais pas. J'ai été une enfant qu'on envoie au combat. Très tôt. Mon beau-père et la rue. Ça m'est resté, ce goût pour la bataille.

Un jour, elle n'en peut plus de vivre sans choisir.

Nous partons toutes les deux pour Bangkok.

On se sépare le matin, elle expérimente des trucs bizarres, se fait faire des lavements du côlon, un tuyau de douche enfoncé dans le cul, elle croit au bio mais elle fume des cigarettes… Elle boit des jus d'herbes, puis, quand elle n'en peut plus, se jette sur mes glaces colorées. Je me moque d'elle, elle répond : « Tu verras quand tu seras vieille. » Elle prend des précautions tout le temps. Parfois elle oublie le présent. Elle mise sur l'avenir. L'avenir, c'est juste un présent en construction, je lui dis pour faire bouger ses avis tranchés, elle fait des pffff, elle tire sur son clope, et moi, je râle.

Le jour, je cours les rues à la recherche de pierres semi-précieuses. Le soir nous nous retrouvons pour une longue marche entre les voitures et les mobylettes entassées de Sukhumvit Road. Nous avons besoin du bruit pour nous dire des choses importantes. Elle sait qu'elle doit choisir une route. Elle veut la vie parisienne, elle veut les relations futiles, elle veut les mètres carrés, elle vient de repousser le tiroir-caisse à yeux clairs.

Elle me fait un aveu : elle aime toujours son amour d'enfance, mais sera-t-il à la hauteur de son rêve de princesse ?

Le premier amour. Un gars de banlieue. Le fils d'une femme de ménage et d'un homme du bâtiment. Un Portugais, donc. Est-ce bien raisonnable ? Je lui dis : « Je ne sais pas. »

Elle renoue avec ce garçon sensible et solide. Et puis, un jour, le fils de prolétaires, qui a tout à prouver, la largue pour une autre, une fille plus simple, une fille qui fume et boit des coups en riant, le soir, dans des bars branchés. Il en a assez des indécisions d'Alex. Un jour avec toi, un autre jour avec un autre. Il veut vivre, il en a assez d'attendre. Il la plante là.

Elle éclate en mille morceaux. Elle est la poupée de cristal qui explose sous son cri long et strident. À mon tour de l'aider à recoller les bouts de son cœur en miettes. Elle est par terre dans ma cuisine, elle mange le carrelage, s'accroche aux pieds de la table, elle va mourir d'une overdose de peine ; alors je lui dis : « Ben voilà, maintenant tu l'as, ta réponse. » Elle n'a pas d'autre choix que de le reconquérir, sinon, elle meurt. La vie brûle en elle, et lui, il l'aimera toujours parce qu'elle le pousse à se dépasser. Je lui demande de cracher son orgueil dans le caniveau, il y a urgence : « Retournes-y ! Demande-lui pardon, il t'aime mais ça reste un homme, et toi, tu l'as blessé. » Je sais qu'ils sont une maison l'un pour l'autre. Elle refuse. Elle dit que c'est trop tard. Quand on aime il n'est jamais trop tard. Son teint devient hâve, elle se vide de son sang, son cœur pompe tout, il tourne à cent à l'heure. Elle se voit faible, elle est encore forte, je le sais. Elle me fait penser aux trembleuses, ces diamants qui ne sont retenus au bijou que par un fil de platine et qui pourtant ne se défont jamais.

Un jour, je déjeune au Costes avec des amies, Éric, son amoureux échaudé, vient m'insulter en direct. En l'entendant débiter ses griefs, je comprends que je suis la chatte de Raimu, je prends pour la femme du boulanger. Je souris, je ne dis rien. Ça me touche. Je comprends qu'il l'aime toujours. Il deviendra un ami cher, mais, ça, évidemment, il ne le sait pas encore.

Alex est une petite bourgeoise de banlieue, celle qu'on classe en haut du milieu, dans les statistiques, coincée entre les CSP+ et la classe ouvrière. Elle a eu les écoles privées catholiques et un jardin à sa maison. Elle a des parents aimants qui payent pour son permis, lui offrent sa première voiture, une montre Cartier pour ses vingt ans. Elle aurait pu se contenter d'une vie honnête et bien rangée. Mais elle veut des paillettes dans son champagne. Elle veut les grands soirs, les lumières de la ville, elle veut la vie d'artiste, sans la décadence. Elle veut monter d'un cran dans les statistiques de l'Insee, elle sait qu'elle ne s'assoira jamais au sommet, elle est consciente de ses limites. Mais elle fera le chemin avec cet homme. Ensemble ils se pousseront à se dépasser. Il la regarde comme on regarde une reine. Elle le tire par la manche, lui passe une main bienveillante dans le dos, ça lui plaît bien. Lui, il est le bien incarné. Il est son garde-fou, aussi. Je lui dis, c'est ta chance ce garçon, ton tuteur illégal, pas besoin de serments passés devant les gardiens des temples. Il va te tenir debout. Elle le sait. Elle sait ce qui est bon pour elle. On la courtise, elle n'en a cure. Elle a compris.

Elle est la minireine de la petite couronne qui se rêve grande bourgeoise à Paris.

La bourgeoise de banlieue, une subtilité entre la bourgeoise de province et l'arrogante Parisienne qui trouve vulgaire de verser dans l'impudence. La bourgeoise de banlieue, l'étranger de Camus, toujours en décalage, une fenêtre fermée sur les cités-dortoirs, l'autre ouverte sur la tour Eiffel, elle oublie parfois qui elle est vraiment, comme moi qui voulus oublier mes joggings Tacchini, ingrats et lourds comme souliers de cosmonaute.

Alex et Moi, deux rabouilleuses balzaciennes, ambitieuses, têtes chercheuses d'or et trouveuses d'emmerdes, parfois, on se ressemble. Même si j'aime bien critiquer son Raincy et son enfance passée dans les colonies de vacances pour riches : le Club Med. Elle me montre les souvenirs en diapositives ; je lui dis que c'est un truc de blindés, les projecteurs. Chez nous, on ne prenait pas de photos de vacances, on partait avec la mairie. Les Arabes rentraient passer l'été au bled, alors les diapos…

Alex est entrée dans ma vie pour ne plus en sortir. Elle aussi m'a appris la nuance, elle m'a montré que les euros bien entassés et flambés avec un panache hystérique ne suffisent pas à faire de vous une personne épanouie et, encore moins, respectable.

Faut pas croire que les objets feront l'affaire ; le bonheur, c'est toujours à côté de quelqu'un qu'il se trouve.

La bourgeoise qui énerve tout le monde

Elle et moi, nous exerçons le même métier. Je la regarde en faire trop, ça m'amuse, ça me décomplexe. Elle a grandi en banlieue, une banlieue sale, de celles dont on parle dans les journaux et pendant les campagnes politiques. Elle n'est pas tout à fait française, elle change souvent d'identité. Je peine parfois à me rappeler son nom. Son visage est intense et venu d'aucun pays. Elle a les traits durs, tout est gros sur sa figure, limite grossier. Un jour une femme aux seins refaits deux fois lui demande le nom du médecin qui lui fabrique une bouche aussi charnue. Elle répond :

— C'est mon père et ma mère, sale pute.

Un autre jour, elle se rend chez un grand dermatologue new-yorkais, elle veut du Botox entre ses yeux pour adoucir son regard de colère. Le Botox ne tient pas cinq jours. Le docteur dit :

— *What a fuck !* Votre muscle occipito-frontal est tellement tendu qu'il résiste à la toxine botulique. Votre corps a évacué le produit. Il faudrait vous calmer un peu, relâcher la tension. *Calm down, sweetie*, lui dit le médecin qui parlera d'elle dans une petite machine à enregistrer les paroles.

Elle s'en fout. Elle dit qu'elle fera un lifting. Plus tard. Pour le moment, elle a du boulot.

Elle a un poste important dans une entreprise qui porte son nom. Elle a travaillé dur et elle a réussi, alors elle le crie sur tous les comptoirs de luxe que compte Paris, New York et Rome.

L'autre jour, elle est arrivée en réunion et elle a commencé par énerver toutes les filles assises autour de la table. Des filles mesurées, qui ne plaisantent pas avec leur salaire et leur plan épargne logement, des nanas qui squattent les allées du Promod, de chez Pimkie et Zara, des filles sérieuses qui préfèrent économiser.

Elle s'est assise comme on investit un trône. Elle a levé la main pour avoir un verre d'eau. À son doigt, un diamant de quatre carats renvoyait des signaux lumineux au soleil. À l'autre main, une bague Buccellati de reine d'Italie se la pétait ouvertement et, pendu à son cou, un collier Harry Winston rappelait qu'il valait le prix d'une voiture de luxe. Ça c'est pour les clignotants. Une façon de dire aux autres qu'elle est arrivée dans la vie alors que je sais, moi, que si tu lui retires son travail, elle crève sur place.

Pour les vêtements, elle a les stigmates des nouveaux riches, elle ne tape que dans le plus cher : des chaussures de défilé de mode sous un jean H&M. Un gros gilet Chanel qui ressemble à une serpillière strassée sur un tee-shirt à quatre euros. Un sac Hermès en bandoulière.

Elle fait son shopping chez H&M. Pas pour faire des affaires comme c'est la coutume, mais pour se souvenir qu'elle a été pauvre. Elle se rattrape en achetant ses cachemires chez Pellat-Finet pour se faire croire qu'elle a du goût et des références d'initiée.

Elle a les cheveux travaillés par un artiste du pinceau – ça se voit tout de suite, et de loin en plus. Elle côtoie les grands maquilleurs, ils lui montrent comment transformer sa tête de citrouille en carrosse.

Elle adore provoquer les gens, comme si elle voulait d'abord qu'on la déteste. Elle méprise ses sœurs bourgeoises, elles se détestent toutes entre elles. Elle est une pièce rapportée au groupe, elle n'a pas de légitimité dans le domaine de la bourgeoisie, de toute manière.

Elle a un avis sur tout, elle juge à l'emporte-pièce. Si elle était juge aux affaires familiales, les pensions alimentaires n'existeraient plus tellement elle déteste les femmes qui sucent l'argent des hommes à défaut de continuer à leur toucher les couilles.

Si elle était juge aux assises, les prisons seraient vides, tout le monde aurait déjà eu la tête coupée.

Idem pour le pénal : elle mettrait les coupables aux travaux forcés.

Elle est intolérante et intransigeante. Les gens un peu fainéants, ceux qui prennent le temps de vivre, ont intérêt à se cacher. Elle les méprise. Elle les piétine dès qu'elle le peut. Quand elle s'engueule violemment avec quelqu'un, elle lui crache à la gueule comme un Arabe des temps anciens.

Un jour, un de ses mecs lui a mis une baffe, elle n'a pas rendu les coups. Elle est restée calme. Elle est revenue lui taillader le cou avec un couteau de boucher. Le mec en a parlé à d'autres mecs pour soulager son effroi. Depuis, les hommes ont du mal à l'aborder. Il leur faut une bonne dose de courage (ou d'inconscience) pour oser l'approcher autrement qu'avec un contrat de travail ou l'aviser de la pose d'un parquet, du choix de la couleur d'un mur à peindre. Les hommes ne s'intéressent à elle que parce qu'ils y sont obligés. Elle ne se fait jamais draguer.

Elle aime les gens qui se lèvent tôt, ceux qui travaillent beaucoup. Elle pense que le travail rend libre comme Himmler avant elle.

Elle adore Nicolas Sarkozy. Elle dit qu'Obama lui a piqué son slogan. Elle dit que « *Yes we can* » est une mauvaise digestion du « Ensemble tout devient possible » de son Nicolas qui, pour le coup dit-elle, est devenu le nègre du président américain. Elle veut la France forte, elle est patriote et elle déteste les nationalistes. Elle aime Sarkozy parce qu'elle aime les agités revanchards à qui il manque dix centimètres partout. Elle pense que « travailler plus pour gagner plus » est un début de philosophie pour une bonne hygiène de vie. Pourtant, elle n'a jamais voté pour lui. Elle ne peut pas. Elle a été pauvre, c'était avant, mais elle n'oublie pas.

J'ai compris qu'elle venait de loin, le jour où elle s'est retrouvée dans un parking de La Défense, le quartier d'affaires parisien qui se trouve pourtant en banlieue. Elle était accompagnée d'une directrice commerciale blonde et sans histoires. Une fille à la vie facile, au corps anguleux, à la pensée bien rangée, aux réussites moyennes, une fille avec un mari commercial comme elle, des enfants calmes, comme ils sont des parents calmes, Alexandre et elle.

Un beur est arrivé à la hauteur de la fille blonde qui s'énervait sur un BlackBerry. Il a dit sans regarder personne en face mais en se retournant à chaque seconde :

— Vas-y, passe.

La commerciale qui était bien perchée sur son piédestal de blonde a dit :

— Pardon ?

Le beur a insisté :

— Chuis en train de te roteca (carotter…) ton BB là, vas-y, passe avant qu'j'te géman (que je te mange… toute crue) !

La blonde ne pouvait pas parler, elle était tétanisée.

Mais, elle, la bourgeoise qui énerve tout le monde, s'est interposée entre les deux planètes que sont la commerciale et le beur. Elle a dit à la petite racaille tout excitée :

— Steuplait houya, laisse-nous passer, on a un rendez-vous superimportant. Miskina la gaouri, elle blétram grave là… Elle pourrait être ta daronne, meut'archumch ?

Le beur, qui ne s'attendait pas à ce qu'une fille qui porte une veste dorée à l'or fin et des chaussures rouges de douze centimètres de haut lui parle en arabe et en verlan dans la même phrase, a dit :

— Mais t'es qui toi ?

Et là, la bourge qui énerve tout le monde a fait comme dans un film de Sergio Leone, elle a joué les Terence Hill, elle a dit, en gros, mon nom est personne, et elle a sorti une petite clé USB surdimensionnée qui n'était pas une clé USB puisque c'était un Taser.

Elle a dit à l'Arabe du coin qui se trouvait face à elle :

— Laisse-nous passer s'il te plaît.

Et le beur s'est écarté en la traitant de « Grosse tetrai ».

Fabienne, la blonde commerciale, l'a remerciée comme on remercie un serveur au restaurant. Elle a dit :

— Merci, j'ai toute ma vie dans ce BlackBerry… Et puis sinon… j'ai compris ce que t'as dit hein… je comprends l'argot… t'es sympa mais je ne pourrais pas être sa mère tout de même… j'ai trente-huit ans…

Et la bourgeoise qui énerve tout le monde lui a lancé un regard comme le ciel lance des éclairs quand le temps change de disposition trop brusquement. Ses yeux disaient :

— Ferme ta gueule, c'est mieux pour ton avenir imminent.

La blonde commerciale a quand même poursuivi dans un sourire bourgeois, un sourire hypocrite, une lumière de façade :

— Et en plus elle parle arabe ! C'était bien l'arabe n'est-ce pas que tu as parlé avec cette petite frappe ?

Elle est une bourgeoise artisanale, de celles qui ne sortent d'aucun moule. Elle s'est fabriquée un peu toute seule et le résultat est assez indigeste. On a du mal à savoir qui elle est vraiment. Elle a été élevée avec Magali, une fille aussi calme et posée que l'autre s'acharne à décoiffer les cimes. Elles ne se quittent pas. Elles ont grandi ensemble mais elles n'ont pas évolué de la même façon. Magali, la femme la plus proche de la bourgeoise qui énerve tout le monde, a su rester simple, elle est heureuse de ce que la vie lui donne, elle est la définition parfaite de la quiétude. Ses enfants sont sa richesse, son travail n'est qu'un outil, un moyen de manger, dormir et s'habiller. Elle vous dira que petite, la bourgeoise qui énerve tout le monde riait et pleurait dans la même minute. Qu'elle épuisait les autres avec ses émotions comme des montagnes russes. Magali raconte comment elle lui offre des cadeaux hors de prix qui ne lui font même pas plaisir. Elle dit que la bourgeoise qui énerve tout le monde a toujours eu des goûts de luxe, qu'elle ne risque pas de rester simple puisqu'elle ne l'a jamais été. Il lui fallait des yaourts de marque, le papier toilette Lotus, sinon elle ne mangeait pas, ne se torchait pas le derrière. Elle se battait tout le temps mais pleurait en écoutant Tchaïkovski et l'histoire de la Petite Sirène. Magali raconte qu'un jour, elle a failli tuer sa mère parce que celle-ci ne pouvait pas lui acheter le jean Chevignon dont elle rêvait depuis des mois. Sa mère la traita de tarée monomaniaque, lui dit qu'elle devrait avoir honte de son romantisme. Elle la somma de rêver au prince charmant plutôt que d'envisager son bonheur sous les traits d'un chiffon bleu. La bourgeoise qui énerve tout le monde n'écouta pas, elle n'a jamais écouté personne dit Magali. C'est l'envie qui la presse. Les autres disent que c'est la rage qui la pousse au cul, mais Magali explique que c'est faux. La bourgeoise qui énerve tout le monde est animée par ses envies muettes, ses désirs débordant sa nécessité de tracer la route pour découvrir d'autres paysages. Magali dit que c'est la faute à son trop-plein de vie, qu'elle est difficile à suivre, que c'est sa curiosité qui la mène par le bout du nez. Elle veut aller au fond du monde, au fond des gens, tout le temps, au bout du luxe, c'est vrai. Elle dit que son besoin de belles choses n'est pas un luxe, c'est un besoin vital. Elle dit que l'Agitée avait un destin écrit à l'avance, mais rédigé avec des phrases compliquées. Magali dit qu'elle devait faire ce chemin, qu'elle n'a pas de mérite, elle a fait ce qu'elle avait à faire pour ne pas mourir d'ennui.

La bourgeoise qui énerve tout le monde s'est taillé la vie dont elle rêvait, ça ne l'a pas calmée pour autant. Elle a des bottes secrètes, elle n'est même pas une caricature de bourgeoise, c'est plus complexe que ça. Ça agace les gens. On aime tous mettre les gens dans des classeurs.

Avant elle disait des gros mots en arabe, maintenant, elle les dit en anglais. Avant, elle buvait de la chicorée Leroux, maintenant, elle achète son thé chez Mariage Frères.

Avant, elle faisait le ménage chez les autres pour payer ses études, maintenant, elle surpaye ses employés domestiques parce qu'elle a honte de ne plus être à leur place.

Avant, elle vivait dans une cabane à lapins, aujourd'hui, elle a laissé le prix d'une maison de campagne dans la location de suites d'hôtel. Les Four Seasons, toujours, de petits paradis sur terre pour riches sans imagination ni trop de temps à perdre.

Avant, elle dormait dans des lits superposés, aujourd'hui elle fait chambre à part avec son mari.

Avant, elle priait en regardant vers le ciel, maintenant, elle prend les gens de haut parce que son truc à elle, c'est de prendre racine au sommet.

Avant, elle sauçait les plats, dévorait à la cuiller des mets succulents préparés avec de vrais aliments, maintenant, elle se fait livrer, pour des sommes écœurantes, des sushis en plastique qu'elle manipule avec des bouts de bois. Elle ne finit plus son assiette.

Avant elle avait des rêves, aujourd'hui, elle a des responsabilités.

La Défense. Tour Total. 9 heures pétantes. Ce matin j'ai rendez-vous avec un gros client. Je dois lui parler de sa marque pendant des heures et en peu de mots. Je la remarque, elle me toise. Je vois la bourgeoise qui énerve tout le monde me regarder droit dans les yeux et foncer sur moi. Elle presse le pas, je presse le pas. Elle ne m'impressionne pas avec son regard noir qu'elle enfonce dans mes yeux pas plus clairs. On est deux bisons trente secondes avant le choc. Je ne m'arrêterai pas la première, c'est une question d'honneur. Je sais sa détermination, elle va goûter à la mienne. Elle lève sa main, je lève ma main. Je n'ai pas peur d'elle. Moi aussi j'ai un sac de riche, moi aussi j'ai une bague Buccellati et je peux courir, même perchée sur des échasses de créateur. Je ne reculerai pas. Elle s'arrêtera la première. On se rapproche dangereusement l'une de l'autre. Mais que me veut-elle à la fin ? Elle aussi est arrivée là où elle voulait arriver. Elle est assise au premier rang des concerts de Michel Sardou, au deuxième du défilé de mode le plus couru de la capitale, elle a sa table à l'année dans un restaurant en vue alors pourquoi ce regard mauvais ? Elle m'en veut ? Mais de quoi au juste ? On n'est plus qu'à quelques centimètres l'une de l'autre. Elle ne dit rien, je ne dis rien. Si elle veut les coups, qu'elle vienne, j'en ai plein les poches de mon caban Chanel. Ça va pleuvoir sur sa tête comme le ciel pleure sur les nôtres à ce moment précis. Elle ne stoppe pas sa marche, la conne.

Impact.

Un jeune homme rasé comme dans une publicité Gillette s'arrête, il me ramasse comme on redresse une vieille qui vient de glisser sur une merde. J'ai le cul pas fier qui prend l'eau sur le béton mouillé. Le jeune homme, profil bien Ricoré, dit :

— Ben, vous n'avez pas vu la porte vitrée ?

— …

— Pourtant c'est un miroir… Vous auriez dû vous voir. On dirait bien que vous vous êtes pris votre reflet dans la figure, a continué le garçon, qui aurait mérité sa place dans une publicité Monsieur de Fursac, tellement son costume ne bougeait pas, même quand il plia son coude pour me faire une béquille.

— Je… je…

— Vous n'avez pas vu que vous vous rapprochiez de vous ?

— …

— Ça va mademoiselle, madame ?

— …

— Ouh, ouh ? Vous êtes avec nous ? Ça va ?

— Je suis où là ? je dis enfin, après que les chandelles qui dansaient autour de moi se sont éteintes, quand les oiseaux ont cessé de faire « cui cui » dans mon crâne.

— Vous êtes là, me dit gentiment le monsieur qui aurait gagné le casting du prochain film Renault Mégane.

Je suis celle-là. Je suis cette bourgeoise agaçante. Bourgeoise d'opérette. Nietzsche avait tort. Je suis devenue ce que je ne suis pas.

Je suis là

Si l'Éternel n'avait pas interdit à Adam de toucher au fruit défendu, il ne l'aurait peut-être jamais goûté. Si les premières bourgeoises que j'ai croisées n'avaient pas commencé par me rejeter, je n'aurais peut-être jamais songé à prendre leur place sur l'échiquier social.

Si mon esprit manichéen ne m'avait pas trompée, j'aurais peut-être oublié d'avoir envie de changer de monde.

Je n'avais pas bien capté les notions de Bien et de Mal tels qu'ils sont envisagés par la Bible. En demandant à Adam de ne pas toucher à l'arbre de la connaissance, Dieu lui offre le choix de le faire et, ce faisant, il ouvre à l'homme la porte d'une pensée réfléchie. De décider délibérément du mouvement de sa vie.

C'est un acte de désobéissance qui a déclenché la conscience des hommes. Ce n'est pas rien quand même. J'ai cessé de culpabiliser le jour où j'ai compris qu'on vous accuserait toujours d'avoir voulu tenter de changer pour un mieux. Oser faire un choix, c'était comme dire à Dieu : « Eh, mon pote, tu t'es gouré de décor, ce n'était pas le mien, je vais rectifier ça, t'inquiète. »

Adam a eu honte d'avoir été démasqué par Dieu, alors il s'est caché. Il ne s'est pas caché parce qu'il était nu (puisque le créateur nous a fait à son image, enfin, il paraît), il s'est dissimulé parce qu'il a été pris la main dans le sac, celui qui contient son désir de savoir, son besoin de comprendre. J'ai été comme Adam, j'ai voulu comprendre pourquoi les inégalités au départ, comment on arrive à pleurer sur son sort alors que la roue a tourné dans le bon sens. Je voulais analyser la tristesse des filles qui avaient reçu la bienveillance des dieux.

Je me suis laissé berner par le vernis brillant, j'ai voulu croire que la vie serait plus riche si je côtoyais les plus riches.

Paris était beau, les gens y parlaient mieux, leur vocabulaire était vaste, moins grossier, plus contenu. Je prenais ça pour de l'intelligence et même pour la preuve tangible d'une grande humanité. Je n'étais même pas naïve. J'étais stupide. J'étais un Italien devant une Ferrari grande ouverte, j'avais perdu mon sang-froid, ce sont mes envies et mes frustrations qui guidaient ma pensée.

J'imaginais que les intérieurs harmonieux, les poubelles invisibles, les téléviseurs planqués dans les murs, les rideaux de soie, étaient le gage d'une grande conscience morale. Je pensais que le beau dans la maison amenait le beau dans le cœur de ses propriétaires. Les bourgeois sont des illusionnistes, ils réécrivent le réel à la plume anglaise et, parfois, ça nous fait prendre des vacheries crasses pour des événements anodins. C'est comme le sucre qu'on ajoute aux potions amères pour nous faire avaler des saloperies.

Je n'ai pas su rester à ma place. Celle que la Fortune m'avait attribuée au départ. J'ai convoité la place de ma voisine. J'ai péché deux fois. Puis trois. J'ai offensé les miens en leur préférant un cadre de vie doré comme ceux qui ceignent les portraits moches accrochés aux murs des belles maisons pour leur donner des allures d'œuvres d'art.

J'avais voulu la vie bourgeoise parce que je pensais qu'elle serait l'antithèse sociale à mon univers où la pensée n'était pas tellement invitée à se déployer. Je voulais Paris parce qu'elle était connue pour être la plus belle ville du monde et qu'elle se trouvait à quelques minutes en vélo de ma commune où l'utile avait définitivement enterré l'agréable.

Le seul resto de ma ville était un Resto du cœur, on n'avait pas d'endroit où se retrouver. Pas de centres commerciaux, pas de cinéma jusqu'en 2003, pas de théâtres et encore moins de salons de thé. Je n'allais pas jouer les Fagin de Dickens, je ne me sentais pas l'âme d'un meneur de mauvaise troupe. Je voulais le meilleur pour moi, juste pour moi. C'était changer ou faner. Et c'est la peur de me retrouver aspirée par le Rien qui a précipité ma décision de m'enfuir de chez moi. Sarah, ma cousine, a marché sur mes pas, alors j'ai cru que j'avais raison de partir. La nature a horreur du vide.

Trop de frustrations accumulées aussi, de colères presque honteuses.

C'était dévaliser les boutiques de luxe ou vider le magasin d'un fusil mitrailleur contre les murs de ma cité pour faire des trous dans le laid, faire tomber le décor pour dégager ma vue. J'ai fui un destin tout tracé et ma grand-mère dit : « Tu n'as rien fui du tout, tu devais faire ce chemin-là. Arrête de croire que tu as fait tout ton impossible, tu as fait ce qui était écrit pour toi. » Magali, ma cousine, dit pareil. Sarah, ma cousine, dit pareil. Je n'ai pas de mérite, je le sais bien. Une main a appuyé sur mon dos, et je pense que c'est celle de mon grand-père Moïse qui me manque comme le soleil manque parfois aux fleurs qui peinent à pousser quand le temps reste mauvais trop longtemps.

Je croyais que La Courneuve était un bidonville et j'ai découvert que Paris pouvait être une ville bidon, où les grands-mères sont minces. Même quand elles n'ont plus besoin de se retenir, que la moitié du chemin a largement été dépassée, elles font semblant de manger, elles se contraignent. Elles rivalisent avec leurs filles, essayent de leur piquer des années.

J'ai vu Paris, une ville pleine de connasses qui ne savent pas toujours lui faire honneur, klaxonnent fort, parlent mal aux vendeurs de chaussures, mangent comme on s'excuse. Des filles tellement imbues d'elles-mêmes qu'elles crachent dans leur soupe précieuse comme on se mouche dans la Seine.

Et puis j'ai connu des filles tout en nuances et en tortures, et ça m'a bouleversée. Des bourgeoises courageuses qui ne se laissaient pas endormir malgré les bandeaux qu'on plaçait sur leurs yeux, malgré les méridiennes qu'on disposait face à leurs lits, et qui étaient une invitation supplémentaire à l'immobilité.

Il n'y a pas de synonyme au nom « bourgeoise », il y a des mots dont le sens se rapproche, mais ce sont, chaque fois, des termes péjoratifs. Personne n'a envie d'être traité de « riche », de « personne aisée » ou encore de « nanti ». Parce qu'un bourgeois, à la base, c'est toujours un pauvre qui a réussi à s'élever.

Je voulais oublier mon passé, perdre ma mémoire familiale pour me construire à ma guise, sans névrose et sans passif douloureux. Je me suis frottée à ces filles pour leur piquer leur vie ; je voulais leurs aventures, leurs expériences. La vie en banlieue est monotone et ingrate. Ceux qui vous diront le contraire sont des menteurs ou des décérébrés. Je voulais les instituts de beauté, les discussions passionnantes, je voulais partager mes lectures, mes voyages au bout du monde avec des filles qui ne m'accuseraient pas d'avoir perdu le sens du réel quand je leur avouerais le prix de mon sac à main.

Je suis entrée dans les entrailles de la bourgeoisie pour comprendre pourquoi ce monde m'attirait. À dix ans, j'ai lu Zola. *Pot-Bouille* m'a fulgurée. Une histoire où les intrigues politiques étaient enterrées par des histoires d'adultères, ça se mariait, se remariait, on ne s'emmerdait jamais derrière les façades des maisons bourgeoises, on provoquait des déjeuners de conspiration, on se promenait, on avait des histoires à raconter. Je découvrais qu'un magasin de joliesses qui vendait des choses parfaitement inutiles, tenait sa promesse, il était le « bonheur des Dames », je voulais le bonheur matériel.

J'ai voulu partir pour ne pas mourir d'ennui. Partir pour vivre mieux. Goûter à la futilité pour mieux me remettre au travail.

Aussi, j'avais préféré mépriser mes nouvelles amies des beaux quartiers pour ne pas reconnaître que je les jalousais. J'ai fait le chemin jusqu'à elles, j'ai ambitionné de me mettre à leur place histoire de leur faire ravaler leur arrogance, leur dire : « Alors ? On la ramène moins, hein ! » Orgueil de merde.

Je me suis fait une tête de bourgeoise, cheveux au vent, reflets de soleil travaillés à l'ammoniaque, sourcils savamment taillés, tout ça pour devenir crédible. Mais il ne suffit pas de placer un centimètre carré de moustache au-dessus de sa lèvre pour devenir Charlie Chaplin. Regardez Hitler, il n'a jamais fait rire personne.

Élie dit que l'important dans la vie, c'est de trouver sa place sur la planète qui est si vaste. Mon mari c'est le Leibniz du Maroc.

— Où es-tu ? demande Dieu à Adam.

— Où en es-tu, maintenant que tu as vu par toi-même ? questionne-t-Il en vérité.

J'ai envie de répondre à Dieu qui ne m'a rien demandé :

— Je ne suis arrivée nulle part. J'ai fait mon chemin et je me suis un peu égarée mais j'ai vu du paysage et franchement, si c'était à refaire, je referai les choses, mais différemment. J'ai eu les yeux plus gros que le ventre, j'ai voulu aller trop vite alors j'ai emprunté des chemins de traverse où étaient cachés des sables mouvants et je me suis vue, un instant, m'enfoncer dans ma connerie, et perdue pour de bon.

J'ai composé ma vie comme on réalise un photomontage pas crédible. La maison trop grande, les manières trop petites. J'ai été Cendrillon qui force la pantoufle taille 36 alors qu'elle chausse du 42…

Je ne serai jamais une bourgeoise convenable. Je n'ai pas su faire miennes leurs belles manières. Je ne sais pas tricher pour ne pas blesser et puis j'ai le visage qui tourne à la paysannerie algérienne. Je suis devenue une hydre, je me perds de vue, un peu, parfois, quand je reste trop longtemps dans l'autre monde.

Aujourd'hui, j'ai des amies bourgeoises de souche, ascendances aisées depuis des générations. De vraies amies, des femmes dont j'apprécie la finesse, la richesse de la pensée, le recul pris sur leur monde imposé. J'ai cessé mes classements arbitraires, je ralentis mes jugements hâtifs. Je reconnais aux banlieusardes une hargne parfois malhonnête, une étroitesse d'esprit. Je n'ai pas changé de bord, je n'ai pas retourné ma veste puisque que, de toute façon, elle n'avait pas doublure. Mais j'ai mis quinze ans à comprendre que le plus dur, dans la vie, est de rester soi-même face aux autres qui sont si nombreux, parce qu'il faut apprendre à savoir qui on est pour soutenir sans flancher le regard des autres.

J'ai compris pourquoi personne n'aime être traitée de « bourgeoise », aussi. C'est la marque d'une vie enclenchée sur des facilités, ça donne envie aux moins gâtés, ça donne envie, alors, forcément, ça énerve.

Qu'elle soit riche par nature, désœuvrée par culture, mal à l'aise avec leur aisance financière, vêtue de haillons griffés ou rhabillée pour l'hiver, résidente depuis l'enfance d'un club de sport pour riches, propriétaire de rien mais en attente de tout, qu'elle ait porté des enfants blonds, trompé un mari brun, qu'elle tente des looks, qu'elle se cherche dans les bras d'hommes inconnus, dans les textes d'écrivains très connus, les paroles de chansons, qu'elle se fasse peur avec le rock'n'roll et des excursions en terre inconnue, la bourgeoise est une femme à qui on a appris à rester à une distance raisonnable de son âme. Elle est une Joconde à qui on a souvent interdit de décroiser les bras. C'est pour ça, parfois, les bourgeoises hystériques que je croise souvent dans le XVIe, elles sont des cocottes-minute bétonnées qui explosent.

J'ai vu leur monde, j'ai habité leurs maisons, j'ai fréquenté leurs endroits, j'ai compris ce qu'était la vie facile. Il faut beaucoup de courage pour grimper à l'échelle sociale. Mais il faut encore plus d'intelligence et de curiosité saine pour remettre en cause une existence agréable, une vie calme comme la mer est calme quand le temps est gentil. La bourgeoise, bien plus encore que le bourgeois, est invitée à ne pas trop entreprendre de choses par elle-même.

On leur apprend très vite à se taire, à mourir avec le sourire.

Elles sont les filles de monsieur Jourdain, des gentilles femmes obligées et les obligations de gentillesse leur donnent parfois des envies de meurtre. C'est une indigestion de faux, de pudeurs imposées, alors, oui, il arrive que ça fasse d'elles de petites pestes déguisées en filles cool.

J'ai observé les bourgeoises. J'ai vécu avec elles, j'ai même épousé leurs problèmes. Je me suis fait un monde de pas grand-chose, comme elles. J'ai été atteinte par des conneries sans importance. Et puis, un jour, je me suis trouvée sans rien. Plus un sou, plus de travail, la santé diminuée. Et j'ai vu que la petite tigresse de La Courneuve respirait encore en moi. Je me suis redressée. Je suis repartie au charbon, j'ai repris les choses depuis le début. Le courage, ce n'est pas d'admettre qu'on s'est trompé, le courage, c'est être capable de tout recommencer. À cet égard, je peux dire que j'ai eu du courage.

Je suis devenue une bourgeoise, mais à ma sauce.

Je n'ai pas d'argent planqué.

Je jette ma thune par les fenêtres dc grosses voitures de location.

Je fais le tour du monde. Je ne me fais pas des émotions en allant camper dans la pampa et en me lavant à la rivière. Je descends dans les plus beaux hôtels où je lie connaissance avec des chanteurs très connus, des patrons d'entreprises classées à tous les CAC 40, Nasdaq et compagnie.

Je ne me sens pas vivante quand je souffre. Donc, je ne fais plus de sport.

Plus jamais.

Je ne couche pas le premier soir – ni le douzième.

Je ne sais pas sourire sur commande. Mes sourires de circonstance sont des grimaces.

Je ne trompe pas mon mari.

Je paye les factures de la maison. L'eau, l'électricité, le téléphone, la nourriture, c'est pour moi.

Je paye quarante euros pour une salade verte dans un restaurant moyen et ça ne m'énerve même pas puisque j'y retourne.

Je dépense des fortunes pour habiller mes enfants – ce que font rarement les VRAIES bourgeoises.

Je veille sur ma grand-mère. Je veille sur ma mère. Je suis là quand il faut, et chez les juifs, il faut souvent.

Je réutilise les bouteilles d'Évian, j'y mets l'eau du robinet.

J'ai une cuisine neuve que je n'utilise pratiquement jamais. Elle fait partie de mon décor bourgeois. Chez moi, ça ne sent pas le rôti, le dimanche.

Je garde toutes les étiquettes des achats impérieux que je fais de moins en moins souvent.

Je déteste Saint-Briac-sur-Mer, Guéthary et Gordes.

J'ai appris à vendre des diamants à bon prix à des filles qui croient faire des affaires sur mon dos.

Je sais faire avec rien quand je n'ai plus rien.

Je ne pars pas en week-end en province, parce que je n'ai pas de famille en province. Parfois, je pars en week-end à La Courneuve.

Ma mère adore son gendre – pour de vrai je veux dire.

Je ne joue pas au golf. Je n'aime pas la nature.

Mes bijoux de famille sont en or rose vingt-quatre carats, l'or du bled.

Je n'ai ni frère, ni sœur, qui ont récupéré mes godasses trop petites, mes manteaux élimés.

Il paraît que je dis des gros mots en dormant.

J'ai honoré la mémoire mon grand-père, j'ai épousé

un juif de mon milieu et j'ai appris *La Marseillaise* à mes enfants.

Et puis j'ai fait un truc qu'aucune bourgeoise sérieusement calibrée ne saurait assumer : J'AI ACHETÉ UNE ROLEX EN OR JAUNE À MON MARI.

Je me souviens de Monsieur Saint Laurent qui voulait faire bouffer son collier de perles à la bourgeoise qu'il détestait. Cette même bourgeoise qui fit son succès et assura au couple qu'il forma pendant trente-cinq ans avec Pierre Bergé de quoi investir dans l'une des plus belles collections d'art de Paris.

Je me rappelle cette femme, Simone Veil, chignon bas, collier double rang, tailleur Chanel en tweed et talons beiges de quatre centimètres, verbe perché et manières chastes. Elle fit voter la loi pour l'avortement, rendit un hommage pérenne à toutes ces excitées du soutien-gorge, ces Melody Nelson enfumées et velléitaires aujourd'hui réfugiées à la campagne et qui préparent des ragoûts compliqués sur leur cuisinière La Cornue acquise à grand frais.

Enfin je pense à cette femme croisée sur le trottoir de la rue de Longchamp : quarante-cinq ans, jean déchiré au genou, Perfecto noir et grosses lunettes fumées, semelles compensées en corde, pétard de shit glissant de sa poche élimée. Elle sortait du magasin bio.

Elle avait acheté toutes sortes de graines et de produits de beauté éco-friendly.
Pour se remettre de la mort de son papa, et juste avant d'emménager dans les deux cents mètres carrés du Champ-de-Mars que le malheureux lui léguait en quittant le monde, elle partait en cure d'amaigrissement à Quiberon. Comment je le sais ? Elle parla fort dans son BlackBerry. Elle dit à sa collègue :
« Je dois gérer les droits de succession, je serai pas au taf demain ni après-demain, après je bosse pas le vendredi à cause de mon 4/5, alors tu dis à cette bouffonne d'aller se faire foutre. Y a pas que le travail dans la vie, y a le cul aussi. »

Je me surpris à être choquée.
Je fus bourgeoisement choquée.

Ainsi me vint le désir de faire ce livre, façon Sainte-Beuve, pas très renseigné, complètement inspiré par le monde autour. Je voulais comprendre pourquoi la bourgeoisie reste, aujourd'hui encore, une maladie honteuse.

Remerciements

À mes premiers lecteurs. Je veux remercier ceux qui m'ont dit merci.

Merci aux filles du prix de la Closerie des Lilas.

Merci à Catherine Bourgey, merci pour ta douceur et toutes ces aventures nocturnes.

À Jean-Noël Mirande, à nos deux vieilles qui ont fait de nous des gens solides.

Merci à Jade, Solal et Elsa, merci pour vos dessins, vos poèmes et les cris dans la maison.

Merci à Gabriel, qui me donne sans rien attendre en retour. Merci pour vos élégances, monsieur Gaultier.

À Magali et Aurélie Sinigo, mes gardes du cœur.

Merci à ma famille Journo, mes valeureux.

À mon vieux père kabyle, merci pour ma tête dure et les cheveux blonds de mes enfants.

Et, parce qu'il faut deux mains pour applaudir, merci à Micheline, ma main gauche, et à Margot, ma main droite.

Merci à Élie Ohayon par qui le bonheur est revenu. Merci d'être mon mari, mon professeur Marocco.

Et merci à mes bourgeoises préférées :

Marie-Ève Schoettl, toujours là quand il faut dire un truc intelligent.

Toujours là, de toute façon.
Les sœurs Janowski, héroïnes tolstoïennes.
Laureen Kaufmann, jamais là où on l'attend.

Cet ouvrage a été composé par IGS-CP
à L'Isle-d'Espagnac (16)

Imprimé en France par

CPI
BRODARD & TAUPIN

à La Flèche (Sarthe)
en décembre 2013

POCKET – 12, avenue d'Italie – 75627 Paris Cedex 13

N° d'impression : 3003107
Dépôt légal : janvier 2014
S24243/01